北京航空航天大学人文社会科学文库

# 文学·文本·文化
## ——80年代中篇小说个案研究

石天强 / 著

北京大学出版社
PEKING UNIVERSITY PRESS

图书在版编目(CIP)数据

文学·文本·文化：80年代中篇小说个案研究/石天强著.—北京：北京大学出版社,2012.10
（北京航空航天大学人文社会科学文库）
ISBN 978-7-301-21396-4

Ⅰ.①文… Ⅱ.①石… Ⅲ.①中篇小说-小说研究-中国-当代 Ⅳ.①I207.425

中国版本图书馆CIP数据核字(2012)第240697号

书　　名：文学·文本·文化——80年代中篇小说个案研究
著作责任者：石天强　著
责 任 编 辑：闵艳芸
标 准 书 号：ISBN 978-7-301-21396-4/I·2529
出 版 发 行：北京大学出版社
地　　　址：北京市海淀区成府路205号　100871
网　　　址：http://www.pup.cn　电子信箱：weidf02@sina.com
电　　　话：邮购部 62752015　发行部 62750672　编辑部 62752824
　　　　　　出版部 62754962
印 刷 者：三河市博文印刷厂
经 销 者：新华书店
　　　　　　965毫米×1300毫米　16开本　12.25印张　180千字
　　　　　　2012年10月第1版　2012年10月第1次印刷
定　　　价：27.00元

未经许可,不得以任何方式复制或抄袭本书之部分或全部内容。
版权所有,侵权必究
举报电话：010-62752024　电子信箱：fd@pup.pku.edu.cn

# 目　录

序言　从文学研究到文化阐释　　　　　　　　　　001
第一章　多样的现实世界　　　　　　　　　　　　014
　　第一节　分裂的历史状态　　　　　　　　　　014
　　第二节　内在世界的拓展　　　　　　　　　　026
　　第三节　语言和帽子　　　　　　　　　　　　036
　　第四节　别样的空间　　　　　　　　　　　　048
　　第五节　精神世界的衰败　　　　　　　　　　059
第二章　先锋的异质色调　　　　　　　　　　　　071
　　第一节　忧伤的文化之"根"　　　　　　　　071
　　第二节　被颠覆的历史　　　　　　　　　　　082
　　第三节　童年记忆中的乡土　　　　　　　　　093
　　第四节　叙述的迷宫　　　　　　　　　　　　104
　　第五节　都市顽主　　　　　　　　　　　　　115
第三章　世界的别样容颜　　　　　　　　　　　　127
　　第一节　"烦"的个体世界　　　　　　　　　127
　　第二节　"风景"的背后　　　　　　　　　　138
　　第三节　暴力下的生命　　　　　　　　　　　149
　　第四节　人性的悲凉　　　　　　　　　　　　160

第五节　个体的沉沦　　　　　　　　171

**结语**　　　　　　　　　　　　　　182

**参考文献**　　　　　　　　　　　　189

**后记**　　　　　　　　　　　　　　193

序言
# 从文学研究到文化阐释

## 一

本项研究拟以20世纪80年代的中篇小说为案例,思考文学文本的内部构成与文化语境之间的复杂关系。在副标题中,特别提到了"个案"两个字,就是为了说明本项研究不属于文学史的范畴,而且无意梳理出一个有条理的、系统而完整的文学史发展脉络,或者试图通过这个脉络说明一个隐藏在文本世界背后的真理。这并不是说论者否认真理的存在,也不是在否认文学史梳理中内在的思想脉络;而是在表明,真理的确存在,但永远是一定视角思考下的真理。这一态度也决定了本项研究不是还原性的,而是视角性的。

首先对研究中的一些关键词做初步的说明。

1. 文学

在近年来的文学研究中,"文学"这一概念的处境日趋尴尬,[①]这与"文学性"的频频出现形成了强烈的反差。从语言的组织结构上看,"文学性"(literariness)是一个比"文学"更为模糊的词,在语言的外延上,也要远远大于"文学"。这似乎暗示出了我们这个时代更为复杂而矛盾的

---

[①] 关于文学及其发展所面临的尴尬境地,王一川在《从精英文化到大众文化》一文中有很好的论述。该文的一个基本认识就是,进入20世纪90年代以来,精英文学在大众文化的兴起和冲击下不得不调整自身的生产和消费策略,以保住其存在的空间。该文断言"精英文化不会衰落,关键是要有属于20世纪90年代生存情境的新的创造"。参见王一川:《杂语沟通》,武汉:湖北教育出版社,2000年,第13—21页。

社会心态:一方面许多研究人员或者是专业从业人员在固守一种具有形而上色彩的"文学"概念;另一方面,人们又清醒地意识到,现实社会环境中复杂的文学活动、文学现象是很难用传统意义上的"文学"这个概念梳理清楚的。而这也是"文学性"这个词得以存在的文化背景。

对于"文学",美国学者乔纳森·卡勒有以下几种概括,可以说是十分清楚地表明了今天学院中人的研究态度:

其一,文学是一种约定俗成的标志,即人们认为是文学的那些东西。

其二,文学是一种可以引起某种关注的言语行为,或者叫文本的活动。

其三,文学不仅仅是一种特殊的语言,而它之所以特殊似乎来自于它得到了人们特殊的认识和注意。

卡勒最后对文学总结说:"我们可以把文学作品理解成为具有某种属性或者某种特点的语言。我们也可以把文学看做程式的创造,或者某种关注的结果。哪一种视角也无法成功地把另一种全部包含进去。所以你必须在二者之间不断地变换自己的位置。"[①]卡勒对文学理解的特点在于,他以一种折中的态度对待这个概念:一方面在努力建构关于文学的各种话语表达方式,另一方面又在有意识地解构既有的建构,从而维持主体阐释与被阐释对象之间的一种张力。而这种姿态出现的一个重要原因是,主体在有意识地避免将一个既有概念本质化的同时,维持这个概念的流动变化的一面。卡勒的这种论述姿态的确给国内很多学者以启发,例如在王一川的《文学理论》一书中,对文学的解释就已经变为"文学是一个含义不确定的词语,……在现代学术分类意义上,文学是一种语言性艺术,是运用富有文采的语言去表情达意的艺术样式"。[②] 与卡勒的论述相同的地方是,与过去强调一个概念确定性的一面相比较,现代学术话语更强调这个概念不确定性的一面,强调这个概念得以生成的社会话语背景。任何一个概念都已经不再是一个独立的、完成的、自我同一的整体,而概

---

① 〔美〕乔纳森·卡勒:《文学理论》,李平译,沈阳:辽宁教育出版社/牛津大学出版社,1998年,第29页。

② 王一川:《文学理论》,成都:四川人民出版社,2003年,第422页。

念、术语则成为各种话语力量矛盾、冲突、争夺的场所；它们有相互同一的一面,同时还有相互分裂的一面。

应该说卡勒这种对待概念的姿态和论述方式是十分有意义的。回到中国20世纪80年代文学,我们就会看到,即使是在短短十几年的时间中,对"文学"的认识已经发生了很大的变化。这些变化导致了文学文本在组织结构、叙述方式、审美态度等多个方面的变化。在面对这种变化时,一个重要的问题就是要面对"文学"这个概念的流动性、异质性、未完成性等方面。也只有将"文学"视为一个变动的、发展的实践过程,我们才可能把握住问题更深刻的一面,并有效地解决逻辑推理中出现的一系列问题。而这就是所谓的"文学性"的一面。可以说正是这一面正在解构关于文学既有的描述,并激发起人们对这一问题的不断关注；而且也可以说是"文学性"这个概念,不断拓展人们的文学观念,并不断为"文学"注入新的活力。

2. 文学性

对于"文学性",一般的解释就是"文学的特性"。但哪些方面应该包括在文学的"特性"之中就又是一个谁也说不清楚的问题了。例如卡勒在《文学理论》一书中就谈到,文学性(literariness)似乎是存在于文学文本与非文学文本之间的一个重要中介。在王一川的《文学理论》一书中,所谓的"文学属性"(literary property)是指"文学所具有的共同特性",而"属性"(property/attribute)是不同于"本质"(essence)的——后者指事物之为事物的终极原因。① 在此,我们面临的实际是与关于"文学"的话语一样的问题,而且我们的思维方式决定了我们对这一问题处理的方式也是一样的。关键并不在于哪些因素是文学所特有的而哪些又不是；关键是什么样的文化语境参与到了塑造文学文本的内在构成之中,并在一定的历史时期内成为影响"文学"概念描述的主要力量。

我们注意到在历史进程中,文学实践与文学概念一直处于一种激烈

---

① 以上分别参见〔美〕乔纳森·卡勒:《文学理论》,李平译,沈阳:辽宁教育出版社/牛津大学出版社,1998年,第19—20页。王一川:《文学理论》,成都:四川人民出版社,2003年,第69页。

的碰撞过程中,并总是由于文学实践的不断越界而使相对静止的文学观念处于不能自圆其说的尴尬境地。而"文学性"几乎成为拯救文学存在的重要手段,并在一定程度上缓和了文学实践与文学概念之间的紧张关系。这种张力在近年已经发展到了质疑文学独特性、合法性存在的地步,如卡勒即认为:"由于不同的原因,有些文本内涵更丰富、更有影响力,或者说更具有典范作用、更具有可争辩性,或者更具有支配性。"注意卡勒在此用的是"文本"这个概念,这是一个与"文学"概念,尤其是与"文学经典"根本不同的概念,其目的就是为了取消文学作为被阐释对象的独特性。我们不得不承认,有些非文学文本可能比文学作品更具有典型意义,更能体现出一个时代的文化氛围和社会心理,也因此引出一个问题:理论研究者是否还需要一直阅读文学作品吗?而文本和文学之间的可通约性存在的一个重要原因还在于非文学文本中可以发现所谓的"文学性":"人们通常认为属于文学的特性其实在非文学的话语和实践中也是必不可少的。"①其实文学文本和非文学文本之间的界限并不十分清楚,而且这种碰撞也一直在发生着,杨周翰先生在讨论历史叙述与文学叙述之间的关系时就有过十分精彩的论述,②此不赘言。对此,我们依然要从一个动态的发展过程去看待这一问题,而且为了保持这个概念特有的张力,我们必须保持与研究对象的距离,从而使我们的论述具有自反性。

3. 叙事

卡勒认为:"文学和文化理论越来越认为记叙在文化中占有中心地位。这个理论认为,不论是把我们的生活看做是通向某个地方的一系列连续发生的事情,还是对我们自己讲述世界上正在发生的一切,故事都是我们理解事物的主要方式。"③进一步,叙述似乎在人类生活中占有一个本体的地位,尽管不少理论家更愿意将叙述视为一种人为的结果,如杰姆

---

① 〔美〕乔纳森·卡勒:《文学理论》,沈阳:辽宁教育出版社/牛津大学出版社,1998年,第19页。
② 见杨周翰:《历史叙述中的虚构——作为文学的历史叙述》,出自《镜子和七巧板》,北京:中国社会科学出版社,1990年。
③ 〔美〕乔纳森·卡勒:《文学理论》,李平译,沈阳:辽宁教育出版社/牛津大学出版社,1998年,第86页。

逊就认为:"一方面叙事是一系列的谎言,编造出一个英雄;同时叙事又是解决这些矛盾的方法之一。"与卡勒一样,杰姆逊也看到了人类叙事中所存在的矛盾的一面,并认为这将直接导致叙事真理性的模糊。① 叙事性文本是一个比传统的小说、戏剧等文体划分都要大得多的概念。从叙事的角度看,包括社会新闻报道、散文,甚至是诗歌中的叙事诗都可以划分到叙事性文本的范围中来。卡勒甚至讨论了叙事在人类文化生活中所具有的"元"地位。② 因此,我们在此必须对本项研究中的叙事性文本进行界定:此处的叙事性文本主要是指传统意义上的小说。同时与小说相关的关于文本的阐释、论述、介绍、争议等等方面都成为小说文本的扩展,成为这个小说文本在语言上的繁殖,并与小说构成了一种奇妙的互文性关系。而这也是本项研究使用"叙事性"文本,而不是"小说"的一个重要原因。本项研究所关注的不仅仅是小说,还包括与小说有关的各种文本、文献资料。可以说关于"文学"的观念,或者说是关于"文学性"的争论就是存在于文本与关于文本的争议之中的。我们也是在这种争论中看到在历史语境中文学观念的生成、发展与变化。

## 二

在上面对一些关键词的梳理中,我们已经看到"文学"概念在历史进程中不是越来越清楚了,而是越来越模糊了,对文学的关注已经超越了文学的范围,进入到了"文本"的层面上。如果说,关注文学就是关注想象性语言世界中的审美因素、叙述特征、组织结构等内在特征的话,那么关注"文本"也就要关注语言世界的外在构成力量。前者在文本世界中依然存在——这就是文本所具有的"文学性"的一面,但前者并不是构成文学世界的决定性因素,文学作品应该存在于内在世界和外在世界共构的张力中。而这也就决定了文学产品不仅仅属于文学,它还具有文化特征。

---

① 〔美〕杰姆逊:《后现代主义与文化理论》,唐小兵译,北京:北京大学出版社,1997年,第156页。
② 〔美〕乔纳森·卡勒:《文学理论》,97页,李平译,沈阳:辽宁教育出版社/牛津大学出版社,1998年。

近年来,我国文学研究出现了一些新的情况,即将文学放在更广阔的文化背景中对其重新审视,力图发现文学与文化之间的互动关系。① 这与 80 年代的文学研究形成了对比。20 世纪 80 年代,对文学的研究强调文学文本的自足性、独立性、审美性等"艺术"因素;同时在文学创作上追求所谓"纯艺术"的表达方式。这种主观上的追求无论是在文学实践上还是在理论研究上都促进了文学由"写什么"向"怎么写"的转换,并对促进新时期以来文学实践和理论研究的发展起到了重要的作用。在 20 世纪 80 年代对文学的讨论中,我们常见到的关键词涉及到"向内转"、"重写文学史"、"主体性"等等。鲁枢元即认为文学的"向内转"就是"转向文学艺术自身的存在,回归到文学艺术的本真状态";而"重写文学史"则是"着眼于审美角度,排除非文学因素干扰,侧重于文学的自身价值及发展规律,以个人的体验而不是集体的经验对一些富有影响的作品进行再解读";"主体性"概念的核心则在于突出其中"人"的因素,并重申了"文学是人学"这一 20 世纪 50 年代提出的命题。这些命题的讨论最后又都归结到突出文学作品本身的审美因素上来。②

应该说,传统的文学研究对文化研究有一种强烈的排斥心理,而且文学与文化之间似乎是水火不相容的。"关于文学研究和文化研究的关系的争论充满了对精英统治的抱怨和认为研究通俗文化将会给文学带来灭顶之灾的指责。"③也因此,文化研究一直面临着存在的合法性的问题,尤其是当大众文化对文学形成了强烈冲击的时候;同时,文化研究与文学研究之间也形成了极为错综复杂的关系。文化研究是有文学研究的血统

---

① 将文化研究引入文学研究,从而梳理既有文学关键词中隐含的话语权利和知识谱系,国内已有不少学者进行了尝试。例如在《当代文学关键词》一书中,陶东风对于"主体性"一词的梳理就是引入法国著名社会学学者布迪厄"反思社会学"的理论和方法,并得出了很有意思的结论。参见洪子诚、孟繁华主编《当代文学关键词》,桂林:广西师范大学出版社,2002 年,第 160—170 页。

② 以上论述可参见洪子诚、孟繁华主编《当代文学关键词》第 174 页、203 页、165 页之相关词条介绍,著者分别为鲁枢元、周立民、陶东风。《当代文学关键词》,桂林:广西师范大学出版社,2002 年。关于"主体性"论争的详细情况,还可参见阎国忠:《走出古典——中国当代美学论证评述》,合肥:安徽教育出版社,1996 年。

③ 〔美〕乔纳森·卡勒:《文学理论》,李平译,沈阳:辽宁教育出版社/牛津大学出版社,1998 年,第 56 页。

的。发轫于法国结构主义与英国马克思主义的文化研究在根源上深受英国文学批评家利维斯及其代表的"细绎"集团的影响。但在结果上却与其老师截然相反。尽管利维斯很早就开始关注大众文化,但其目的却是为了证明大众文化意味着道德败坏和社会文化的贫乏。利维斯借此呼吁,文学应该保持其高贵的身份,而这种高贵正是属于英国文化中的"伟大的传统"的。而后来的英国与法国的文化研究者则突破了利维斯的局限性,通过借鉴文化人类学的研究方法,重新诠释了大众文化——尤其是属于社会底层与边缘的各种亚文化形态,并开掘了其中蕴涵的解放的、积极的、反抗的一面。因此如同卡勒所认为的,文化研究与文学研究之间不见得是必然矛盾的;相反,二者是可以相互借鉴的:"文化研究就是把文学分析的技巧运用到其他文化材料中才得以发展的。它把文化的典型产物作为'文本'解读,而不是仅仅把它们作为需要清点的物件。反过来说,如果把文学作为某种文化实践加以研究,把文学作品与其他论述联系起来,文学研究也会有所收获。"[①]

将文化研究引入文学研究的价值和意义可以体现在以下几个方面。其一,文化研究更关注社会中文学文本的非自足性。文学作品的生产不是作家闭门造车的过程,相反,作家总是处于现实社会中的种种权力话语的压力之下的。同时在对作品的接受上,文化风气、社会时尚、社会心理、生产组织、文化制度等因素会在各个方面影响人们对作品的解读。因此文学文本不是一个自足的世界,而是通过各种形式与外在世界发生种种关联。同时文化研究的认识方法与过去的社会—反映理论的根本区别在于,社会—反映理论具有线性机械论的色彩。现实中出现的文学现象必然反映着社会存在中某种本质的、必然的规律;而且这种被揭示出来的规律又必然具有超越时空的普遍性。而文化研究所强调的这种社会属性则不同。雷蒙·威廉斯就认为:"分析文化就是去发现作为这些关系复合体的组织的本质。在这个语境下分析特定的作品或体制,就是去分析它们的组织的基本种类,分析作品或制度作为总体组织各个部分而加以体现

---

[①] 〔美〕乔纳森·卡勒:《文学理论》,李平译,沈阳:辽宁教育出版社/牛津大学出版社,1998年,第50页。

的关系。"①显然,无论是文本还是体制都只属于特定的时代,同时在文本和体制中所反映的是复杂的组织结构关系。社会反映论中文本和社会组织结构之间简明的线性关系被打破了,无论是文本还是结构都蕴涵着更为错综的内容,同时对文本和组织结构关系之间意义的揭示不再具有普遍的、绝对的价值,它们只属于这个时代,只属于那个特定的组织结构关系。

其二,将文化研究引入文学研究,在研究视角上发生了重大的变化。文学文本中一些原来被忽视的因素被突出了出来,例如性别、身份、种族、地域、年龄、身体等诸多方面。我们将看到文学文本的世界中充满了上述各种复杂的因子,它们以各种方式,在意识层面或无意识层面影响着作家的写作、读者的接受。事实上,这些因素的突出与文化研究关注问题的方式是有密切的关系的。在文化研究中,阶级、性别、种族等问题一直是研究关注的重点。与此前不同的地方是,这些概念不是内在统一的、一致的,而是充满了矛盾性、异质性的。例如文化研究并不认同阶级本质论——即同一个阶级必然持相同的阶级观念、文化价值观念。汤普森即认为:"'它',工人阶级,被假定具有一种真实的存在,几乎可以精确地加以界定——如此众多的人们都与生产手段处于某种关系之中。"②而研究者的目的只是去发现并揭示这个阶级所共有的本质。在文化研究者看来,所谓的"工人阶级是一个描述性术语,既难以捉摸又具有明确的意义。它将一大堆分离的现象松散地联系在一起。此处的裁缝,彼处的织工,他们一起构成了工人阶级"。③ 因此,同一个阶级、阶层,其内部文化是充满了内在张力的,而张力的形成来自于同一阶级成员内部存在的种族、性别、年龄、地域等差异的存在。它具体地生长于一定的历史语境中,它是

---

① 〔英〕雷蒙·威廉斯:《文化分析》,赵国新译;参见罗钢、刘象愚主编:《文化研究读本》,北京:中国社会科学出版社,2000年,第130页。
② 〔英〕E.P.汤普森:《〈英国工人阶级的形成〉序言》,赵国新译;刘象愚主编:《文化研究读本》,北京:中国社会科学出版社,2000年,第139页。
③ 同上书,第138页。

一种"历史现象",一种在历史中"实际发生的某种事物"。① 因此,同一阶级内部并非铁板一块。而文化研究的目的就是试图描述出这种内在的差异,并力图发掘这种差异背后隐藏的话语运作的方式。

其三,文化研究提供的研究视角与传统社会—反映理论提供的研究视角最大的不同之处在于,后者相信世界的单一性、话语的不容质疑性,特别是相信话语可以为作者和读者提供坚实有力的解读武器,"武器一经人民掌握就会产生改变世界的力量"②。而文化研究是视角主义的,它承认自己在理论资源和理论思维上的局限性,并且强调对文本理解的多元性特征。"视角一词意味着每个人的视点或分析框架绝不可能完全如实地反映现象,它总是有所取舍,总是不可避免地受到观察者本人先有的假设、理论、价值观及兴趣的中介。视角这一概念同时也意味着没有哪个人的视点能够充分地说明任何一个单一的丰富性和复杂性,更不用说去完全地说明一切社会现实的无穷的联系和方面了。"因此,"一个视角就是一个解释社会现象、过程及关系的特定的切入点"③。而理论所提供的不过是理解世界的一种方式而已,它不能提供终极理解。

正是在这样的意义上,本项研究将关注文化语境对文本内在组织结构的渗透,在注重个案分析的基础上,思考文学内涵生成的文化特征,从而在新的理论视野中重新理解和界定文化和文学之间的关系,重新理解文学存在的意义和特性,并与当下的文化现实紧密结合,以促进文学力量的发展。当然,我们必须十分清楚一点,文化研究在本项研究中始终是一种研究手法和手段;我们研究的出发点是文学,其归宿还必须回到文学自身上来,"文学,既不能像20世纪80年代那样被视为可以抵消'文革'式政治侵蚀的'审美'作品,也不应像时下'文化研究'主张的那样纠缠于复

---

① 〔英〕E. P. 汤普森:《〈英国工人阶级的形成〉序言》,赵国新译;刘象愚主编:《文化研究读本》,北京:中国社会科学出版社,2000年,第138页。
② 〔德〕卡尔·马克思:《〈黑格尔法哲学批判〉导言》,参见《马克思恩格斯选集》第一卷,第12页,北京:人民出版社,1976年。
③ 〔美〕道格拉斯·凯尔纳与斯蒂文·贝斯特:《后现代理论——批判性的质疑》,张志斌译,北京:中央编译出版社,1999年,第339—340页。

杂的政治或权力冲突中"①。我们应该认可,今天的中国文学仍然有自己的空间;而这也是今天的文艺学得以存在的根源所在。

三

美国学者艾布拉姆斯认为,好的批评理论之所以有其存在的理由是因为"其衡量标准并不是看该理论的单个命题能否得到科学的证实,而是看它在揭示单一艺术作品内涵时的范围、精确性和一致性,看它能否阐释各种不同的艺术"。②或许将文化研究的方法引入文学思考依然存在着争议,但只要在研究中注意保证思维的一致性,并成功地对文学文本进行了阐释,就可以维护这一研究思路存在的合法性。

本课题的研究对象是20世纪80年代的中篇小说。我们从研究对象的界定上马上就可以看到,要想在一个研究课题下穷尽全部叙事性文学文本这一想象本身就是不可能的,这就决定了本项研究所做的进一步限定:本项研究并不想穷尽全部叙事性文学文本,这无论是从逻辑上还是从实践上都是不可能的。我们只是按照一定的逻辑推理关系进行特定的理论预设,并力图在历史中发现相关的文学文本对这个预设予以证明。这种逻辑关系决定了研究所涉及的研究对象、手段及结论所具有的理论局限性和思考的视角性。本项研究并不回避这个理论基础。

这种对问题的思考方式决定了研究对历史文化中相关文本选择的局限性,由于研究只能对特定历史时期中的特定文本进行选择,而且只能选择相关的文学文本,这就决定了研究最后的结论并不是建立在对全部历史梳理的基础上的;而且研究所进行的思考只能建立在对文学史中"个案"思考的基础之上。由此我们可以看到本项研究的基本逻辑关系是:

1. 对20世纪80年代文学史中的相关个案进行研究;

2. 在个案研究的基础上,梳理并发现每一个个案研究结论之间的逻辑关系;

---

① 王一川:《文学理论》,成都:四川人民出版社,2003年,第420页。
② 〔美〕M.H.艾布拉姆斯:《镜与灯——浪漫主义文论及批评传统》,郦稚牛、张照进、童庆生译,王宁校,北京:北京大学出版社,2004年,第3页。

3. 将由这种逻辑关系中得出的结论上升到文学本体的地位,思考这个结论在文学理论视野中的合理性、有效性、局限性。

这个逻辑思路实际上涉及到文学史与个案分析之间的关系这一问题。从某种意义上讲,文学史重新书写得以建立,实际是以对文学史中每一个个案重新思考为基础的。20 世纪 80 年代后期,以《上海文论》为基地展开的"重写文学史"的思潮,恰恰开始于对现当代文学中重要作品的再解读。将新的知识话语引入既有的现当代文学作品的再认识中,从而发现文学作品中所蕴涵的新的意义和价值,无疑为文学史的再写作提供了良好的基础。对文学作品的再解读"是对具体文本的再阐释,更重要的是文学史重构的组成部分。它是对文学史图景、描述方法等的一种实验"。① 事实是,文学史就是一个通过对文本的再认识而不断被重新改写的历史,也是在这种改写的过程中塑造新的文学经典、新的话语规范、新的评判标准。②

我们还必须注意的一个问题是,从上面的介绍中,我们已经看到,本项研究实际上是一种个案研究的累积。所有的结论都必须建立在关于个案研究的基础上。这样对于个案的选择就是一个十分重要的问题。选择什么个案,排斥什么个案都暗示着论述者的论述视角、论述方式方法以及论述局限。因此本文在此再一次强调研究的视角性和不全面性。这就决定了研究的结论也是具有局限性的。在个案研究的基础上得出的关于文学的结论必然面临着普遍性和具体性之间的张力问题。而且如何解决这个问题一直是研究者十分头疼的。我们在此所能做的不是强调研究结论的普遍有效性,而是强调研究的逻辑合理性;而且这种逻辑合理性必然不是宏大而普遍的,而是视角主义的。正如我们在上面已经谈到的,理论总是存在着一定的局限性,而英国文化研究者的观点似乎可以给我们以另

---

① 洪子诚:《问题与方法》,北京:三联书店,2002 年,第 12 页。
② 王晓明:"譬如在'当代文学'的范围里,洪子诚和陈思和两位先生的文学史著作的出版,就仿佛黄昏时分的收兵的号角声,让人知道,有一些刀戟是可以收捡入库了。"参见王晓明:《二十世纪中国文学史论》上卷,《序言》第 7 页,上海:中国出版集团/东方出版中心,2003 年。这实际上是在确立新的文学史写作的范本,通过现代学术生产与传播体制而形成一种新的写作惯例。

一种启示。在对工人阶级亚文化的研究中,伯明翰研究中心的学者采用了一种被称为"民族志"的研究方法,即要求研究者亲身深入某一社群的文化中,并在其中长期生活从而从文化内部发现其中的意义;同时研究者还要尽可能"放弃批评读者"①的思维模式。尽管英国文化研究的学者也不得不承认,研究总是存在着某种理论上的预设,而且这种预设的出现否定了一个客观的"客体"的存在,"文本中再现的客体,并不是一个客观事件或事实,而是在某一其他社会实践中已经被赋予意义的东西"。② 同样地,当我们回到20世纪80年代文学时,我们需要在理解的基础上重新建构那个文化氛围、历史语境;当然,这种重构不可能是客观的,而是包含着特定历史背景与知识背景的前理解在里面的。

在个案的选择上,本项研究将注意到以下一些问题:

1. 所选择的个案主要是中国20世纪80年代至90年代初期的中篇小说。80年代中前期承继了"五四"以来张扬个性解放、追求个体价值和尊严的人道主义精神传统。本项研究将注意到这一时代特征给作家写作、读者接受带来的影响,努力思考在文本世界中的文化心理内涵。

2. 所选择的个案均为在当时产生重大社会影响的叙事性产品,并被当时的社会理解为"文学"的作品。一些具有特定艺术价值和社会含义的作品自然会被纳入到研究思考的范围中来。

3. 个案的时间性分布,即所选择个案在时间发展阶段上的合理性分布问题。本项研究的时间跨度在12年左右,从1980年到1991年。研究试图通过个案研究的特性,理解文学与文化之间的复杂关系所在。大致上,我们按照新时期以来文学发展的一般性认识,将从1980年到1990年代初期的文学发展划分为以下三个阶段:其一是1980年前后,以所谓的"反思文学"、"改革文学"为代表的社会文学思潮。其二是在1985年前后出现的所谓"寻根文学"以及大量运用西方现代主义手法创作的文学作品。其三,是1987年左右出现的所谓"新写实"作家群体,这可以视为

---

① 〔英〕理查德·约翰生:《究竟什么是文化研究》,陈永国译,第49页;参见罗钢、刘象愚主编:《文化研究读本》,北京:中国社会科学出版社,2000年。
② 同上。

是对"寻根文学"的刻意反叛,叙述人在文本中的姿态发生了重要的变化,并影响了文本价值含义的确定性。

4. 个案的文化代表性问题,即每个时间阶段的个案都应该能够充分反映那个时段的文化特征、时代风貌、社会心理、文学思潮等各个方面。也只有如此,对个案所进行的研究和分析才能具有说服力,才能十分清楚地传达社会因素与个案之间存在的复杂互动关系。本项研究将结合上述划分,在每个阶段选取相应的代表性案例进行细致的分析,从而勾勒出文化与文学之间的复杂联接与断裂。

应该承认的一点是,本项研究在作家文本的选择上依然存在着一定难度。20世纪80年代各个时期的代表性作家都很多,遴选上本项研究以三个方面为参考,即文本的艺术价值、文化价值,还有文本的影响力。艺术价值和文化价值构成了文本的内在意义和外在意义,而影响力则是指文本在传播和接受上造成的效应。研究认为这样选择出来的文本可能会客观一些,当然具体到文本的层面上还是有一定的差异性的,有的文本的艺术价值突出,而有的文本影响力明显,还有的更富有文化意味。

本项研究立足于文艺学,但是在个案分析、材料选择上则是建立在对当代文学研究的基础上的,尤其是要以对20世纪80年代中篇小说的细读为基础。因此在研究对象上具有跨学科的性质,而所追求的结论又必须还要回到文艺学本身。这种方式决定了本项研究的特点在于,一方面对新时期以来文学作品的研究不是建立在当代文学史的基础上的,尽管文学史为研究提供了一个远景,但我们梳理文学史的目的是为了看到历史中的一些特有规律,这些规律当上升到文学理论的层面时会是什么样的。研究的出发点是文艺学,归宿还在文艺学。

# 第一章

# 多样的现实世界

新时期文学初期,现实主义文学思想依旧是主流,无论是"伤痕文学"、"反思文学"还是"改革文学"都将写作的视角紧紧地贴近时代潮流,并力图使文学成为现实世界的反映,文学的教育和认识功能得到了突出。但我们还是在这种恢复现实主义的潮流中看到一些有意思的现象,那就是对"现实主义"这个概念的理解产生了很大的分歧并具体化到一些作家的写作实践上,从而形成了文本形态上的明显差异——这里面甚至包括一些现实主义文学的代表作家,如高晓声、茹志鹃等。本章的目的就是要考察一下这种差异性在不同作家的文学实践层面和观念层面的具体表现。

## 第一节 分裂的历史状态

重写十七年的社会政治历史是新时期伊始出现的重要文学现象;而且非常有意味的是,这种书写被赋予了一种恢复历史"真实"的价值内涵。在这次"重写"的浪潮中,茹志鹃的《剪辑错了的故事》[1]无疑是十分奇特的一部短篇,并与高晓声的《李顺大造屋》、张贤亮的《邢老汉和他的狗的故事》等作品共同构建起对十七年政治历史叙述的另一种景观。而十七年也是在这种被否定、质疑、批判的声音中重新进入人们的视野。的

---

[1] 茹志鹃:《剪辑错了的故事》,刊载于《人民文学》1979年第2期。

确,这种"重写"开启了新时期作家以新的视角思考历史的先声。从另一个角度来看,重写十七年意味着一种曾经被历史压抑住的个体记忆被激活。与这种记忆紧密联系在一起的是个体的苦难经历、历史的荒诞色彩、人的卑微渺小,还有面临强大的政治暴力时个体的孤立无援。它与十七年期间产生的文学产品所塑造的为了民族解放事业所具有的献身精神、英雄主义的精神气质、浪漫主义的革命激情形成了强烈的反差。而这种差异性也恰恰在提醒我们,对十七年文化历史的理解应该存在于两个时间阶段文学文本的差异和互补中,或许这样我们才有可能更准确地进入十七年文学生成的历史语境。

茹志鹃的文学创作在当代文学史中一直有些另类的特征。早在1958年,她的一篇《百合花》就曾激起了无数评论者对于文学作品中艺术审美特征的关注,而茅盾先生的一句"清新、俊逸"[①]的评论几乎成为茹志鹃写作风格的代名词。而她1979年发表的《剪辑错了的故事》更是在当时的时代环境中具有另类色彩的文学文本。

《剪辑错了的故事》在今天被视为具有某种先锋性特征的文学文本,当我们反思新时期文学初期的创作状况时,当我们为王蒙小说所展开的心理世界而激动时,我们就更能感觉到这部小说所具有的先锋特征与现代意味,尽管这部小说在叙述技巧上显示出了强烈的斧凿痕迹,尽管这部小说的先锋特征并没有王蒙小说表现得那么彻底。《剪辑错了的故事》所具有的艺术价值体现在以下两个方面:一是小说时空结构的二元色彩所表现出的电影艺术蒙太奇的特殊效果,犹如小说题目中的"剪辑"二字所表现出来的。二是小说中主要人物老寿在表层形象和深层形象之间的张力中所体现出的特殊的文化价值意味。而我们也将从这两个方面来思考《剪辑错了的故事》所具有的特殊价值,并由此进一步思考文学的"真实"问题。

---

① 茅盾:《谈最近的短篇小说》,参见孙露茜、王凤伯编:《茹志鹃研究专集》,杭州:浙江人民出版社,1982年,第247页。

## 一

这是一个很"奇怪"的故事,其奇怪首先就表现在小说中存在的那个特殊的时空结构特征。"剪辑"二字本身就具有重新拼贴的含义,这意味着小说中存在着一种时空倒错;叙述人努力在一种混乱的时空状态中塑造一段历史记忆。同时,"剪辑"还意味着这段颠倒的时空环境宛如梦境,它不堪回首,是一段应该被否定而又难以忘怀的历史。一个"错"字蕴涵了叙述人全部复杂的心绪。而且这种重新塑造时空的叙述手段是叙述人蓄谋以久的行为,小说的开篇就清晰地点明了叙述人的目的:

> 开宗明义,这是衔接错了的故事,但我努力让它显得很连贯的样子,免得读者莫名其妙。

"错"与"显得连贯"几个字之间存在着微妙的语言张力。在"引子"中,"错"既可以是一种客观效果,也可以形成一种价值判断。作为前者它指向了文本的语言结构,作为后者它则有可能指向这一语言结构背后的价值和意识。而"显得连贯"则意味着一种叙述手段。我们可以在"连贯"两个字中看到叙述人刻意保持的一种平静感,这是叙述得以进行下去的前提与方式。叙述人在"引子"中这种故弄玄虚的目的恰恰是叙述中时空结构颠倒的暗示。

仔细看一下,我们可以在小说短短的9个部分中至少发现四种时空结构,现罗列如下:

1. 叙述展开时空:小说中的引子和尾声。
2. 叙述中的现实时空:小说的第一、三、五、七部分
3. 叙述中的历史时空:小说的第二、四部分
4. 叙述中的心理时空:小说第六部分

小说努力在各条时间线上展开叙述,并通过老寿和老甘这两个人物在不同时空中的行为将各个时空衔接起来,并刻意在对比中描述不同时空中发生的历史事件。现在我们将探讨不同的时空结构在小说中所扮演的角色。

小说中的历史时空以叙述远景的形式呈现在我们眼前,它既是叙述

展开的记忆形式,也是叙述进行批判的手段。在历史时空中老寿和老甘是一种互相依存的关系,两个人物形象都被赋予了特定的象征意义,即群众与党内一些具有特定性格的干部。现实时空既是叙述展开的前景,也是叙述批判质疑的对象。在现实时空中老寿和老甘以一种相对立的姿态出现在叙述场景中,而叙述人也在努力追问现实场景中这种对立关系形成的原因,并通过小说的第六部分——老寿心理时空的展现——做出回答。从艺术效果上说,小说中不同时空之间的切换的确形成了电影剪辑中蒙太奇的效果。这样我们就可以感受到小说标题中"剪辑"二字的运用同时意味着小说将要采取的叙述方式,当然,这种叙述结构从今天的角度来看的确说不上什么新鲜。但在当时的时代语境中,无疑意味着叙述人在努力塑造一种新的艺术效果,而不是简单地传达出某种价值意义。这可以说是新时期文学创作在审美层面上所表现出的一种自觉追求。但是这种追求并不成功,其原因就在小说艺术结构所体现出的简单的二元对立上。

小说中的历史时空和现实时空之间形成一种互相对比的断裂关系,这种断裂同时暗示着一种价值观念上的断裂,个体联系之间的断裂。同时这种断裂中也暗示出一种作为社会精英分子身份的转换。但是在这种断裂中我们可以看到人物之间的关系却显现出了惊人的一致性。作为群众利益象征的老寿始终与作为党的利益象征的老甘之间形成一种依附关系,而不是平等对话的关系。在历史时空中,老甘作为领导者体现了一种社会精英的价值观念;而老寿则是群众利益的代理形象,他暗示了一个群体的利益和价值,并暗示了这个群体与作为社会精英个体的老甘在利益上的高度一致性。而在现实时空中,个体的这种精英身份发生了变化,老寿体现出一种具有怀疑主义色彩的"独异的个人"的价值特征,老甘则成为这个独异个体质疑和叛逆的对象,而那个在历史中曾经具有自觉行动意识的群体形象——在小说中以老韩为代表——则蜕变成了庸众,他们几乎没有任何个体意识,只知道服从、听话。群体的这种行为特征和老甘的对立色彩,使得老寿的质疑更显孤独和与众不同。

显然,小说叙述结构的断裂和人物身份关系转化的目的是为了强化小说的政治批判色彩。而小说试图在第六部分,即心理时空的展现中,明确这种批判。在现实中被质疑的老甘在梦境中变成了被批判和否定的对象。由于是梦的叙述,小说通过各种事端强化这种梦的无序性。如果不读完这段文字,我们甚至不清楚这段文字的时空背景,这可以说是一种高度想象化的文字——就小说叙述本身来说:村庄、雪山、世外桃源、战争、粮食、慌乱的人群、敌人的伞兵……各种因素混杂在一起。也是在这种混乱中,老甘只顾自己、不顾他人的行为被揭露得清清楚楚——这也几乎是叙述人试图揭露的最重要的真相;而老寿对于老甘的质疑和反抗也在梦境中达到了极致。

小说的第六部分在叙述环境上采用了现实和历史相拼贴的方式,将在历史中发生的战争状态移植到了现实场景中,这就使第六部分产生了双重的叙述功效:它既可以视为是对历史和现实的衔接——从叙述假定的情景层面上看;也是对历史和现实的双重背叛——从人物行为的价值取向层面上看。第六部分因而具有一种双重否定的功能:通过不同层面价值的选择,对历史和现实进行了取舍。也是在这种双重否定中,小说中的政治意识得到了突出;而在艺术手法上,这也是小说题目"剪辑"二字的再一次体现。

小说中,老甘的蜕变是发人深省的,一个曾经视群众利益为最高利益的人最后转变为一个为了个人利益而不择手段的人。老寿困惑之处正是老甘不断升迁的原因;不变的是老寿,变化的是老甘。而小说提出的社会政治问题也在这个地方。老甘蜕变的原因是什么?十分明显,这个原因似乎应归因于那个时空倒错的历史;历史的混乱为小说的质疑寻找到了最后的答案,并通过小说的"尾声"十分清楚地传达了出来。那么造成历史混乱的原因又何在?是老甘的个人利己主义吗?遗憾的是小说并未对此做出回答。经历过历史动乱的老寿和老甘在多年之后重归于好,在二人"重逢之时,互诉衷肠之际",这一原因被放逐到了历史的烟云中。小说的"尾声"因此消解掉了小说在开始提出的问题。为什么会出现这样一个剪辑错了的故事?这个"剪辑"错误之处何在?"尾声"与小说的引子和正文形成了强烈的反差和断裂,它意味着对这一原因的追问在二人关系的弥合中悄悄流失了。如果从问题小说的角度来思考这部小说的话，小说只是提出了问题，并没有给问题一个深刻的答案。小说既没有追问这种"错"的历史因素，也没有追问这种错误中的个体良知。而叙述的"尾声"也在努力弥合文本中形成的各种对立和断裂的关系，这昭示出叙述人思考的历史局限性。

## 二

小说奇怪的另一个方面体现在主人公老寿的身份上。在表层形象的塑造上，老寿是一个老实巴交的农民，一名老共产党员；而在人物形象的深层价值上，老寿又在许多地方表现出一种只有文化精英才可能具有的价值观念。在表层性格特征上，老寿为人耿直、憨厚、认死理，非常不同于村里面其他的农民，更不同于曾经与他一起同甘共苦过的老甘、村长老韩。而在深层性格特征上，老寿身上那种特殊的精英气质，更具体地体现在他对时代价值的怀疑精神上，这决定了老寿不是一个一般意义上的农民；也可以说老寿在一定程度上体现着叙述人的价值观念。这一点通过小说第六部分叙述中的"心理时空"传达了出来。在这个特殊的梦境中，老寿想象性地解决了他和老甘之间的矛盾。老甘以一个背叛群众利益者的形象出现在文本中，并与小说现实场景中塑造的老甘形象形成了鲜明的对照。而老寿则俨然成为群众利益的体现者和捍卫者。他几乎独当一面，在各个地方体现出其与众不同之处；尤其是梦境中，老寿为找老甘而翻山越岭的那一段文字，更体现出一种叙述的刻意与精心：

> 山哪！好高哦！老寿却头也不抬，只顾一步一步往上攀。他知道，山高望不见顶，可是走是能走到顶的。只要这么一步一步登上去，登上去。这山哪！好险哦！岌岌的悬崖，沉沉的深渊，怪石流沙，没有现成的路。但是老寿目不旁顾。他知道，只要脚底下踩得稳稳的，就摔不死人。他翻过一架山，又有一架更高的山，翻过更高的山，还有更高更高的山。这山哪！多深哦！没有人迹，也没有战争的烽烟。这里有的是奇寒，大苍雪，冷风，还有山石上的冰凌。为找老甘他披着霜雪，涉过溪流，跐破了山鞋，挂破了衣裳，为找老甘，他终于

爬到了山巅上。望望山那边,跟他来的路上一样,是一片苍苍莽莽的大地,伸展开去,似乎无垠无极。

此段文字修辞色彩浓厚,运用了三个大的排比式。高、险、深的群山与老寿单薄的个体形象之间产生了一种特殊的象征意味,并与老寿孤身一人爬山的行为形成了鲜明的反差;也是在这种反差中,老寿身上所具有的那种精英色彩被突出了出来——他孤独、超拔、卓尔不群,勇于抗争、追寻理想。尤其是到最后,老寿坚决地背叛了老甘,更表现出了一个醒世者才可能具有的勇气。他与前几部分中那个憨厚、耿直的老甘既存在着一种联系,更存在着断裂。这样一个老寿的形象的确是耐人寻味的,我们可以在老寿身上看到五四文学和新时期文学都经常出现的那种"独异的个人"的精神气质,它以"心理时空"的叙述形式被传达了出来。

显然,这样一个老寿形象的出现在叙述上的功能价值要远远大于他所具有的人物性格价值。需要进一步说明的是,人物性格的塑造在这篇小说中并不是一个十分重要的问题,叙述人的思考还没有进入到关注个体在历史中的命运这一层面,而只将关注的中心集中到了发现历史剪辑"错"了的原因上,这一原因的解决自然会为历史中的人物找到自己的归宿。作者自己也承认,《剪辑错了的故事》的写作来自于作者对历史的思考,并由此提出一个十分尖锐的问题,即"我们的党,我们的国家,再遭到一场战争,农民会不会像过去那样支援战争,和我们一起努力奋斗?这个问题是我提出的,也要我来回答。我思前想后,带着极度的震撼,回答是:不"。① 在这样一种社会政治意识的纠缠之下,小说人物性格单一且缺少变化便是自然而然的了。同时在人物行为上,有些细节描写显得过于牵强(例如,小说开篇部分,老寿在队长老韩面前不断做出的"八"字手势,这种"悬念"设计形式无论是从人物性格塑造的角度还是从叙述的角度让人很难接受)。小说结尾老寿老甘二人重归于好已经说明了叙述人倾心于历史的一切。因此老寿这一人物形象在这里所承载的并不是作为一

---

① 茹志鹃:《我对创作的一点看法》,原载《语文教学通讯》1981 年第 1 期,参见孙露茜、王凤伯编:《茹志鹃研究专集》,杭州:浙江人民出版社,1982 年,第 87—88 页。

个个体所具有的价值,而是作为叙述者实现其批判历史目的的功能。如果说在小说其他几个部分中,叙述者对历史的这种批判还有些遮遮掩掩的话,那么在第六部分中,叙述者直接要求老寿成为自己价值观念的载体。也是这种急切发现历史原因的要求,使得叙述对历史的思考简单化了,而老寿作为个体存在的价值在这里实际是被剥夺了。这就自然使老寿作为个体价值的形象与作为叙述价值载体的形象之间产生了裂缝,而恰是这种裂缝也成为叙述中更有意味、更值得我们思考的一面。

这种分裂感可以说是弥漫于小说的各个层面。在小说的开篇我们就可以看到叙述人在故意制造这种时空分裂,同时小说的结尾又通过老寿和老甘的重逢弥合了这种因时空拼贴所带来的裂缝。事实上,不同时间空间的交替与小说中主要人物之间的联系存在着一种对应的隐喻关系。它意味着历史和现实的分裂,人物的行为和心理真实的分裂,个体与群体的分裂。这种分裂感在小说的第六部分,借助老寿在梦境中的表现而达到了高潮;老寿也是在这个高潮中展现出了其性格深处被叙述人所赋予的精英性特征。而正是这种叙述手法也使老寿这一人物形象在性格塑造上也同时产生了一种分裂性:一个是在现实中无奈地忍受、追随的形象,虽然心怀不满,却无可奈何。一个是在梦想中改变世界,救万民于水火之中的形象,意志坚决,且言必行、行必果。因此,老寿在一定程度上成为了叙述人在现实中的隐喻形象。现实中老寿卑微而软弱,个体的良知在巨大的政治压力面前显得如此微不足道;而想象中老寿则高大果决,在良知的鼓舞下无所不能,他甚至惊讶于自己的言行。老寿这种性格上的分裂性,恰恰表现出了叙述人主体精神的二重性——现实世界的软弱和想象世界的强悍,并借助小说时空结构的这种分裂感传达了出来。这种分裂也暗含着叙述人心中一种特殊的心理焦虑的状态:叙述主体急于发现历史混乱的原因并急于根治它的焦虑性心态,并相信如此方可以使国家民族进入到一个真正理性的发展进步阶段。

华裔学者聂华苓在谈到茹志鹃的这篇小说时认为,这是大陆小说在新时期艺术成就颇高的一部作品,小说的各个层面之间充满了反讽(Irony)——即借助情节,或者具体细节、或人物的对照提示某种意义,但并不一定是否定的意义,反讽的运用使得小说的意味含蓄而深刻。但小说的结尾却是一个大的败笔,"画蛇添足,破坏了全篇小说巧妙的匠心。这个光明的尾巴实在是很不必要的"。① 其实,这个革命尾巴恰恰是必须的,而且也是从这个尾巴上可以看到小说叙述主体的历史局限性。叙述人显然没能进一步思考叙述主体是否应当对历史承担责任这一问题,或者说这种对叙述主体的反思因小说中十分强烈的社会政治意识而被遮掩了,而小说中弥漫的各种裂缝在叙述力量推动下的自然弥合就是这种思考局限性的暗示。老寿老甘在1979年重逢之际互诉衷肠,历史中的一切都在"新时期"这个新的时间意识中得到了解决。而叙述主体却并没有意识到自身的历史局限性和软弱性,老寿只是在梦中解决了一切,而在现实中他依然存在于历史的夹缝中;而老寿形象上的这种分裂性则成为叙述人自我反思局限性的表征。

三

在关于茹志鹃此篇小说的评论中,茅盾先生的概括是耐人寻味的。茅盾先生认为,小说的风格有两种,一种是如热暑中的倾盆大雨,人们读后感到淋漓尽致,抚掌称快,然而快于一时,没有回味。一种则如"静夜箫声",初读不觉其味,再读则感觉到其中的不平凡,三读后则感受到其中的深刻;而这样的作品才是耐咀嚼,有回味的。②"静夜箫声"不失其清新之处,却超越了清新并在箫声阵阵中感受到一种深沉冷峻。而茹志鹃写作的特色即在于其所关注者并非正面展示十年浩劫,而是关注生存于其中的人们的心理感受,"其所感受是各种各样的,也就是说,在他们身上呈现出的烙印是各种各样的"。③ 在谈到《剪辑错了的故事》的写作时,茹志鹃则不止一次以带有自我批判的意味谈到自己在十七年中写到的一些歌颂性的文章,尤其是一些报告文学和新闻特写。小说的素材就取自于作者

---

① 聂华苓:《中国大陆小说在技巧上的突破》,参见孙露茜、王凤伯编:《茹志鹃研究专集》,杭州:浙江人民出版社,1982年,第334页。
② 茅盾:《草原上的小路·序》,见茹志鹃:《草原上的小路》,天津:百花文艺出版社,1982年,第1页。
③ 同上书,第2页。

在1958年到安徽农村参观学习农业生产放卫星的经历,这种经历深深地刺激了作者,"'文化大革命'以前,我带着一种比较真诚的、天真的、纯洁而简单的眼光看世界,所以我看一切都很美好,都应该歌颂。回顾我当时的歌颂是不是在讲假话? 不,我是真诚的,歌颂也是从心里出来的,……"①作者对于自己那段历史时期的认识是真诚的,但遗憾地是作者的这种真诚并没有能够进入到小说的艺术层面,强烈的社会政治意识似乎更能够实现作者干预现实的理想,并由此造成了艺术创作主体在精神维度上的空白。

"问题小说"是茹志鹃在新时期初期写作中的一种自觉意识,同时也是新时期小说写作开始时的自然选择。新时期文学一直是以继承"五四"文化精神传统为己任的,而"五四"时期的小说创作中最重要的一翼就是"文学研究会"的"问题小说"写作。在这一点上,新时期文学与"五四"文学相同;但新时期初期文学的问题意识、思考的深度在各个层面上都没有达到"五四"文学的高度,其中的一个重要的原因就在于对问题的反思没有进入到叙述主体的层面上来,而只是集中在对历史事件本身的思考上。"过去十七年来,我写歌颂的是占绝大部分,经过'文化大革命'以后,我脑子更复杂一点了。这脑子复杂以后,有一些东西就想鞭挞,想拿起鞭子来抽它两下子。不鞭挞,也就无法更好的歌颂,不鞭挞也可能会掩盖了一些腐败的东西,报喜不报忧的人,从来都没有好人。但我过去从来也不曾在作品里鞭挞过,我怎么来鞭挞法呢? 这是我的一个新课题。"②可以说正是在这种"问题"意识的刺激下,作者刻意在艺术时空倒错的对比中追求一种强烈的震撼效果,但是这种对比效果只是强化了问题本身,却并没有找到答案;同时,强烈的社会政治意识也使得文本的审美效果大打折扣,尽管叙述形式的新颖可以看到叙述人的艺术追求。

---

① 茹志鹃:《〈草原上的小路〉的创作及其他》,参见孙露茜、王凤伯编:《茹志鹃研究专集》,杭州:浙江人民出版社,1982年,第81页。
② 茹志鹃:《漫谈我的创作经历》,参见孙露茜、王凤伯编:《茹志鹃研究专集》,杭州:浙江人民出版社,1982年,第61页。

有论者说《剪辑错了的故事》的深刻意义"不止于真实地剖析了'大跃进'、'共产风'给人民造成的灾难,更重要的是透过老寿的眼睛反映出党的优良传统的蜕变。变戏法式的'革命'把群众拥戴的游击队长老甘变成了以瞎指挥为晋身阶梯的公社书记老甘,严重地损害了党和人民、干部和群众之间的血肉关系"。① 我们可以看到,在这里,"真实"成为衡量小说艺术成就的首要标准,表面上看这是现实主义文学反映论的要求,是"问题小说"关注现实、并力图回答现实问题的要求。更进一步,它是认识论的哲学思维方式的内在要求,彰显的是将文学作为一种认识世界的手段的内在逻辑张力。而在这种强烈关注现实、认识现实的要求背后,隐含的是主体精神努力把握世界、理性精神重新塑造世界的强烈欲望。也因此符号世界和外在现实世界之间的关系——或者说是符号怎样才能真正体现现实世界——成为新时期文学首先关注的对象,而茹志鹃也的确是在这个层面上不断延伸自己的思考。

在《剪辑错了的故事》之后,茹志鹃的另一部小说也引起了人们的注意,这就是《草原上的小路》。后者所采取的艺术手法在相当的程度上是前者的一种延续,也是通过小说中人物萧苔的回忆将过去的历史穿插在当下的时间结构中,借此讲述出石均的历史境遇。小说中另一个人物更为重要,这就是将自己的热情献身给国家石油勘探事业的杨萌。在萧苔的叙述中石均和他的父亲石一峰是遭受历史冤屈的革命干部,石均的愤世嫉俗,他的痛苦经历也得到了萧苔的同情。但是通过杨萌的叙述我们还可以发现石一峰的另一面:一个曾经嫁祸于人的人——为了自己的利益,为了能继续向上爬,将杨萌的父亲错打成右派。而且直到他们父子被平反后,石一峰也不愿意为杨萌的父亲平反,他们父子毫不客气地将杨萌写给石一峰的申诉信毁掉了。如同石均所讲的,现在人们的交往都是"有条件的";同样他们对待历史、对待冤屈的态度也是有条件的。小说的结尾,萧苔得知这一实情后,拒绝了石均的爱情召唤,她要自己思索一下,自己找到生活真正的方向。小说的一个意义是:萧苔的行为中体现了一种

---

① 华东师范大学《中国当代文学》编写组:《中国当代文学史》,上海:上海文艺出版社,1989 年,第 220 页。

个体意识的觉醒、个体要发出属于自我价值意识的声音。

这篇小说在艺术手法的运用上要远成熟于《剪辑错了的故事》,如果说后者存在着明显的雕琢痕迹的话,那么前者则显得自然紧凑得多。同时茹志鹃将这种时空叠加的艺术手段与自己原有的艺术风格进行了合理的协调,从而使小说的意韵更为丰富。小说的结尾是令人深思的:一个拒绝对自己的错误进行反思的干部,尤其是当年他也曾经受到过不公正的对待,当这样的干部重新走上政治舞台时,他给这个国家带来的又会是什么呢?这种对历史质疑和思考的深度都是《剪辑错了的故事》那个简单的结尾所没有的,也因此在 1979 年的短篇小说评奖中,评委对于该让茹志鹃的哪部小说入选产生了很大的分歧。由于《剪辑错了的故事》意味着茹志鹃小说创作中的一个重要的飞跃,同时也是短篇小说领域中"第一篇正面接触、重新认识'文化大革命'以前的某些历史教训的小说",①这部小说最终入选。但是,即便如此,我们依然可以看到两部小说在对待现实这个层面上的根本性差异,《剪辑错了的故事》中那个独特的结尾,显然更好地体现了现实的意识形态要求;而《草原上的小路》则将对历史的质疑和思考引申向了现实领域中,而且更加发人深省。但如同我们在上面已经谈到过的,小说所关注的虽然是现实世界,但叙述主体并没有将这种思考引向自己。小说的叙述者萧苔面对历史和现实时思考的依然是如何判断现实和历史的是非对错问题,而在这个问题的展开中,萧苔似乎是置身于事外的,这意味着这个讲述故事的人依然没有思考自己的责任。而那个被认为更近似于茹志鹃性格特征的人物杨萌也只是历史和现实的受害者,是苦难的承担者。小说对石均肯定性的描写中充满了一种疑虑,这种疑虑在小说结尾处转换为一种对石均这个人物的否定和批判。这意味着这个人物只是主体思考的对象,那么主体自我呢?

或许在新时期文坛上,对于叙述主体的思考还要过很长时间才可能出现——也许根本就不可能出现,我们在这里似乎有些苛求于作者了。

---

① 李子云:《论茹志鹃》,见李子云:《净化人的心灵》,北京:三联书店,1984 年,第 79 页。

## 第二节　内在世界的拓展

讨论新时期文学的成就的确无法回避王蒙的贡献,本文在这里要思考的是王蒙小说对个体心理世界的探索和表现及其在当代文学中的价值意义。王蒙在新时期写的一些小说曾经被归入意识流,并因为其写作手法的新奇而引起了激烈的争论,这已经是文学史上公认的事实;但这两年,学术界又试图将王蒙这一时期的文学实践清除到"意识流"的写作范围之外。这的确是一件十分有意思的文学现象,本文将结合这一现象思考王蒙在20世纪80年代初期的文学实践活动。《春之声》无疑是王蒙在新时期的代表性作品,它也是本文着力解读的一个文本。[①]《春之声》所关注的是个体意识活动和外在世界之间的关系。注意,是意识活动,而不是尽力去模拟个体的无意识状态,这一点就足以证明这篇小说离所谓的"意识流"还远着呢。小说主人公岳之峰在许多地方都体现出一个富有精英色彩的当代学人的性格特征。在这里需要注意的一个现象是,岳之峰意识活动发生的外在空间:正在行驶过程中的火车的一节"闷罐子"车厢中。这个空间结构对于建构小说的意义和价值具有重要的作用,它与主人公岳之峰脑海中浮现的宽广丰富的世界之间形成了一种强烈的反差,并在叙述人的反复叙述中成为一个时代的隐喻形式。在这个"闷罐子"车厢中,刚刚打开国门、走向世界的中国人的现代性想象,通过岳之峰的意识活动被展现了出来;也是在这个空间结构中,具有精英意识的主人公岳之峰和嘈杂的群众的声音之间形成了一种特殊的关系。

一

作为主体生存与活动的外在时空——闷罐子车厢——与主体建构自我和世界的内在时空——岳之峰的意识活动——之间的张力构成了小说最基本的矛盾关系。狭小的生存空间与主体自由无羁的想象驰骋之间形

---

[①] 王蒙:《春之声》,刊载于《人民文学》1980年第5期。

成了强烈的反差,而主体努力理解和把握世界的愿望也在这种基本的对立中得到了彰显。"闷罐子"车厢则始终处于一种混乱而无序的状态中:车厢中拥挤的人群、嘈杂的声音、暗淡的烛光,还有各种难闻的气味……它是那个时代个体生存状态的隐喻形式,并承载着叙述人对它的复杂情感。

小说的开篇即将"闷罐子"车厢的空间结构通过各种方式表现了出来,当然,这种描述不是巴尔扎克精雕细刻伏盖公寓那样的笔法——那是法国经典批判现实主义再现现实世界、塑造真实幻觉的方式。如同我们在上面所说的,它是借助岳之峰的主体意识来塑造的。这种方式对于塑造小说的空间结构具有十分重要的价值,只有这样才能在主人公的生存现实和他的意识活动之间建立起一种强烈的对比关系。而"对比"恰恰是这部小说价值意义生成的基本修辞手段。在叙述视角上,《春之声》采取了现代叙述学所谓的"限制叙述",并将这种叙述与主人公岳之峰的主体意识相结合,也是这种特点使得 20 世纪 80 年代初期的相关评论将其定性为"意识流"小说。小说开篇就给人一种深刻的印象:

> 咣的一声,黑夜就到来了。一个昏黄的,方方的大月亮出现在对面的墙上。岳之峰的心紧缩了一下,又舒张开了。

由于叙述视角的转化,这个短短的句子,强调了外在世界的声音、色彩和形象的变化带给主人公的主观感受,并通过主人公的意识与无意识传达了出来。也是在这种强烈的感官刺激中,外在世界的狭小、灰暗,它与主人公内在世界之间的紧张关系被突出了出来。我们可以感受到这种空间结构对主体意识的冲击和它带给主体意识的压力。

在主体意识的自由想象中,闷罐子车厢以一种片断的形式不断进入小说的前景,并在小说的叙述中扮演着不同的角色。它不断打断主体的意识活动,将主体从自由联想状态拉回到现实语境中;同时,闷罐子车厢还与主体意识之间形成一种反讽的关系,在感官形式的层面上,消解了主体对未来美好的想象。也是在闷罐子车厢中,现代化中国的远景,全球化经济浪潮的声浪,都通过主体的意识活动传达了出来;"闷罐子"车厢成为王蒙构建意义的基本结构。"闷罐子"车厢似的形象在王蒙 20 世纪 80

年代初期的写作实践中具有一定的普遍性,我们可以在王蒙的多部小说中发现"闷罐子"车厢似的结构。例如在小说《风筝飘带》中,主人公素素就在一片混乱的背景中出场了,林立的广告牌、杂乱的草坪、来往的汽车还有各色人物组织成为故事发生的背景。而在这片广阔的空间中,素素和佳原却无法找到一个谈情说爱的地方;也因此,对未来的美好想象总是被现实的无情和艰苦所打断。《夜的眼》中,陈杲在众人的簇拥下挤上了夜里的公交车。他始终在听着周围的人声,同时又在展开自己的思绪。《海的梦》中,缪可言的出场也是在乱哄哄的车厢中,理想和现实总是交错出现,理想在现实面前总是显得十分脆弱,缪可言在回忆、现实和对未来的希翼之间徘徊,在伤感、理性和激情之间徘徊。而在《深的湖》中,"我"的出场依然是在乱成一团的嘈杂声里:长城上既有"江山如此多娇"般诗情画意的咏叹,也有"小丫挺的"骂声,还有饭票、邓丽君的歌曲……这种小说开篇的相似性就使得"闷罐子"车厢中的岳之峰形象颇富意味,他似乎是一种叙述人心理情感的折射。王蒙讲过,岳之峰的经历与自己有着密切的关系,只不过自己并不是什么科研人员,父亲也不是地主。①按照王蒙自己的说法,采用主人公联想的方式组织小说的结构可以便于作者组织材料,便于突破时空的限制,尤其是便于将复杂而丰富的生活组织在一个有限的点上,这就形成了小说特有的辐射性结构。主体的内在空间似乎是可以无限扩大的,同时主体又只能存在于一个漂移的点上,而小与大之间就形成了一种特殊的张力,主体自由意志的无限性也是在这种张力中被突出了出来。如果看一下我们在上面所提到的王蒙的几部小说,主体都有这个特点。另外,"漂移"构成了王蒙小说中人物行为的又一个重要特征——要么是主体在一个飞快运动中的物体上的漂移,要么是主体自己在漂移。这似乎暗示了主体在现实的压迫下存在的动荡的、不确定的状态,并成为现实的一种折射——现实就是处于动荡状态中的,而在这样一个不断变化的现实中,主体如何才能确定自我呢?"漂移"的主体形象所暗示的是主体重新寻找自我的过程,重新在现实、历史和未来

---

① 王蒙:《关于〈春之声〉的通信》,见王蒙:《你为什么写作》,北京:人民文学出版社,2003年,第30—31页。

的交织中确立这个新的"我"的过程。同时这个不断寻找的"我"的意义又不是存在现实中,而是存在于对未来的憧憬中——这个憧憬当然只能存在于主体的内在世界中,是主体想象出来的。"我"的意义是属于未来的,那么"我"在现实中的意义呢?这个意义似乎被推迟了,处于被悬置的状态中。无论是《夜的眼》还是《风筝飘带》,包括《春之声》,我们都可以看到主体意义产生的这种形式,这既是对主体自由意志的肯定,也暗示了主体在现实中微妙的生存境遇。但是并不像王蒙所说的那样,主体的这种状态是为了更好地展现出整个现实生活,它所展示的不过是现实生活的片断。现实在王蒙"闷罐子"车厢似的结构中不是像传统现实主义小说那样以一种线性的形式反映出来,而是如王蒙所讲,是一种辐射的形式,它所突出的是一种主体内在空间的意义。在这个空间中,现实的各种形象不是以完整的"过程"的形式出现在主人公的意识中,而是以片断的形式。或者是一句话,或者是一段音符,或者是一个形象,它们不停地"闪现"在主人公的意识世界中,以听的形式、看的形式、味的形式等等;同时,过去、现在还有未来也是在片断性的语言"闪现"中出现在主体的意识中。可以说片断化的语言闪现构成了文本语言的基本组织因子。一个个"闪现"出来的现实片断不断相互叠加,相互建构,也相互拆解。它们是各自得以存在的支撑,同时也消解了其他片断的完整性;它们必须在语言的交织作用下才能够存在,才能够获得意义。而从另外一个角度看,这种片断似的语言形式也的确真实地展示了个体在现实生活中——尤其是在城市中的感受,面对一个纷繁芜杂的世界,信息如潮水般涌入主体的意识世界,它们的呈现只能是零碎的,而不可能是完整的。可以说王蒙本能地把握住了这种个体在当代世界中的感受特征,并通过语言形式形象地将这种特征传达了出来。所以,这些片断似的语言闪现的确挑战了传统现实主义对于情节和语言的设定,也是这些片断化的语言闪现瓦解了现实在我们意识中的完美形象。难怪当时王蒙会遭到来自各方的抨击。

  应该说,王蒙为了服务于在语言世界中重新组织现实的目的,发明了片断式语言的表现形式。对此,王蒙是有着充分的自觉的,他曾经说过:"情节小说里提到的物件总是具有道具的性质,提到的环境总是具有布景的性质,提到的气象以及音响总是带有灯光、效果的性质,都与中心情节,与所谓主线有密切的关系。……然而《春之声》的写法却不是这样的。"①王蒙似乎天生就有破坏固有叙述结构模式的癖好,而不愿意遵守既有的程式,在王蒙的意识中,小说最好的结构就是那种如行云流水般没有任何结构痕迹的结构,②也因此,打破常规,发现新的叙述法则和语言模式成为王蒙在20世纪80年代初期自觉自愿的追求。

## 二

在小说中,岳之峰的意识活动是串联起全部小说情节的主线。正是在这个意识活动下,历史、现在和未来这三种不同的时空结构得以被衔接为一个整体,并组织成为岳之峰主体意识中的三种空间结构:历史的记忆形式、现实的生存场景、西方发达国家的现代化景观。

现实时空的主要表达形象是一个群体,这个群体可以说是新时期文学中比较早的"大众"形象,叙述人对这个群体所持的态度是十分复杂的。这个群体形象既是一个期待启蒙、期待引导的群体,也是一个充满希望和热情的群体。在叙述人和主人公岳之峰的共同改造之下,这个群体经历了一个由彻底地混乱状态进入到一个和谐整体的过程。首先,当这个群体第一次出现时是如此的混乱不堪,它构成了民族现代性景观中最重要的一幕。但是这个群体还不是后来市场经济形态下具有消费功能的大众形象,它更具有社会学的意义,描述的是一个时期人们的生存状态:

> 各种信息在他的头脑里撞击。黑压压的人群。遮盖热气腾腾的包子的油污的棉被。候车室里张贴的大字报通告:关于春节期间增添新车次的情况,和临时增添的新车次的时刻表。男女厕所门前排着等待小便的人的长队。陆角的双钩虚线。大包袱和小包袱,大篮筐和小篮筐,大提兜和小提兜……

---

① 王蒙:《关于〈春之声〉的通信》,见王蒙:《你为什么写作》,北京:人民文学出版社,2003年,第30页。
② 王蒙:《倾听着生活的声息》,见王蒙:《你为什么写作》,北京:人民文学出版社,2003年,第49页。

个体在这样一个混乱的群体中有随时被吞噬的危险,他在这样一种群体当中也只能显示出自己的渺小。岳之峰显然没有那种振臂高呼群声应和的精神气质,他十分乖巧,十分谨慎,或许是那个动荡的年代给他留下了太多痛苦的记忆。在"闷罐子"车厢中,这个刚刚从三叉戟飞机上下来的知识精英极为自觉地站到了闷罐子车厢的边上——当然,这个边上是十分舒服的,尤其是当大家都只能站着的时候。而身边的群体几乎仍然是乱成一团。在这种混乱中个体的思考就具有一种特殊的价值了。

在闷罐子车厢中,不同的声音构成了"闷罐子"空间中的一种特殊的景观。但是这些群体的声音显然是经过叙述人精心选择的,它们在"闷罐子"车厢中形成了不同的层次,并与主人公岳之峰思考的声音之间形成了一种相互呼应的关系。在这种呼应中,符合主体价值意义的声音被挑选了出来。如果说在车站中群体的喧嚣构成了岳之峰思考的背景的话,那么闷罐子车厢中的声音就成为主人公思考的一部分。在背景声音的刺激下,岳之峰几乎始终处于一种被压抑的状态下,这打破了他对法兰克福蓝天白云的幻想,回到了中国的现实状况中。也是在人们对闷罐子车厢的议论中,我们可以看到岳之峰逐渐进入到一种清醒的状态中。历史中富有浪漫色彩的革命记忆和西方发达国家的现代化景观相互交汇,并成为中国历史和未来的隐喻。经过这种声音的过滤,叙述逐渐展开了群体中一些不同寻常的个体的声音,而这也是叙述中最富有意味的声音:一个年轻的妈妈在跟着录音机学习德语的声音。这个声音充满了新的希望,它塑造了新中国在打开国门伊始对现代化的美好渴望和具体努力。而法兰克福的蓝天白云也在这种渴望和行动中不断由思考的背景进入到前景中来,并成为现实生活的一部分。小说中另一个有意味的细节是:那位年轻母亲手中的三洋牌录音机,这个商标吸引了岳之峰的注意。借助于这个形象,我们可以看到全球化将要进入中国的影子,看到一个民族在行将走向全球时的种种思考、困惑、不安,以及她的踌躇满志。

小说《春之声》中,岳之峰与群体间存在着一种矛盾而复杂的关系。处于生存状态的岳之峰努力让自己与群体相联系,而处于思考状态中的岳之峰则努力让自己与群体相区别。这完全不同于《剪辑错了的故事》

中主人公老寿与众人之间的关系。后者中,老寿与群体之间始终处于一种对立、对抗的紧张关系中,小说结构的复合性也在一定程度上暗示着这种紧张感,并使老寿在行动和思维上的独特性被突出了出来。但是在王蒙的《春之声》中,岳之峰在生存状态上已经完全放弃了这种独异个人与群体之间的对抗性,他保持了一种努力融入这个群体的姿态,并在许多行为细节上使自己成为这个群体中的一员。但在精神上,岳之峰则与这个群体完全不同,他与之相区别的重要标志就表现在他是一个思想者,尽管他身处群体之中,并和群体一起挤在拥挤嘈杂的闷罐子车厢中,但他是一个观察者,一个塑造世界的人,他处于这个环境中既是一种偶然,也意味着一种拯救。在他的意识中,慕尼黑的剧院、易北河上的游轮、法兰克福的蓝天白云构成了国家现代化的美好未来,并成为现代性叙述产生的重要动力;而个体无疑是这个叙述动力得以产生的重要原因。这个远景又与眼前的一切构成对比,并在意识或无意识的层面上对群体产生规范性力量。这样,个体与那个闷罐子车厢中的群体就产生了一种对立,他不是要融入这个群体,相反,他是外在于这个群体的,他要运用自己的力量改变这个群体并使这个群体获得新的解放的动力。而个体之所以具有这种力量,就是因为个体身上所体现出来的新时期启蒙话语的拯救意识。

这种个体与群体对立的进一步含义就是启蒙主体和盲目"庸众"的关系。后者往往在小说中被塑造为混乱的、盲目的、没有秩序的群体。《春之声》中一个十分有意思的地方就是,主人公岳之峰的理性意识经常被外面群体嘈杂的声音所打断,但这种断裂不会破坏掉岳之峰的思维秩序,相反它促进了新的思维动力的诞生。而新思维的产生恰恰暗示着个体在意识中对混乱"庸众"的规范和改造;也是在意识中,被改造的庸众又以国家现代化远景的方式再次被呈现了出来。慕尼黑也好、易北河也罢,那种婷婷袅袅、歌舞升平的景象不正是夫子"莫春者,春服既成,冠者五六人,童子六七人,浴乎沂,风乎舞雩,咏而归"(《论语·先进》)的古典理想的再现吗?因此,在王蒙的无意识叙述手法中,过去、现实、未来在叙述中产生互动的时间张力,但真正起决定性力量的,是那个未来的西方远景。而车厢中不断回旋的约翰·施特劳斯的《春之声》就不仅是时代旋律的象征,更是主体明朗健康积极乐观的理性意识的外化形式。

在小说叙述的过程中,叙述人的声音与岳之峰的声音之间始终存在着一种微妙的张力,也是在这个张力中,我们看到了小说所呈现出的艺术空间结构。在这个结构下,那个具有强烈精英意识的主人公被突显了出来——当然,这个主人公在性格特征上平和了许多,他身上的革命激情已经为新时期的理性意识所替代,而且他对这种理性意识深信不疑。

## 三

对于王蒙80年代初期发表的作品是不是属于"意识流"小说的争论到今天还在继续,但是争论的焦点已经发生了很大的变化。80年代初期争论的焦点主要集中在这一创作手法的合法性问题、它对现实主义文学的影响等问题上;而在今天,这种争论转移到了王蒙这一创作形式与意识流小说的文体联系和区别等问题。显然文化语境的巨大反差是这种转移发生的重要影响因素。

80年代初期,王蒙自己也有主观上主动采取这一"新"的文学形式的意愿,他曾经说过:

> 《春之声》的特点是它本身具有一个传统小说结构的特点,很集中。在这么一个很小的空间里面,很短的时间里面,在这么一个比较艰窘的环境里,他看到了希望,看到了前途,看到了我们生活当中的转机,他的情绪由低落到高昂。这本身不能用传统的方法来写的,用传统的方法写和我1957年1月发表的《冬雨》的结构基本是一样的。但是,我却想在《春之声》中挖出更多的内容。我感到我们生活之所以有趣,是在于我们今天的生活里哪怕是一件最简单的事情都特别富有时代的特色,都可以让人联想非常非常多。……在《春之声》里我写的就是这一点。但是我从这一点伸出去很多放射线,这样的结构是放射性的,伸出去,拉回来,又伸出去,瞬息万变,充分发挥联想的自由,扫描似的,一秒钟就可以有多少画面闪过。①

---

① 王蒙:《在探索的道路上》,见《北京师范学院学报》1980年第4期。

显然,从叙述的角度来看,王蒙的确有些夸大了一种新的写作形式所具有的价值和意义。但在当时的时代语境下,面对现实主义这一唯一合法的创作准绳,王蒙这么辩护为自己的写作形式寻找现实合法性基础的目的,这是完全可以理解的。而恰恰是这种通过个体联想形式结构全文的方式被王蒙理解为"意识流",王蒙甚至将其与中国古代文学中的赋比兴中的"兴"相提并论,①这的确有些牵强附会。因为,一个最简单的理论原则是,"意识流"的哲学基础与"兴"之间存在着根本性的不同,不能因为二者都具有"联想"的特征而将二者说成是一个东西。事实上,我们从彼时争论双方的言辞中可以看到,当时对"意识流"这一被定性为"现代派"的资产阶级艺术手法的理解并不深入;比较而言,90年代后期对王蒙小说创作所进行的思考可能更客观、更科学一些。

例如,李洁非就认为王蒙彼时的文学创作很难被归入"意识流"小说的范畴。② 从新时期文学文体发展演变的角度,李洁非认为王蒙彼时的创作并不是对个体下意识活动的描写,更多的情况是,王蒙的写作与个体现实生存环境之间存在着密切的关系,同时个体意识世界所展现的外在空间依然具有实在性。王蒙的这种写作可以更贴切地形容为一种内心独白的形式,它与意识流所刻意塑造的个体下意识活动的那种无目的性的感知、跳跃等特征还存在着距离。赵毅衡则从叙述语体形式的角度切入这一问题。他认为,王蒙很多小说的主要段落,都很难被定为是意识流。③ 赵毅衡采用细读的方式,逐句分析了王蒙小说中的一些段落,他认为,这些句子,更多的是一种直接自由式转述语和内心独白,真正的意识流句子并不多。

如果我们再仔细看一下的话,就会看到在王蒙写作的形式和内容之间存在着一定的张力,这个张力的存在也是无法将其写作判定为"意识流"的一个重要原因。应该说,在80年代关于王蒙创作所采用的艺术形

---

① 王蒙:《关于"意识流"的通信》,见王蒙:《你为什么写作》,北京:人民文学出版社,2003年,第185页。
② 李洁非:《中国当代小说文体史论》,西安:陕西人民教育出版社,2002年,第57页。
③ 赵毅衡:《当说者被说的时候》,北京:中国人民大学出版社,1998年,第168—170页。

式的争论中,一个十分有趣的地方是,辩护方总是试图将作为一种艺术手法的意识流和作为一种思考方式的意识流相区别开来,并以此为据说明这一手法并不违反现实主义文学的要求。例如有论者就认为王蒙的写作是"在传统现实主义的情节结构的基础上,改造、吸收现代派的心理结构的某些技巧,融情节描写和心理描写于一体,使之'经'、'纬'交错,构成一种主题、人物、情节、意境、节奏、哲理等有机融合的、多层次的立体结构"。① 还有论者则认为,在王蒙的手中"其实,'意识流'的某些写法,只是被借用过来并经加工改制过的运载集装箱"。而王蒙作品最大的特色其实还在"这些作品紧紧追随着时代前进的步伐,准确地拍和着时代交响乐曲的节奏,似乎作品有着一种先天的节奏感"。② 这种评论所表现出来的折中性是十分耐人寻味的。显然,辩护者并没有弄明白,"意识流"并不仅仅是一种艺术手法,是技巧层面的问题,它更是一种思维世界的形式,它有着独立的哲学与心理学基础,同时它的诞生与西方那个特定的时代环境有着密切的联系。将"意识流"简化为一种单一的形式技巧,显然是违背"意识流"的存在基础的;而将"意识流"与现实主义写作紧密地联系起来又的确是中国特色的。

从王蒙自身的角度来看,他对自己小说中是否采用了意识流表现出一种矛盾的心态。一方面他承认自己的确借鉴了一些意识流的写作手法,但另一方面他又认为自己与那个意识流还有着根本的距离,他甚至试图说明,早在意识流这个概念被引进中国以前,他就使用过这种手法了,同时这种注意对主体心理意识的发掘也可以在中国自己的文学传统中找到,如《红楼梦》。如果生硬地将王蒙的这一写作手法与意识流拉到一起,的确有些忽视王蒙的创造力了,因为这种手法的应用与王蒙对于文学的理解是有着内在联系的。在他看来文学创作首先是一种燃烧,在这种燃烧中,主观和客观之间的界限并不分明。同时,诗情构成了小说中不可

---

① 陈孝英、李晶:《"经""纬"交错的小说新结构——试论王蒙对小说结构的探索》,见《当代作家评论》1984年第1期。
② 徐怀中:《追随着时代前进的步伐——致王蒙同志的一封信》,见《文学评论》1982年第3期。

或缺的因子,它是个体理想在现实世界中的表现形式。王蒙承认,自己的小说与其说是一种对现实的叙述,毋宁说是一种个体主观情感的喷发;王蒙认为自己小说的主要问题就是"主观燃烧的东西太露,总是不过瘾,那股气到那儿出不来,入木二分不行,入木二点九分也不行,非入木三分不可"。① 王蒙的小说的确如他所言,注重抒情性而有些忽略故事性,那部有名的《青春万岁》在这一点上可以说是表现得淋漓尽致,而《春之声》不过是作家的青春激情在 20 世纪 80 年代的回响。

从这个意义上说,王蒙这一颇为怪异的写作形式恰恰是西方现代派文学观念和中国现实主义文学意识形态要求相妥协的结果,它与其说是一种创新,毋宁说是在特定的文化语境下诞生的一个"怪胎"。而"意识流"在那个特定的文化环境下能够合法存在的前提是,它必须是对现实主义文学创作的一种丰富和发展,而这也是"意识流"的哲学和心理学根基被清除掉的一个重要原因。而王蒙被批判也好,被肯定也罢,都意味着在那个特定的语境下,作为一种意识形态规范的现实主义对异己力量容忍的限度。在这种激烈的交锋中,西方现代派实际上是做了一次免费的广告,它的影响与日俱增,而现实主义文学观念日渐保持一种防守的姿态。王蒙则以其颇富争议性的文学实践冲击了原有的现实主义文学阵营,并在文学实践的层面上,成为西方现代派文学思潮及其他哲学、美学、文学思潮进一步引入中国的前驱。而小说中那个特定的语言结构形式也就成为那个时代中国现实主义文学观念和西方现代派文学观念之间矛盾张力的象征形式。

### 第三节　语言和帽子

高晓声的小说《陈奂生上城》②在新时期文学中占有十分重要的地位,它是新时期特色鲜明的具有现实批判色彩的小说。小说将描述的重

---

① 王蒙:《创作是一种燃烧》,见王蒙:《创作是一种燃烧》,北京:人民文学出版社,1985 年,第 101 页。
② 高晓声:《陈奂生上城》,刊载于《人民文学》1980 年第 2 期。

心转移到了个体性格特征的塑造上,并在城市和乡村两个空间结构中,反思这种性格特征的多样性和复杂性。陈奂生这一人物性格无疑不是生成性的,而是带有强烈的先验色彩的。而高晓声的创作也由《李顺大造屋》中思考人物命运的历史性因素转移到了思考人物的精神世界上。

按照高晓声自己的说法,《陈奂生上城》是对自己的另一篇小说《"漏斗户"主》的拯救,后者的主人公还是陈奂生,但发表时间要早于前者。[①]《"漏斗户"主》与上面的《李顺大造屋》实际上也是姊妹篇,《李顺大造屋》思考的是当代农民"住"的问题,而《"漏斗户"主》思考的则是吃的问题,李顺大和陈奂生在性格特征上十分相似:勤恳、宽容、真诚、老实,两篇小说在叙述展开的顺序上也是一致的,都是试图在历史的发展过程中,展现中国农民历史命运的变化。但是在思考的深度上,《李顺大造屋》要高于《"漏斗户"主》,后者将叙述时间划定在了1978年农村改革开始的时刻,即陈奂生得到充足的粮食的时刻;而前者则超越了这个时间,继续将对历史的思考延续到了改革开始以后,并批判了现实生活中依然存在的大量社会不公正问题。那么富裕以后的陈奂生是什么样的?这是作者提出的问题,并试图在《陈奂生上城》中予以回答。

一

富裕起来的陈奂生,其性格中最大的"短处"是语言表达能力上的欠缺,尽管他可以在老婆面前絮絮叨叨,但一面对外人就言辞寡淡。欠缺语言能力的陈奂生在羡慕那些能说会道之人的同时,也几乎丧失了在家庭和乡村中的地位。在语言的世界中,陈奂生只能靠边站。小说一开篇就揭示了话语权丧失带给陈奂生的痛苦:

> 如今,为了这点,他总觉得比别人矮一头。黄昏空闲时,人们聚拢来聊天,他总只听不说,别人讲话也总不朝他看,因为知道他不会答话,所以就像等于没有他这个人。他只好自卑,只有羡慕。

---

[①] 高晓声:《〈陈奂生〉前言》,参见高晓声:《生活·思考·创作》,上海:上海文艺出版社,1986年,第26页。

叙述人对于陈奂生语言的关注是十分有意思的,一个重要的原因是,构成精神生活的基本因素就是"语言",由此可以看到在本文中叙述人关注问题的重心。丧失了"语言能力"的陈奂生,最佩服的是大队里那个陆龙飞,因为他那张嘴"能说书",这再一次被大家嘲笑一番。语言成为陈奂生生命中的软肋,而"能说"不仅让陈奂生神往,也让陈奂生感到这是能让自己神气起来的唯一办法。显然,在陈奂生的生存世界中,找到语言也就可以找到作为个体的价值、尊严,找到个体在乡村中的社会地位。

陈奂生的生存状态向我们提出了一个严肃的问题:他如何才能找到自己的语言呢?然而小说开篇几乎和"语言"没有任何关系,交代的却是陈奂生上城。陈奂生上城赚钱的目的是什么呢?买一顶簇新的帽子。有意思的地方是,陈奂生打小就没买过帽子,虽然他曾经有一顶"漏斗户主"的帽子,但那已经被淘汰到历史的垃圾堆里了。有了两个零钱的陈奂生似乎突然之间感到了帽子对身体健康的重要性,似乎少了帽子生命中就少了什么东西似的。缺少了帽子的陈奂生和丧失了语言能力的陈奂生结合在一起构成了一个独特的形象:买帽子是一种经济行为,而找语言是一种精神欲望,在小说中二者以一种极为怪异的形式结合到了一起。为了买帽子,陈奂生上城几乎演变为一次身体历险,并使他在经济上蚀了大本;但蚀本的陈奂生却在无意之间找到了语言能力,满足了自己的精神欲望。这就使那顶帽子和那"语言能力"之间获得了一种独特的联系。买帽子的过程就是寻找语言的过程,而帽子的获得也就意味着语言能力的获得。

显然,帽子在小说中扮演着十分重要的角色。正是由于帽子的欠缺才使陈奂生忘了应先卖油绳再看帽子,因为他没带钱;也是由于帽子的欠缺导致了陈奂生大晚上跑到车站去卖油绳;还是因为帽子的欠缺使得陈奂生卖油绳忘了照顾好自己,不仅少挣了三毛钱,还受凉生病回不了家而不得不倒在火车站里;同样是因为帽子的缺失迫使陈奂生住进了高级的县招待所,并被敲骨吸髓般地宰了一刀。帽子的缺失由此成为陈奂生性格形象上的一种隐喻形式,而不仅仅是事件发生的导火索。它不仅具有叙述上的功能,同时具有存在上的功能,它与陈奂生在语言上的缺失形成了一种特殊的呼应关系。它意味着陈奂生对自我形象的塑造必须依靠一种外在的力量才可以实现,而帽子不过是这种力量的物质形式而已,这种物质形式的内在精神力量则是语言。

在叙述上,买帽子的确是陈奂生为自己确立语言能力的重要契机,而全部叙述结构就是为了使这个契机变成现实。小说第二部分开始阶段是这样写的:

> 当然,陈奂生的这个念头,无关大局,往往蹲在离脑门三四寸的地方,不大跳出来,只是在尴尬时冒一冒尖,让自己存个希望罢了。比如现在上城卖油绳,想着的就只是新帽子。

语言上存在的缺陷已经由一种意识行为转化为一种无意识状态,成为陈奂生内在的焦虑,而尴尬的精神状态不过是这种焦虑的症候。可以说是在这种无意识中,帽子—语言的缺失开始从各个层面上制约着陈奂生的行为,并成为陈奂生各种欲望的隐喻。没有帽子使陈奂生的身体遭到了重创,而丧失了语言则使陈奂生在精神上丧失了作为个体存在的尊严。语言表达能力极为糟糕的陈奂生在县委招待所遭遇到了漂亮女服务员的白眼。言辞木讷的陈奂生不仅泄露出自己卑微的农民身份,还被那个漂亮的大姑娘抢白了一顿。陈奂生几乎是在瑟缩中将口袋中大部分脏兮兮的钱谦卑地递了过去,但只是被服务员更看不起。有意思的是陈奂生的愤怒并不是来自于自己被干净漂亮的服务员所轻视,而是因为自己被县委招待所残忍地宰了一刀,这也使他将怒火发泄在了那间五块钱一晚上的豪华房间上。请注意这个细节,陈奂生计算这次豪华消费的方式是,"我还怕困掉一顶帽子,谁知竟要两顶!"帽子在此已经深入陈奂生的骨髓,成为他计算自己消费的货币形式了。

陈奂生终于买了一顶"呱呱叫"的新帽子,这顶帽子补足了他形象上的缺失;但是在买过帽子之后,陈奂生已经被城市榨取得身无分文了。这种经济上的赤字也使他陷入了另一种尴尬中:如何向自己的老婆交账?怎样为自己这次县城的历险找到借口呢?——按照陈奂生的算法,他至少消费了不少于三顶帽子的价钱。陈奂生这种经济上的损失通过语言找到了弥补的方式。他突然间意识到,自己这次上城的经历绝对动人,绝对具有讲述价值,这也使他感到这五块钱花得"值"!显然,在陈奂生那里,语言不仅有修正现实经历的作用,还产生了根治经济危机和精神危机的功能。尤其是当他的这种特殊经历与当地最高行政长官联系在一起以后,其中的传奇色彩就更是不容置疑的了。语言因此提高了陈奂生在乡村中的地位,并使陈奂生获得了前所未有的精神满足:

> 从此,陈奂生一直很神气,做起事来,更比以前有劲得多了。

在此,语言实际是对现实的一种掩盖形式,并成为陈奂生精神世界的无意识镜像,这个镜像的深层是陈奂生身份地位的卑微和在现实语境中的无能。但语言重新赋予了陈奂生这种丧失的能力,男人的欲望和力量在此获得了张扬,而那顶帽子则成为这种精神欲望的象征符号。

那么,语言是如何修正陈奂生的经历的?又是如何改写了陈奂生在经济上的蚀本的呢?

## 二

陈奂生上城的意外惊喜是他找到了表达自己的权利和方式,尽管这种经历在叙述人的叙述中被描述为一场特殊的历险。但历险本身也就存在着被倾听、被观赏的可能性,这种可能性同时提高了陈奂生在乡村中的地位。因此,陈奂生上城的经历就是寻找个体语言权利的经历,而语言表达上的欠缺在个体无意识的深层上是个体身份上的欠缺。陈奂生县城历险的经历恰恰为这种语言的生成提供了可能,而卖油绳买帽子不过是为这种语言生成提供了一个机会而已。陈奂生外表上的欠缺——一顶帽子——和内在精神上的欠缺——语言表达——构成了一种奇妙的对应关系。

那么县城是如何为陈奂生提供这种机会的呢?对于陈奂生来说,县城的经历是一次彻头彻尾的历险。我们可以看到,陈奂生在县城中往来的空间形式:车站、商店、旅店、马路等等,这些都是都市的外在结构,这些空间环境的呈现表明陈奂生是以一个旅行者的身份出现的。城市空间对来买帽子的陈奂生构成了一种特殊的挤压感:面对城市,陈奂生实际处于一种失语状态。县城在羞辱了一番来讨便宜的乡民后,又同时赋予他一种语言表述能力。陈奂生因此而获得了治疗,这一状态的外在符号就是那顶帽子,而其内在标志则是陈奂生在乡村中获得了前所未有的社会地位。这一转换的机制来自于两个层面:一是对陈奂生来说,本来是历险的县城经历具有了言说与表演的可能性,从而使陈奂生得以成为自己故事的主人公,成为被他人观看和关注的中心。它不仅满足了他人窥视的欲望,同时也满足了陈奂生展示语言表达能力的欲望。其次是,在陈奂生的历险中,吴楚县长是陈奂生获得语言表现能力的根本原因,也是陈奂生上城这一事件中最关键的地方。吴楚的出现使得陈奂生不仅是表演者,不仅是自己故事的主人公,同时还是陈奂生表演获得乡民认同的根据。乡民在语言的表层实现的是对陈奂生的认同,但在语言的深层上实现的则是对权力的认同;陈奂生不过是这种认同机制中的一个外在符号形式。这一特殊的认同机制和规则背后,潜藏的是一种独特的权力转换机制,并在叙述中形成了一种特殊的叙述错位。我们可以在小说中发现这种叙述的表达形式:

> 果然,从此以后,陈奂生的身份显著提高了,不但村上的人要听他讲,连大队干部对他的态度也友好得多,而且,上街的时候,背后也常有人指点着他告诉别人说:"他坐过吴书记的汽车"或者"他住过五块钱一夜的高级房间"……公社农机厂的采购员有一次碰着他,也拍拍他的肩胛说:"我就没有那个运气,三天两头住招待所,也住不进那样的房间。"

在这种特殊的语言表现景观中,叙述的力量被发挥到了极致。很难相信在陈奂生那里曾经是一场历险的经历,被语言重新组织起来后,转化为一种特殊的权力、身份和地位的表现。我们在上面谈到了县委书记吴楚的关键性作用,与吴楚有关的两个事物都同时产生了巨大的魔力,并极为符合弗雷泽在《金枝》中所描述的"巫术"的传染律。而汽车和招待所就不仅仅是两个普通的东西了,它们同时也是权力和地位的符号。被压抑的消费主义——五块钱一夜的房间,特殊的权力符号——吴楚书记,在叙述中被联系到了一起,成为提高陈奂生地位身份的筹码。如果说,吴楚书记是这个权力机制的直接形象的话,那么"五块钱一夜的高级房间"则是这个权力机制的隐喻形象,是身份、地位的具体物质形式。幸运地是陈奂生居然在一夜之间两个都占上了。理解了这一点,也就能理解为什么陈奂生会感到这五块钱花得实在是"值"的原因了。

无论是"帽子"还是"那样的房间"都是一个时代的特殊符号,它意味着金钱在那个特殊的政治语境中对个体身份界定的有效性限度,但它对来自乡下的陈奂生的盘剥却是毫不留情的。让我们回到陈奂生的经历中,重新审视一下"那样的房间":

> 原来这房里的一切,都新堂堂、亮澄澄,平顶(天花板)白得耀眼,四周的墙用青漆漆了一人高,再往上就刷刷白,地板暗红闪光,照出人影子来;紫檀色五斗橱,嫩黄色写字台,更有两张初期的矮凳,比太师椅还大,里外包着皮,也叫不出它的名字来。再看床上,垫的是花床单,盖的是新被子,雪白的被底,崭新的绸面,呱呱叫的三层新。

招待所考究的摆设和布置与陈奂生卑微的社会地位和他并不饱满的钱袋之间形成了强烈的反差。在叙述的含义上,这种差距的表现是为了塑造陈奂生形象与环境的失调,从而突出人物行为和心理状态的滑稽性。事实也是这样,通过叙述人我们得知,陈奂生几乎手足无措,他胆战心惊地面对眼前出现的这么富丽堂皇的场景,而他作为一个农民所有的一切自尊和自傲,都在这物质丰盈的世界面前被彻底击碎了。

这样一个客房内景的描写在客观上突出了县城和乡村在物质上的巨大反差,二者在物质利益上的尖锐对立。陈奂生的世界无疑是个贫乏的世界,土地、村头、田垄构成了陈奂生活动的乡村远景。有意味的是,这个远景在小说中基本上是一个虚化的形象,从来没有直接进入到我们的眼中。更多的情况是,在文本中它们随着对主人公性格的交代而闪现在叙述的语言中。这意味着这些场景——充斥着贫瘠、卑微、劳作和困苦的一切是作为主人公身体中内在的因子而出现的。它们构成的不仅仅是主人公生存的空间环境,更是主人公自我精神世界和生命体验的全部。而这一切被虚化的目的恰恰是为了服务于叙述中县城空间的展示。对县城招待所内在场景的详细描述,不仅打击了那个突然入侵的穷光蛋的精神世界,同时塑造了那个失衡的心理世界。而县城对他的盘剥,只能使被盘剥者以一种失衡的行为表达自己的愤怒。这一切也同时说明,县城这个世界无疑是外在于陈奂生的,它是一种压迫性和剥夺性的力量,并暗示出陈奂生世界的贫困状态。

对陈奂生的心理治疗成为小说中十分重要的结构,在治疗过程中叙述的魅力展现了出来。事实上,陈奂生面临着如何交代清楚自己经济亏空的问题?一个农民住什么宾馆、摆什么谱、充什么冤大头啊?城市的盘剥以一种特殊的焦虑冲击着陈奂生的心理世界,也是在这种危机时刻,本来是一场闹剧的行为终于通过陈奂生的语言重新组织成为一场精彩的县城旅游。县长大人的吉普车、招待所的华丽灿烂,本来是个体在身体和经济上的悲剧性经历,都在一个特定的权力符号的运作下,转化为个人的喜剧。语言不仅重新书写了个体的历史,同时还改写了个体的心理世界,并重新塑造了个体在乡村社会结构中的地位。而语言组织中隐藏的那个权力中心则在个体沾沾自喜的叙述中也悄悄地突显了出来。而这到底是陈奂生的喜剧还是社会的悲剧?

## 三

高晓声是一位典型的农民作家,他把自己文学实践的一切都奉献给了农民,并努力在身份上取消一名知识分子和农民之间的差异:"我完全不是作为一个作家去体验农民的生活,而是我自己早已是生活着的农民了。"①在这一点上,他与另外几位作家,如柳青、赵树理等,都是深值得我们尊敬的。保持一种农民的生存状态、行为习惯对于更好地理解农民,取消个体与农民之间的隔阂等方面无疑有很大的帮助。同时知识分子的身份又使他们的写作实践具有反思性和批判性。高晓声《陈奂生上城》的价值就在这个地方,并在思维深度上表现出了一名作家特有的敏锐性。

在重写十七年的浪潮中,高晓声的《李顺大造屋》②无疑是其中十分优秀的一篇。李顺大造屋的历史经历折射出了一个民族的沧桑,而李顺

---

① 高晓声:《且说陈奂生》,见高晓声:《生活·思考·创作》,上海:上海文艺出版社,1986年,第18页。
② 高晓声:《李顺大造屋》,刊载于《雨花》第7期。

大造屋的悲剧性结局无疑又呈现出这个民族中农民阶层的痛苦、悲凉和无奈。遗憾地是,与同时期其他文学作品一样,高晓声对于历史的反思过于简单了些,对于历史悲剧形成的原因的探索也只是停留在简单地追溯其政治层面的因素,甚至将新中国成立后李顺大的悲剧性历程简单地归结到政治政策措施上的是非对错。这种对于历史的思考既符合时代发展的政治潮流,也体现出作家思维的局限性;作家创作的独立性还没有在文本中表现出来。而要跳出对历史中具体政治政策的简单思考,跳出时代的政治要求,就需要摆脱时代写作潮流的影响,与《李顺大造屋》相比,《陈奂生上城》无疑是一篇不合时宜的作品。

在对陈奂生上城经历的叙述中,叙述人的声音是十分有趣的:这是一种诙谐的声音,带有调侃、讽刺的色彩。小说开始的用词也体现出了作者对待陈奂生态度的戏谑感。陈奂生出场时的形象——身高腿长,吃得饱,穿得暖,力气大,能干活。当然,该干的都已经干完了——种稻子,卖公粮,分了口粮柴草,而到自由市场卖一点农副产品被叙述人形容为"冠冕堂皇"——至少这不是一个褒义词。显然,这种声音的处理方式表现出叙述人与主人公陈奂生之间的距离感;在这种戏谑色彩中,陈奂生以一个带有一点丑角色彩的形象出现在我们眼前,并使整个故事的叙述产生了戏剧化特点。这种叙述方式与《李顺大造屋》中叙述人采用的声音形成了反差。两部小说都是第三人称全知叙述,都体现了叙述人对于历史和现实把握的高度自信;但在《李顺大造屋》中,叙述人的声音是一种正剧的声音,在客观冷静叙述的同时,叙述人的声音中还表现出一种历史的神圣感和沧桑感。这意味着叙述人努力保持叙述态度与李顺大经历上的一致性,努力取消叙述声音和李顺大声音之间的距离。这种叙述距离的缺失使得人物似乎更像是时代的木偶,丧失了对时代进行思考的权利,而思考的完成实际是通过故事的叙述人实现的。

但在《陈奂生上城》中,叙述人开始刻意保持自己的声音与陈奂生的声音之间的差异性,距离感的出现使得小说叙述中关注的中心发生了转移,即由关注事件的发展过程转移向了关注事件发生过程中人物的行为举止,包括人物自己的声音。而人物也成为叙述思考的对象。的确,叙述人在努力思考陈奂生性格的多面性,它们既分裂又一致地集中在这个人物身上,并通过人物的种种行为表现了出来。这一点以前已多有论述,在此我们不想进一步展开。但是这种声音的距离感只是在展示作为结果的陈奂生,而不是在展示陈奂生行为生成的动态过程。事实是,叙述人的声音经常压抑住主人公的声音,这表明陈奂生并不是一个活的对象,不具有传达自己声音的权力。叙述人这一叙述行为的直接结果就是将陈奂生转移为一个被思考的对象,一个被用来进行文化分析的客体。如果说李顺大是社会历史中的木偶,那么陈奂生则是叙述人价值意识观念的木偶。也是在这种凝固思维对象的过程中,中国农民形态的多样性、性格的丰富性、文化地域上的差异性同时被凝固了。

20世纪80年代初期的文学是思想解放的产物,它必然要去体现那个时代的政治政策、文化观念、价值取向,这十分正常。《陈奂生上城》在那个时代的确是一种创作上的巨大进步,它意味着文学作品由关注历史、关注时代、关注人物命运向关注个体性格、关注个体价值的转变。同时个体性格和价值取向上的多样性、复杂性也在这个人物身上得到了充分的展现。在一片欢呼新的时代、欢呼新的政策带给人民生活新的希望的颂扬声中,陈奂生形象的出现无疑是作家自己保持清醒和理性的表现。应该说,高晓声的这种清醒也在一定程度上体现在《李顺大造屋》中。李顺大为了实现造屋的梦想,最后不得不向砖瓦场的销售人员行贿送礼,并因此产生了负罪感,而真正应该有负罪感的人却并没有这种意识。最后安慰自己"唉,咳,我总该变得好些呀!"李顺大心理上的矛盾折射出了叙述人的心理矛盾,即对国家现代性远景充满希望的同时还存在着某种不确定感,它借助李顺大的牢骚传达了出来。但叙述人还是通过李顺大的声音将这种不确定性压抑了。而在《陈奂生上城》中可以看到,叙述人的叙述声音表现出了某种复杂的态度。一方面对陈奂生的塑造方式和叙述距离中体现出一种批判的色彩;另一方面我们还可以看到这种批判的声音中夹杂着的同情的态度。

高晓声不止一次说到,写陈奂生并不仅是在写一个普通的农民,里面有自己的生活经历。无论是陈奂生上城买帽子,还是住县委招待所,种种场景的描写都暗示出了农村和都市之间所存在的巨大经济鸿沟；而且这种鸿沟还通过身份地位上的差异进一步加以强化。高晓声自己就说，他因为各种事情经常出差，住各种各样的招待所，一晚上要花费很多钱，而苏南农民一天的工钱也就七八角钱。也因此高晓声承认，在陈奂生的身上有自己的影子。"我写《陈奂生上城》，我的情绪轻快又沉重，高兴又感慨。我轻快、高兴的是，我们的境况改善了，我们终于前进了；我沉重、我感慨的是，无论是陈奂生们或我自己，都还没有从因袭的重负中解脱出来。这篇小说，解剖了陈奂生也解剖了我自己（确确实实有我的影子，不少人已经知道这一点），希望借此来提高陈奂生和我的认识水平，觉悟程度，求得长进。"①我们不怀疑作家的这种真诚，但这种真诚不应该去遮蔽创作的另一个目的，这个目的就是对农民自身的批判，而批判的更深层目的是要避免历史的悲剧重演，"他们的弱点确实是很可怕的，他们的弱点不改变，中国还是会出皇帝的"。高晓声因此认为通过文学对农民进行启蒙是作家不可推卸的责任。②

## 四

高晓声自己认为，写小说首先要有一种情绪，写小说"如果情绪不对头，就写不下去。你是什么样的情绪，你就会用什么样的语言，而一连串的语言就决定一篇作品的意境"。③《陈奂生上城》开场的两句话就奠定了小说的基调是欢乐的，而《李顺大造屋》则在开篇定下了艰苦创业的调子。高晓声承认自己的这个看法来自于俄国作家契诃夫，他同时也强调了自己小说中的"情绪"是不同于契诃夫的。应该说高晓声的看法是十分有意思的，所谓小说的情绪，从叙述学的角度看，应该就是叙述人的声音形式，即叙述人以什么样的声音去讲述故事，戏谑的、庄重的、悲凉的、

---

① 高晓声：《且说陈奂生》，见高晓声：《生活·思考·创作》，上海：上海文艺出版社，1986年，第18页。
② 高晓声：《谈谈文学创作》，高晓声：《生活·思考·创作》，上海：上海文艺出版社，1986年，第51页。
③ 高晓声：《生活·目的·技巧》，参见高晓声：《生活·思考·创作》，上海：上海文艺出版社，1986年，第100页。

恐怖的……通过声音我们可以反观叙述人的叙述态度。这在上面已经分析了。有意思的是高晓声的进一步看法,即语言来自于情绪。语言对情绪的传达不是通过意思,而是通过声音形式。这种看法不是通过理论研究得来的,而是高晓声在创作实践中感受到的。他多次说明自己在写作过程中曾反复读自己的小说,"读"的目的是为了感受文字中的声音,由这种声音去感受小说的总体情绪。而这也是高晓声同时重视语言,尤其是中国古代文学语言的一个重要原因。但高晓声并没有意识到语言的"声音"在写作中的独立性,它对小说"情绪"的建构功能、塑造功能。所谓在写作过程中人物获得了自己的声音,人物获得了独立于叙述人的性格,就是语言声音建构功能的体现。这时候,叙述人会感到,不是他在写人物,而是人物在写自己。

显然,高晓声已经在写作实践中跳出了经典社会主义现实主义所要求的语言是对思想观念的传达这样一种认识,而将语言视为一种感性情绪的传达,这一要求表现在小说中,就是他的小说并不是将重点放在小说情节的逻辑性展开,不是重在所谓典型环境和典型人物形象的细节性描摹,而是注意小说整体情绪的跳跃起伏,注意这种变化中的节奏。仔细看一下《陈奂生上城》的结构,其实并不是均衡的,开篇是上城,陈奂生悠悠上城的欢快情绪引出的是他并不欢快的个体感受,由于语言能力的缺失带来的个体自卑感。其次是在县城中卖油绳的经历,高兴的开始带来的依然是身体和精神上的创痛,这两个部分的声音都是先扬后抑的。最后是叙述的重点所在了,陈奂生住旅馆和买帽子,而此处的叙述篇幅则是远远超出了前面的任何一个部分,而且叙述人几乎是顾不上整体结构的均衡感了,一口气叙述到底。但此部分的声音却是先抑后扬的了。这样,小说虽然在整体结构上处于一种不均衡的状态中,但在整体的节奏上却是一种均衡的状态。而对人物的塑造并不是局限于对人物性格的或客观或主观的描述上,而是注意在小说整体节奏的变化中让人物的性格特点表现出来。

"我的小说跳跃得比较厉害。这是把主观的东西跟客观的东西互相交换,一会儿写主观,一会儿写客观。一篇小说,在什么地方,应用这种方法,这个不固定。"①高晓声的小说的确有这种跳跃性,这或许是为什么有人说,他的小说看起来很土其实很洋的原因。但这种跳跃感不是一种简单的创作手法,而是一种语言节奏控制的结果。这或许是高晓声小说别有意韵的地方所在了。

## 第四节　别样的空间

无论是从语言风格上,还是从叙述形式上,汪曾祺的《受戒》、《大淖记事》还有《异秉》都是新时期初期文学中十分个别的几部作品,他的小说曾经被认为根本就不是小说,而看了他小说的人竟会惊呼:"小说原来还可以这样写!"的确,与那些规规矩矩的现实主义小说相比,汪曾祺的写作很不合规范,很特殊。这种特殊性与汪曾祺小说所开创的一种迥然不同于以往的时空形式有密切的关联。本文将结合汪曾祺的《大淖记事》②探讨其小说创作的艺术特征及其创作的思想观念。

一

空白,作为一种叙述技巧,在汪曾祺的小说中占有重要的作用。
《大淖记事》中存在着两种空间形式:一个是处于现实文化边缘语境下的生存时空;一个是诗化时空,剥离了与现实的距离,存在于叙述人的想象世界中。而空白的使用就是塑造这一剥离现实时空的诗化世界的重要手段。看一下这段:

> 一天,巧云找到了十一子,说:"晚上你到大淖东边来,我有话跟你说。"
>
> 十一子到了淖边。巧云踏在一只"鸭撒子"上(放鸭子用的小船,极小,仅容一人。这是一只公船,平常就拴在淖边。大淖人谁都可以撑着它到沙洲上挑蒌蒿,割茅草,拣野鸭蛋),把蒿子一点,撑向

---

① 高晓声:《答南宁作者问》,参见高晓声:《生活·思考·创作》,上海:上海文艺出版社,1986年,第70页。
② 汪曾祺:《大淖记事》,刊载于《北京文学》1981年第4期。

淖中央的沙洲,对十一子说:"你来!"
　　　过了一会,十一子泅水到了沙洲上。
　　　他们在沙洲的茅草丛里一直呆到月到中天。
　　　月亮真好啊!

在这里,通过增加句子之间在叙述上的时间距离,掐断了句子在时间上联系的紧密性,造成一种诗句形式的跳跃,从而形成了时间空白。与这种时间空白相对应的是语言中形成的空间空白。引文实际上只有五句话,每句话都形成一个独立的空间场景。空间场景的切换类似于电影中镜头的剪辑一样——大淖的东头、淖边、沙洲、茅草、月亮。镜头语言中人物的声音如同点睛之笔,而且十分简洁,具有英语中的"述行语言"(Performative language)的特征,即语言在这里不是描述事物的存在状态,而是意味着一种行动,这就使人物的声音在客观上成为联系上下场景的有效中介,并自动完成了场景的切换。同时在场景的刻画中,注意对空间整体的调动,而将人物的行为虚化和远景化;这既使人物置于整个场景的中央地带,从而形成了动静统一与对比的画面叙述效果;而场景自身作为主要的塑造对象也被突出了出来。在这里组织场景的不仅是人物,同时也是人物活动的时空结构,而且后者更重要。将人物虚化意味着人物的行为被线条化,脱去了具体而感性的形象,而抽象为一个表意符号,成为整体画面语言中的组织结构,而这正是中国画的时空结构特征。

宗白华先生说过:"中国画不注重从固定角度刻画空间幻景和透视法。由于中国陆地广大深远,苍苍茫茫,中国人多喜欢登高望远(重九登高的习惯),不是站在固定角度透视,而是从高处把握全面。这就形成中国山水画中'以大观小'的特点。"① 所谓"以大观小"来自于宋人沈括。在《梦溪笔谈》卷十七中,沈括说:"大都山水之法,盖以大观小,如人观假山耳。"北宋画家郭熙也讲过:"学画者以一株花置深坑中,临其上而观之,则花之四面得矣。"(《山水训》)郭熙认为画山也是如此。画家当以虚

---

① 宗白华:《中国美学史中重要问题的初步探索》,见《艺境》,342页,北京:北京大学出版社,1987年。

静之心,穷其观,极其照,从各个角度看山,方可把握山水之万象,并有无穷之发现,由此去探究山水之精神。而这正是中国画的特点所在。"画家的眼睛不是从固定角度集中于一个透视的焦点,而是流动着观察上下四方,一目千里,把握大自然的内部节奏,把全部景界组织成一副气韵生动的艺术画面。"[1]也是在这一点上,体现出中国艺术与欧洲艺术在时空结构上的根本性差异。

由此观之,在汪曾祺上面的几句话中,恰恰体现出中国画的艺术境界。五个场景的跳动不是替换关系,而是流动关系,并因此而形成一完整的图景。画面的意境塑造也由实到虚,画面的人物也是动静相合。叙述人"以大观小",不注意细节化的形象塑造,而是注意整体画面的流动和意境的烘托。叙述人的视点亦不黏着于一点,而是上下流动,句子间的节奏也在视点的变化中被突出了,并构建出一个古典意象盎然的世界。显然,这个时空是一个高度想象的世界,不是现实世界的模仿,它更存在于叙述人的胸襟中,而不仅仅是在叙述人的笔下。对于这种空白的运用,汪曾祺有着明确而自觉的意识,他在一次演讲中就曾讲到过,中国古代的画家很早就意识到画中空白的重要性,空白的作用就在于"让读画的人可以自己去想象,去思索,去补充。一个小说家,不应把自己知道的生活全部告诉读者,只能告诉读者一小部分,其余的让读者去想象,去思索,去补充,去完成"。汪曾祺进而认为,小说应该是"作者和读者共同完成的"。[2]这很有西方接受美学的意味了。

我们在这种语言组织形式中还可以看到戏剧剧本化的语言结构特征。不注重叙述语言间的逻辑关系、前后语序,而是注意句子对于空间场景的塑造和调动,从而有效地编织起舞台场面,是这种舞台化语言结构的突出特征。文字是叙述人展现其才华的另一个舞台,它与叙述人的个体历史经历相结合,紧密地服务于诗化空间结构的塑造,勾画出叙述人别样

---

[1] 宗白华:《中国美学史中重要问题的初步探索》,见《艺境》,342页,北京:北京大学出版社,1987年。

[2] 汪曾祺:《美国家书》,见《汪曾祺全集》卷八,第111页,北京:北京师范大学出版社,1998年。

的想象世界。

## 二

非常有意味的是,汪曾祺笔下人物活动的现实时空,其文化特征体现在"边缘性"上。

这种文化上的边缘性首先体现在叙述人选取的"大淖"这个空间的存在地点。所谓"淖"就是大水、湖泊。《说文》有:"淖,泥也。"《管子·内业》有言:"淖乎如在于海。"《广雅》亦有:"淖,湿也。"小说的开篇很类似于传统八股文的破题:"淖,是一片大水。说是湖泊,似还不够,比一个池塘可要大得多,春夏水盛时,是颇为浩淼的。"八股文的所谓"破题"是指"说出这次要讲的主要内容是什么,性质也就相当于今天所谓文章的'主题'";①而叙述人通过阐释"淖"字的含义向我们展示了一片自然而空旷的外部空间,这个空间几乎没有什么人烟,春夏秋冬,所谓"四时之景不同"。在这种外部景色的展现中,有意思的是叙述人的叙述句法,几乎是四个大的排比句,构成了节奏紧凑、舒张自如的语式,并形成了一种古朴的音韵之美。随后叙述采用了类似于电影语言中镜头逐渐推进的方式,似乎是在无心中,点染出一只小船,几家矮房;然后是人烟,是小鸡小鸭嫩嫩的啁啾声。

叙述人说:"大淖指的是这片水,也指水边的陆地。这里是城区和乡下的交界处。"大淖既不是城里,也不是乡村,而是城乡结合地带,是一个三不管地区。它在文化上,在形态上,甚至在人们的行为举止、伦理道德观念上,都与城市和乡村不一样。这种不一样,显然是叙述人的一种叙述形式,但由此可以看到叙述人的刻意安排。"大淖"的这种特殊的空间存在形式决定了生存于其中的人物在文化上的边缘性。

然而叙述人似乎还要进一步明确这种文化上的边缘性特征,这集中体现在他对十一子和巧云在生存空间和文化身份的介绍上。十一子和巧云生存在大淖的两边,一个在西,一个在东。这东西两边实际上是两种文

---

① 启功:《说八股》,见启功著《汉语现象论丛》,北京:中华书局,1997年,第104页。

化形态,而且是根本对立的。东边的老锡匠就警告十一子,不要和东边的人来往,尤其是那头的姑娘媳妇。而十一子生存的西边则是:

> 西边是几排错错落落的低矮的房屋。这里住的是做小生意的,他们大都不是本地人,是从里下河一带,兴化,泰州东台等处来的客户。

叙述人说,做小生意的都是西客边,为人行事都十分谦和忍让,并构建了一个平和的地带;他们不是本地文化的主流,而是处于本土文化的排斥与吸收中。他们是这一特殊的地理空间中生存着的特殊的外来人,而老锡匠则成为这个外来群体的代表性人物。"义气"是这一群锡匠身上最为鲜明的文化品格,与之相呼应的是人物童叟无欺、手脚干净的处事原则;它充满了江湖气,但又没有江湖气中的油滑、世故的一面。而老锡匠的侄儿十一子则不仅在精神气质上,而且在言行举止上,尤其是在外表上,成为这种"义气"的象征符号。

而在东头,则是另一番景象:

> 东头都是草房,茅草盖顶,黄土打墙,房顶两头多盖着半片破缸破瓮,防止大风时把茅草刮走。这里的人,世代相传,都是挑夫。男人、女人、大人、孩子,都靠肩膀吃饭。

这种靠肩膀吃饭的人在观念意识上与西头的人完全不同。他们的文化特征更具有流动、随意的一面,有钱则赌,有饭则吃,而且不留存底,追逐一时的快乐。他们似乎百无禁忌,尤其体现在"性"上。妇女在性上的随意让人吃惊,并因此被当地人认为"风气不好"。巧云就生存在这种"风气不好"的环境下。她的身世也充满了传奇色彩。父亲是名声在外的挑夫,母亲则是别处逃出来的婢女。在生下巧云后三年,又跟着另一个男人跑了。所有这一切都决定了巧云在文化身份上的弱势地位。

文化上的这种边缘性特征决定了人物身份的边缘性,这使得人物的性格行为可以超越现实世界的界限,可以摆脱传统文化观念的羁绊,可以超越常规,被历史和现实接受并具有一种被叙述的合法性。他们不是文化的主流,他们的存在形态甚至处于被遗忘的状态。而叙述人努力通过巧云和十一子所传达的就是这样一种被遗忘了文化遗存,它可能是历史,也可能只存在于叙述人的记忆中,并为叙述人所美化。

三

看一下汪曾祺笔下的人物,我们就可以感到,无论是巧云还是十一子,在性格上都十分单一,并没有什么深度。其实,塑造个性化的人物并不是汪曾祺此篇小说的目的,人物在其小说中的象征意义要远远大于性格意义,而巧云和十一子则不过是某种意义价值的符号,传达的是叙述人的一种美好想象。在汪曾祺的小说中善恶对立、刚柔相济构成了叙述人的基本价值判断,而有意味的地方是作者通过人物表达这种价值判断的方式。

十一子和巧云首先象征了传统文化中阳刚与阴柔对立而统一的一面。十一子的阳刚之气不仅表现为一种外在的形态,同时也是一种内在的精神气质。十一子的外在形态充满了中国传统阳刚男人的俊朗之美,"他长得挺拔匀称,肩宽腰细,唇红齿白,浓眉大眼,头戴遮阳草帽,青鞋净袜,全身衣服整齐合体"。与这一形态相统一的,是其行为举止麻利干净,为人刚正耿直,聪敏善良。我们在十一子身上几乎找不到什么弱点,而且叙述人根本就不想去塑造一个性格丰富、充满二元对立矛盾性格特征的人物形象。叙述人对十一子男性俊美的身体的描写中,蕴涵着一种对美好健朗的人格精神的想象。这样一个形象出现在20世纪80年代初期的文化语境中当然是值得我们玩味的。

与十一子这种阳刚之美相对应的是巧云的阴柔之美,可以说她与十一子真的是天造地设的一对。但这种美与巧云身份上的卑贱、身体上的残缺构成了一种特殊的反差。巧云的身体是丧失了纯洁性的身体、被蹂躏的身体,为一种邪恶的力量所侵袭。这种邪恶的力量在文本中具体化为乡里保安队中的刘号长。将巧云从刘号长手中拯救出来,就成为十一子无法回避的职责,而拯救的方式恰恰是通过十一子健壮的身体完成的。在遭受了保安队大兵的凌辱后,十一子的身体遭到了毁灭性的摧残,但十一子精神上的阳刚之气在苦难面前获得了崇高的价值和意义。而巧云的身体也是在经历过苦难后,拥有了另一种阳刚之气:面对苦难勇于担当的沉稳和坚定。

因此,如果说刘号长在文本中象征着一种恶的力量的话,那么巧云和十一子则是善的象征。十一子对巧云的拯救不仅是对善的颂扬,同时在善与恶的较量中,十一子男性的身体具有了另一种象征意义:如果说巧云被邪恶凌辱的身体是一个民族遭受苦难的隐喻形式的话,那么十一子阳刚健朗的身体,则是使这个民族获得新的希望的活力所在;同时这种阳刚健朗之气也是这个民族获得救赎的根本。

巧云的身体在小说的结尾无疑地发生了根本性的变化,它不再是那个 15 岁小女孩的身体,柔弱纤巧;在历经磨难之后更加成熟,更加美丽,虽弱风扶柳,但挺拔坚定。显然,阴柔之美在巧云的身体中依然存在,但这个身体中更获得了一种阳刚之气。古人谓道生两仪,阴阳相荡:"一阴一阳之谓道。继之者善也;成之者性也。仁者见之谓之仁,智者见只谓之智。百姓日用而不知,故君子之道鲜矣。显诸仁,藏诸用,鼓万物而不与圣人同忧。盛德大业,至矣哉。富有之谓大业,日新之谓盛德。"(《周易·系辞传》)因此,巧云的身体是阴阳和合后的身体,是阴阳相荡的身体,是一个民族重新获得希望的象征。

小说结尾的那句话颇有意味:"十一子的伤会好吗?会,当然会。"这是一句充满希望的箴言,展现出汪曾祺小说恬淡、素雅中所蕴涵着的政治激情和热望。汪曾祺的小说并没有远离那个时代,它是那个时代中个人精神和民族精神的写照,是在对历史古典诗意般的勾勒中,所折射出的深沉回音。

## 四

在小说空间结构的塑造手法上,汪曾祺运用的是传统叙述艺术结构中层层铺垫、众星捧月的手法,并以此颠覆了现实主义小说中典型环境和典型人物的塑造方式。汪曾祺对此实际是有着明确的自觉的:"我以为,一篇小说,总得有点画意。……到现在还可以从我的小说里看出归有光和桐城派的影响,桐城派讲究文章的摆放,断、连、疾、徐、顿、挫,讲'文气'。正如中国画讲'血脉流通'、'气韵生动'。我以为'文气'是比'结构'更为内在,更精微的概念和内容,思想更有有机联系。"①我们可以把汪曾祺的小说空间结构定名为"中国画画面结构",即不注重画面中人物形象、内容的精雕细刻,而是注意其神态的传达,不是从形象和内容对于现实的反映这一点切入小说,而是更注意整个结构的首尾贯通,注意其中气韵的保持。他的小说因此不是以刻画擅长,而是以写意为重;这种艺术追求也直接决定了汪曾祺小说的叙述语言形式特征。

汪曾祺小说保持了一种平稳和缓的叙述声音,而且在各种情况下都避免叙述速度的快慢差异过大。这一叙述声音和叙述速度的运用,是压制小说情节戏剧性的一种重要手段。这一叙述技巧的运用是服务于小说所追求的"中国画画面结构"的构图原则的,即注意画面的流动性、和谐性和神韵。而小说中戏剧性因素过强则有可能破坏这一节奏。为了保持这种画面感,叙述人在保持声音和缓的同时,采取了一系列叙述手法,如叙述中断与插叙的结合,小说中巧云遭难是这一技法运用的典型形式。十一子夜救巧云,送其回家并离开后,叙述人接着写道:

> 巧云起来关了门,躺下。她好像看见自己躺在床上的样子。月亮真好。
> 巧云在心里说:"你这个呆子!"
> 她说出声来了。
> 不大一会儿,她就睡死了。
> 就在这一天夜里,另外一个人,拨开了巧云家的门。

如果前四句有一种女孩子特殊的欣悦与怅惘的话,那么最后一句叙述语气陡然发生了变化,一下变得沉重、不安起来。但语气到此又戛然而止。叙述对灾难和痛苦的描述都留在了文字的空白中,而接下来的部分则开始介绍强暴巧云的刘号长的来龙去脉。也是在这部分,叙述人只一句"拨开巧云家门的人,就是这个刘号长",就交代出了巧云在那夜里所经历的一切。

---

① 汪曾祺:《两栖杂述》,刊载于《飞天》1982年第1期。

叙述语气的和缓同时缓解了灾难对人物造成的身体和心理的创痛,似乎是在无心之间,一切都化解掉了。这是叙述为了服务于画面空间结构所必然付出的代价。但在声音和事件之间存在的冲突中,我们还是可以感受到叙述人内在的激情,而这种刻意压制叙述声音速度和语气的做法,也是为了让文本中欢乐、积极的情绪成为画面主调得到突出的手段。

应该说在空间结构设置、人物形象的选择和塑造上,汪曾祺刻意突出了小说中这些因素在文化上的边缘性特征,并与小说所采取的叙述结构、方式、技巧等一系列因素形成了一种统一性。这也与汪曾祺小说反现实主义艺术法则的追求是有联系的。汪曾祺对于自己的小说创作的思想往往自相矛盾,难以自圆其说。例如他一方面承认自己的作品的确在追求一种画面结构,忽视人物性格、故事情节在整个叙述中的价值意义,并因此使文本中的语言因素得到突出。另一方面,他又强调小说应该回到现实主义文学传统,回到民族文化的传统。一方面,汪曾祺承认,这种对文化传统的回归应该是一个作家,尤其是中国作家的自觉行为,另一方面又承认自己的小说是受到了西方现代派艺术手法的影响,并在不少小说的具体写作中加以实践。实际上,汪曾祺的小说在骨子里是反"现实主义"的——这个"现实主义"不是历史上的批判现实主义,也不是新中国建立以后所倡导的"社会主义现实主义",而是"文革"期间一统天下的"革命而浪漫的现实主义",这可能也与作者那段刻骨铭心的历史经历有关。"文革"期间长期从事样板戏的创作不可能不对他产生影响。所以汪曾祺也说要回到"现实主义",但他同时说要回到"民族传统",而且回到"传统"是汪曾祺具体的文学写作实践,而回到"现实",无论从其选择的故事情节、还是人物形象,都可以说明,不过是一个口号。事实是,如果我们看一下《大淖记事》中开篇的叙述手段,就与样板戏"三突出"的基本结构要求有着某种神似。只不过这个结构是以反现实主义的形式表现出来的,而叙述人刻意限制叙述速度保持叙述声音舒缓的另一个目的就是使叙述摆脱"三突出"情节人物的叙述要求,并使语言的诗化意味得到了强化。

汪曾祺这种自觉运用空白形式进行小说写作与他的两个认识是有关联的,其一是他认为文学应该回到现实主义,回到民族传统,而回到民族传统是不可能不与民族传统的美学思想发生关联的。其次是关于短篇小说的,在汪曾祺看来,短篇小说就像绘画一样,从根本上说就是一种"空白的艺术"。①

## 五

空间化的小说是汪曾祺刻意追求的,而且是其一直有意为之的。的确,汪曾祺的小说受沈从文的影响十分大,例如《大淖记事》开始的结构特征与沈从文的名篇《边城》几乎是同一种手笔,都是运用大量的诗意化环境描写塑造整部作品的气氛,再在不经意间慢慢引出作品的主要人物。同时对人物的描写并不是十分注意细节性的刻画,而是注意使用点染、侧面烘托等手段勾画出人物的精神气质,而且人物本身也具有内在精神和外在形象的美感特征,女性阴柔,男性阳刚,刚柔并举,构成小说中互相交织、相互影响的两股气势,并推动小说情节的发展变化。而在小说的情节性上,汪曾祺要比沈从文的小说更具有开放性,或者说汪曾祺在故意摆脱情节性对小说结构的影响,由此塑造出一个空间感很强的艺术世界。

汪曾祺自己也承认,他的小说不大像小说,或者根本就不能说是小说,他也不善于讲故事,而更善于做人物素描。"有人说我的小说跟散文很难区别,是的。我年轻时曾想打破小说、散文和诗的界限。《复仇》就是这种意图的实践。后来在形式上排除了诗,不分行了,散文的成分是一直明显的存在着的。所谓散文,即不是直接写人物的部分。不直接写人物的性格、心理、活动。有时只是一点气氛。但我以为气氛即人物。一篇小说要在字里行间都浸透了人物。作品的风格,就是人物性格。"汪曾祺甚至明确表示他的小说的另一个重要特点就是"散",而且这的确是"有意为之"的。② 这里面有一句话十分引人注意,即"气氛即人物",所谓气氛即人物,从汪曾祺小说的写作实践上来看,似乎是指,气氛是塑造人物精神气质的前提和手段,在一个空间化的小说形式中,人物性格的完成并

---

① 汪曾祺:《作为抒情诗的散文化小说》,参见《汪曾祺全集》卷八,第82页,北京:北京师范大学出版社,1998年。
② 参见《汪曾祺短篇小说选》之"自序"第2页,北京:北京出版社,1982年。

不仅仅在人物心理、行为、语言等直接因素,还在于整个作品依靠语言文字所塑造出来的气质。这可以说是汪曾祺一直一以贯之的一种写作手法。例如上面汪曾祺自己提到的小说《复仇》是他于1944年创作的,小说几乎没有什么情节,全文共五个部分,只是在第四部分通过叙述人的讲述将复仇的旅人的经历做了简单的介绍,然后就结尾了。而前面众多的语言都用来介绍旅人的心理、感受等诸多主观的意念,同时在文中穿插了不少单行的诗句;相对于这种复杂的描写,小说的情节却简单化到了极点。小说只是在描写旅人最后并没有复仇,而是放弃了这种仇杀的过程,而其原因却显得有些扑朔迷离。

汪曾祺小说的这个特点一直持续到建国以后,并没有太大的变化。例如写于1962年的《看水》几乎没有什么情节,小说主要就是描写年轻的社员小吕值夜班守闸看水,防止水漫出来淹了庄稼。小说主要的着眼点就在小吕心情的变化、夜班守闸时周围环境的塑造。月亮、星空、水声、庄稼的气味;各种小动物的出没,蛤蟆、老鼠还有狼。小说几乎没有什么起伏,也没有什么变化,十分平淡素雅。

对于情节的重视是西方诗学的重要特征,在亚里士多德的《诗学》中,就把情节摆在了十分重要的位置上,甚至可以说是影响悲剧之为悲剧的决定性因素。在亚氏看来,悲剧构成的因素有六个,即情节、性格、言词、思想、形象和歌曲,而在六要素中,"最重要的是情节,即事件的安排;因为悲剧所模仿的不是人,而是人的行动、生活、幸福,……""悲剧的艺术目的在于组织情节(亦即布局),在一切事物中,目的是最重要的。"[①]亚氏的这个观点在西方影响很大,要点就在于强调小说的谋篇布局,强调叙述手法的运用,强调叙述声音的特征,同时强调作者在叙述过程中扮演的角色,等等。也是在这种诗学追求下,西方叙述学才十分发达,如一元二次方程那样清晰明了。

毫无疑问的是,汪曾祺的小说在刻意回避这种对情节结构的追求,这

---

① 亚里士多德:《诗学》,罗念生译,北京:人民文学出版社,1962年,第21页。

与后来的"寻根文学"形成了鲜明的反差。① 当然,汪曾祺的小说并不是没有结构,并不是没有情节,汪曾祺自己的话可以为证:"我不喜欢布局严谨的小说,主张信马由缰,为文无法。苏轼说:'大略如行云流水,初无定质;但常行于所当行,常止于所不可不止。文理自然,姿态横生。'(《答谢民师书》)又说:'吾文如万斛泉源,不择地而出,在平地滔滔汩汩,虽一日千里无难。及其与山石曲折,随物赋形而不可知也。'虽不能至,心向往之。"②这段话表明了汪曾祺小说写作的心态和特征。"为文无法",但"随物赋形",这种写作的态度也被认为是真正了解中国文学的特征,同时也是真正了解中国汉语特性的地方所在。③《大淖记事》在小说结构上所体现的恰恰是这种特征,它或许偏离了经典现实主义所要求于小说的某些轨道,但却是回复到中国文化传统的一次努力。汪曾祺小说的这一特点在新时期文学的初期似乎并没有被理解,并被认为根本算不上是什么小说。④ 而这或许正好说明了一种话语力量的强大和那种先验的小说美学观念的盛气凌人;但同时也暗示着中国传统美学观念在新时期初始所面临的将被遗忘的尴尬状态。或许从这个意义上我们才可以理解汪曾祺及其文学实践行为的重要意义。

### 第五节　精神世界的衰败

贾平凹的写作风格在 1985 年发生了重要的变化,其标志之一就是《黑氏》⑤的发表,这种变化不仅表现在小说的人物形象、情节结构上,也

---

① 汪曾祺被某些研究者视为寻根文学的鼻祖,真正的开山人。而寻根文学真正的开山之作就是汪曾祺发表于 1980 年的《受戒》。参见李陀:《汪曾祺与现代汉语写作》,见王晓明主编:《二十世纪中国文学史论》(下卷),第 336—337 页,上海:中国出版集团/东方出版社中心,2003 年。
② 汪曾祺:《自序》,参见《汪曾祺短篇小说选》之《自序》第 2 页,北京:北京出版社,1982 年。
③ 李陀:《汪曾祺与现代汉语写作》,见王晓明主编:《二十世纪中国文学史论》(下卷),第 343 页,上海:中国出版集团/东方出版社中心,2003 年。
④ 参见林斤澜整理的《〈汪曾祺全集〉出版前言》,见《汪曾祺全集》卷八之《前言》,北京:北京师范大学出版社,1998 年,第 5—6 页。
⑤ 贾平凹:《黑氏》,发表于《人民文学》1985 年第 10 期。

表现在小说的语言风格上。以前十分明丽、流畅、富有浪漫主义色彩的想象的一面为晦暗、滞塞甚至带有一定悲观色彩的一面所替代。本文将以此为中心,思考贾平凹在20世纪80年代的写作脉络,并进一步思考这一写作与时代境况之间的关系。

一

《黑氏》是贾平凹在20世纪80年代少有的几部以女性的情感经历为叙述主线的小说,在这部小说之前则是《小月前本》[①];但是两相比较,黑氏较小月复杂了许多,也灰色了许多。小月是贾平凹笔下十分靓丽的人物,从她一出场就可以看出叙述人对她的钟爱。在小月出场之前,叙述人先是从人物形象到环境描写的各个层面上为之进行铺垫,随后才将一个从农村传统观念的角度看有些不安分守己,但无论是从形貌上还是从情感上又都十分丰富而美丽的小月引出正文。她不仅厌倦在那片土地上刨食吃的观念,同时对外面的世界充满了幻想和渴望。与父辈们的守旧封闭相比较,小月更具有开放性、现代性,还有她的活泼伶俐,既与那个山沟沟不相协调,又是那方山水所孕育出的:

> 她使劲地跃出水面,又鱼跃式地向深处一头扑去,作一个久久的没儿。水的波浪冲击着她的隆起的乳房,立时使她有了周身麻酥酥的快感。她极想唱出些什么歌子,就一次又一次这么鱼跃着,末了,索性仰身平浮在水面,让凉爽爽的流水滑过她的前心和后背,将一股舒服的奇痒传达到她肢体的每一个部位。十分钟,二十分钟,一个真正成熟的少女心身如一堆浪沫酥软软地在水面上任自漂浮。

对小月的这种描写寄寓着叙述人对那片山水的美好情感和希望,这片山水实际就是后来贾平凹"商州系列"小说中的商州所在,《小月前本》可以说是这个系列的开山之作。巍峨的秦岭、绵长的丹江河、险要的紫荆关构成了这片土地的神奇和美丽,同时这山这水又将小月诞生的这片水土与外面的世界隔绝开来,成为相对封闭的一块。要出关去,必须要沿江水顺

---

① 贾平凹:《小月前本》,发表于《收获》1983年第5期。

流而下,跨越这些雄奇的山峦方可以看到那开阔的世界。这片土地的美丽和丰饶塑造出人们的勤劳与勇敢、美丽与善良,而它的雄山峻岭、滔天江水又导致了人们观念的狭隘和保守。这就是小月生存的世界,她是小月的希望所在,也是小月未来背叛的对象。一个要走出大山的小月,必须要甩掉的就是那封闭保守的一面,那狭隘愚昧的一面;一个要走出大山的小月也必须要有秦岭和丹江河所给予她的广阔的心胸,给予她的勇敢无畏的精神气质,去征服外面的世界,去遍览外面的精彩。

大而话之,小月的形象具有一种民族隐喻的特征。一个刚刚开放的民族,一个重新走向自己梦想的民族,在面对整个世界的丰富多彩的时候,在面对一个新奇、陌生而又绚烂的世界的时候,那种踟蹰犹豫,那种兴奋激动,那种激情澎湃和不安胆怯,各种保守观念的羁绊,新的思潮的刺激,都汇聚到个体的身体上、灵魂上,都体现在她的言语、选择和行动之中了。也因此,我们在小月身上可以感受到作者的写作时代所给予他的激情,那种时代所特有的振奋昂扬,还有面对自己的历史时所必然产生的怅惘和无奈。从某种意义上讲,这也是一个即将开创自己事业的青年所必然产生的情绪,在挣脱母体的束缚获得自由的同时所必然感受到的伤感和痛苦。小月就是这样一种隐喻,小月就是这样一种形象。

黑氏则不然,黑氏已经完全是另外一种特征了。在年龄上,黑氏不是小月那样的十七八岁的青春女孩儿,而是一个经历过苦难风霜的成熟女性,刚刚出场的黑氏没有小月那种梦想,没有小月那种希望,当然也没有小月那种美丽多情。对于黑氏来说,首先是要吃饱肚子,然后是劳作,是男人的欺凌漫骂,是婆家的严苛羞辱,是被排斥、被提防的陌生。她生活的世界既是一个属于她的世界,也是一个外在于她的世界。她不知道自己的将来会是什么,不清楚自己到底要什么;她只知道自己是人家的人,自己来自一个贫穷的家庭,自己在这个地方可以不用担心挨饿,而"吃饱"对于她的同胞哥哥来说还是一个奢望。所以黑氏在婆家尽管忍受着各种屈辱,却认为自己是在享福了。偶尔黑氏或许会想一下自己的将来,但那似乎只是瞬间的一个念头,一晃就过去了。黑氏没有自己,完全不像小月那样是一个充满了自我意识的主体。黑氏的出场也是极为平凡的,

不像小月那样,有着复杂的环境和人文世界的铺述:

> 黑氏的年龄比丈夫大,黑氏把什么都干了,喂猪,拦羊,上青崖头上砍柴禾。一到晚上,小男人就缠着她。男人是个小猴猴,看了许多书,学着许多新方法来折磨她。她又气又恨,一肚子可把他弹下炕去;"你是我的地!"小男人却说,他愿意怎么犁都可以。夜黑漆漆的,点点星辰,寒冷从窗棂里透过来。小男人压迫着她,口里却叫着别人的名字,黑氏知道那是些村里鲜嫩的女子,泪水潸然满面。等丈夫滚在一边大病一场似的睡着去了,她哽咽出声,嗟啜不已。

对比一下前面的引文就可以看出来,小月对于自己的身体有一种近乎天然的自觉意识,而黑氏则不然,她没有这种观念。小月天生就是独立的、自由的,黑氏则存在于一种束缚中、归属中。最主要的是黑氏不属于她自己,她没有小月那种青春的生气,她所有的是在困苦中劳作的痛苦和无奈。黑氏或许不满于自己的命运,但这种不满带给个体的不是宽容与理解,而是婆家更为严苛的态度。从黑氏形象的塑造中,我们可以看到叙述人主体精神的衰落,那种时代的激情已经荡然无存,黑氏的命运会是什么?她会做出什么样的选择?这一切在黑氏哭泣的夜晚都如同谜一样,让人难以把握。从某种意义上讲,黑氏是成熟了的小月,同时也是精神衰败后的小月。她与小月一样,在时代的潮流中,都试图把握自己的命运,试图寻找属于自己的未来。黑氏与小月不同的地方是,她是一个试图找回自己的人,但在找回自己以后,黑氏所经历的不是新的喜悦和幸福,而是一种迷茫和不安。小月对未来的期待和梦想,还有忐忑不安的心境,在黑氏那里已经荡然无存了。

黑氏已然丧失了小月身体和精神上那种天然的美质——当然,并不是说黑氏不"美","美"的呈现必须是在黑氏找回自己以后才出现的。黑氏的身体是倍受折磨的身体,屈辱的身体,这与小月身体的那种天然自在形成了强烈的反差。我们似乎可以感受到叙述人对小月身体的赞叹,还有在冷静的叙述下对黑氏身体隐含的同情和悲伤。如果还是从隐喻的层次思考的话,黑氏的身体似乎更接近民族的现实层面,这个身体是叙述进入到民族命运深层后出现的。在改革开放发展到一定程度以后,问题开始展现出来,改革带给农民的虽然有丰衣足食的一面,但它在强化个体经济利益的同时,个体身上邪恶、残忍的一面,惟利是图的一面,腐化的一面开始显现出来。这促使叙述人思考,在这种生存状态下,个体的命运是什么?民族的未来是什么?如果说在《小月前本》结尾那个充满了期待的未来还十分空泛的话,那么在《黑氏》中这种期待则变得迷惘而混沌起来,前者中那种明丽为后者的质朴所替代,前者中蕴蓄的时代激情为后者理性而冷静的思索所取代。同样是女性,黑氏和小月是如此不同,差异是如此之大。的确,《黑氏》是一种变化,它实际是贾平凹另一部更重要的小说诞生的前奏,那就是引起了更大反响的《浮躁》。

## 二

本文无意探讨《浮躁》,但《浮躁》中的悲观主义情绪已经在《黑氏》中鲜明地表达了出来。天狗,一位个人奋斗的英雄,最后放浪于江湖,放浪于商界,这似乎是贾平凹解决个体精神困顿的方式,但这种方式在《黑氏》中还没有提出来。《黑氏》的困惑是精神上的,这与《小月前本》也不一样。《小月前本》面临的问题是,农民如何才能够摆脱贫困?这从小月的选择还有小说中两个青年——门门和才才的命运可以见出一斑。

门门和才才这两个人物形象表达了小月内心世界中的矛盾和欲望。前者充满了灵性,大胆、开放、敢冲敢干,当然也少不了毛手毛脚、惹祸上身。但门门不乏善良、义气,同时也敢做敢当;时代向上的激情展现在这个青年身上,也同时引得村里人对他指指点点、争议不少。相对于门门,才才就显得憨厚老实、勤劳肯干、没有怨言。他一手的好农活,将个体和家庭的全部希望都寄托在了那片土地上。才才在村中的人品和口碑没得说,但他不善言辞,缺少闯世界的勇气,甚至缺少眼光,视野狭隘,有些懦弱。门门和才才形成了鲜明的对比,无论是性格上,还是行为举止上,他们两个人的性格特征也构成了贾平凹小说中男性人物的基本结构组成——看一下后来发表的《鸡窝洼的人家》中的男人禾禾与回回就知道了。而小月内心世界的矛盾和痛苦也通过这两个人物表达了出来。

从道德和理性的要求看,小月更同情才才,这不仅因为才才是小月的父亲和才才娘指腹为婚的,传统农村道德和义理的要求使得这种婚姻具有天然的法理色彩;同时,才才对小月家的尽心尽力,才才娘对小月的偏爱也使这种婚约产生了强烈的道德与情感束缚。背叛这个婚约也就意味着要背叛乡约道德所要求的一切,承受沉重的道德与情感负担。从一定的意义上看,这种道德要求——建立在婚姻上的道德要求还产生了一种血缘关系,而整个农村经济的发展恰恰是在这种以血缘为基础的道德关系上展开的。著名的社会学家费孝通就认为:"血缘是稳定的力量。在稳定的社会中,地缘不过是血缘的投影,不分离的。'生于斯,死于斯'把人和地的因素固定了。生也就是血,决定了它的地。"①我们在此可以看到这种血缘和地缘在文本世界中的展现,这种关系似乎不是整个改革发展前进的动力源,在那个时代更多地被描述为一种阻碍性力量。而小月一出场就已经将个体的命运与两个家庭的命运,将个体的选择与两个家庭的兴衰联系在了一起——尽管这是两个十分微小的单位,但也是这种微小才更富有时代意义。事实是,小月并不反对这门亲事,甚至已经接受了这种安排;她心疼才才的勤劳苦做,但更嗔怒于才才在众人面前的胆怯和懦弱。这很有些"怒其不争"的意味在里面。但从情感和欲望的要求来看,小月更喜欢门门,门门不仅帅气,而且大方得体,在门门身上,时代的精神气质清晰地表现了出来。事实是,门门比才才更有男人的样子,他十分清楚农民要改变自己的命运,仅靠那块地是不行的,必须找到抓钱的手段。相对于才才渴望稳定的农业经济形态来说,门门身上更有商品经济所体现出的动荡不安的特征,这种动荡感在小说的世界中被折射为一种不安于土地,不事农活,一天到晚都是歪点子的叙述——但就是这些"歪"点子却使门门获得了大量的金钱。门门的行为也表现出了"钱"对个体身份、价值、地位的改变力量。地里的活,门门只是找几个人帮着做一下就行了,没有水花钱租台抽水机……,金钱的力量通过门门的行为被表达了出来,这是一种新的经济力量,它的生气、它的动感、它的力量无不冲击着那片守旧的土地,冲击着这片土地上人们的价值观念,也冲击着小

---

① 费孝通:《乡土中国》,北京:三联书店,1985年,第72页。

月动荡不安、青春激情的灵魂。从这个意义上讲,小月对门门的选择不仅是在选择自己未来的夫婿,更是在选择一种经济形式、生活方式,选择一种新的社会关系形式。同时对门门的选择也意味着小月将跳出那个重重的血缘关系网络,在新的经济力量的支撑下建立起属于自己的价值观念,并建构起这种建立在金钱关系上的新的人际形式。在小说中,小月的这种选择被赋予了一种时代要求的合理性,而结尾处小月的伤感不过是胎儿挣脱母体所必然产生的啼哭,但小月的情感矛盾与痛苦也表现在这个地方——在获得新的经济力量的同时能不能不失去原来的淳朴和真诚?显然在小月的直觉中,后者的丧失几乎是不可避免的,也是这种质朴和真诚的流失成为中国社会经济改革在获得一定的成果后所付出的最惨重的代价。

如果说《小月前本》所展示出的是两种经济力量形式、两种社会关系的矛盾的话,它所关注的已然是中国农民如何才能找到出路,那么《黑氏》所关注的则是富余起来的中国农民的精神世界所面临的危机和困境。黑氏走的正是与小月相反的道路,因为她的娘家为了金钱将她嫁给了镇里有钱的人家——一个农村信贷员的儿子。黑氏的疑问在小说开始就提了出来,"吃得好了就有福?"而吃得好正是她那个依然贫穷的哥哥的梦想。在一个有钱人家中,黑氏感受到的却是孤独、冷漠,人与人之间的隔阂,公公婆婆跟防贼一样地防她,而小男人却也并不把她放在眼里,一边在家里胡作非为,一边在外边沾花惹草。而钱几乎是滚滚而来,黑氏不清楚这钱的来历,不清楚婆家是如何"发"起来的,钱改变了这个家庭在整个村镇中的社会地位,公公甚至为一所学校捐了不少钱——然而这钱却是如此神秘,如此让人摸不透。显然黑氏是外在于这个世界——钱的世界的,同时黑氏的疑问中隐含着一种沉重的精神困惑。这种困惑是一种隐喻:改革开始时的那种勃勃生机逐渐消散了,商品经济中个体利益之间的冲突和利用,还有这种经济形式对人的精神世界的腐蚀,改革所具有的负面影响都初步表现了出来。那些在改革初期英气逼人的改革者们开始以负面的形象出现在小说世界中——对比一下贾平凹所写的《腊月·正月》中的那个憨厚的改革者王才,信贷员一家子的形象几乎是鄙陋不堪,而两篇小说的发表才不过间隔了一年。

黑氏最需要的是什么？在黑氏的孤独中给予她温暖的恰恰是邻居——贫穷的木犊。木犊的真诚憨厚，他的善良勤劳，还有他身上所表现出的温情正是黑氏所渴望的。而这种情感，这种人身上所具有的优秀品质恰恰是金钱所得不到的——再想一下小月在选择门门时内心世界的焦虑和不安，我们是不是更可以理解她呢？那种曾经被描述为一种改变世界的力量在黑氏的世界中不再富有光辉的色彩、明丽的色调，而是污浊灰暗的。而木犊的行为举止正是这个灰暗世界中闪烁的微光。可以说是木犊给予了黑氏新的希望，这也是为什么当黑氏看到自己丈夫的淫乱行为并毅然与之离婚后，选择这个男人的原因。木犊在黑氏最艰难的时刻，忍受最艰苦的生存条件，冒着生命危险去做改革后最早的农民工。木犊的钱是用自己的生命换来的，这笔钱成为黑氏创业的第一笔资金，也成为黑氏建立属于自己的经济王国的最初支撑。但是木犊的憨厚同样也使他有着致命的弱点——他太不解风情、太不懂女人，他的所谓对女人好就是让女人吃饱穿暖，不被他人欺负，他不了解女性有自己的渴望——对世界的渴望，对男人的欲望，对情感的需要。木犊真的跟他的名字一样，跟木头似的。这也带给黑氏巨大的心理空白，也使获得经济独立的黑氏产生了激烈的情感危机。木犊最终外在于黑氏的世界，他无法成为黑氏心灵世界最后的依托，无法成为黑氏情感世界的归宿，黑氏的灵魂依然漂泊，由此与另一个男人之间产生了复杂的纠葛，这个人就是来顺。

富裕起来的黑氏跟来顺有扯不清的关系，这不仅是因为来顺在木犊外出打工时曾给予黑氏以支撑，给予她情感上的慰藉，更因为来顺是一个真正懂得女人的男人。他知道黑氏内心世界的原始欲望和渴求，知道黑氏是一个完整的人，一个独立的女人，知道黑氏情感深处的空白，而来顺给予黑氏的正是这一切。来顺和木犊在现实世界中处于遥遥相对的两极，前者是黑氏的欲望，后者是黑氏的现实，前者是黑氏的心理归宿，而后者则是黑氏的身体支撑。对这个问题更清楚的是木犊的爹——一个古板得要死的老头，他太清楚黑氏的欲望，也太清楚来顺的心理，更知道木犊的弱点，他几乎是洞察一切，并动用农村的乡约和道德对诸多人等严加看管。有他在,来顺就不敢上门,黑氏就规规矩矩;有他在,木犊可以安心在外面卖命,不为家操一点心。而老头的一命呜呼也意味着这些规范的烟消云散。

与小月比较来看,黑氏的结局更具有反讽的意味,一个拥有了物质财富的女人却惟独不能拥有感情,一个在外在世界获得了自己的女人却无法找到自己的内在世界。在八月十五家人团圆的夜晚,黑氏却与来顺跑到异乡在野外过夜,不幸被捉,面对这情境,女人的内心是道不尽的辛酸,说不清的苦楚:

> 女人抬起头来,被架着跑,终不明白这路还有多少远程,路的尽头,等待着她的是苦是甜,是悲是喜?

黑氏所面临的正是这样一种困境:物质的丰盈并没有带来情感的丰盈;生活的富有并没有改变精神的贫乏。黑氏以前是极为痛恨前夫行为的,无论是前夫在性行为上的越轨还是他的仗势欺人,但小说的结尾却是黑氏走上了与前夫相似的道路,这不能不使小说充满了荒谬感。面对黑氏的结局,我们有理由追问:小月会幸福吗?等待她的将会是什么呢?

## 三

相对于以前的《小月前本》、《鸡窝洼的人家》、《腊月·正月》等,在《黑氏》中贾平凹将对个体的关注由外部世界转移向了内部世界,更注意发掘主体内部的深度,展现主体的精神困惑。黑氏与小月最大的不同在于黑氏是一个发展变化的个体,她的精神世界始终处于各种危机中,而且这种危机从小说开始就升华为个体存在的精神归属的层面上。而小月的世界则始终是自足的,她似乎天生就有一种向外追寻的力量,各种外在的因素以各种形式汇聚到她青春而活泼的身体上,但却并不能影响她的内心。十分有意味的是小说结尾门门和小月顺江漂流而下的场景描写,个体在面对自然环境的变化时尽管也有胆怯,但更多的是挑战这种困境的精神勇气和毅力,并由此产生了个体世界的崇高感。所以说,小月的世界是向外发展的世界,是主体精神蓬勃四溢的世界。一个积极的主体精神在面对世界的挑战时所表现出的征服欲望和理性精神通过小月还有门门表达了出来。而黑氏的世界则是向内的,她始终面临着归宿感的问题。与小男人离婚使黑氏摆脱了婚姻的枷锁并获得了身体的独立,黑氏试图将幸福感建构在个体劳动以及由此获得的物质丰盈上,但这种物质目标的实现却使黑氏面临着更大的精神困境。获得了自由婚姻的黑氏面临的却是情感危机,个体情感无法表达,无法被理解和接受。因此,黑氏已经丧失了小月那种向外拓展自我精神的雄心和魄力,在她的世界中,世界的获得意味着自我的丧失,而金钱、产业、婚姻似乎都无法成为个体安身立命的根基。显然,黑氏的问题是更高层面的,贾平凹提出了这样一个问题,但没有回答这个问题,这也暗示出作者所面临的精神困境。

《黑氏》的另一个变化是叙述者的语言风格,更古朴、简练、沉郁,它意味着叙述人精神世界表现形式的变化。《小月前本》中有一种明快、活泼的语言风格,它与小说整体上的流畅感、透明感形成了呼应,并暗示出叙述人精神的明丽和激扬。《小月前本》是贾平凹追寻民族性格的产物,它以陕西南部商洛地区的风土人情为背景写成,也是作者体味生活的产物,并被当时的评论界认可为作者现实主义精神深入和成熟的标志。① 但是我们依然可以感到有一种无法化解的危机感在小说的结尾油然而生,这种危机不是表现在小月对于时代潮流的追随上,而是表现在小月个体情感的选择上,小月无法摆脱才才的纠缠,尽管她认定门门才是她真正爱慕的,但二者合一的希望恰恰表达出小月内心世界的苦闷。也因此在《小月前本》的结尾有一种无法摆脱的忧伤,我们把它描述为一种青春的伤感,但遗憾的是这种青春的伤感在《黑氏》中居然转化为一种中年的悲痛。在《黑氏》中,《小月前本》中那种鲜明的诗性色彩消失了,语言的叙述力量以简洁的形式呈现在读者面前;与这种语言风格相呼应的是文中极少外在自然环境的描写,而主人公近距离的生存环境也是以简短的笔法一点而过,并不做过多的渲染。叙述人更关注黑氏的言行举止,以及由此透露出来的细微的情感感受。远景的丧失意味着叙述人关注事物视角的重要变化,同时也意味着叙述中的浪漫色彩正逐渐消失,现实正在以强

---

① 李星、孙见喜:《贾平凹评传》,郑州:郑州大学出版社,2005年,第48页。

大的力量侵占整个文本,并塑造出文本世界中主体精神的压迫感,个体生存的局促感、不安感,而这也是小说中沉郁色彩生成的一个重要原因。主体在这样一个狭小的空间中是不会感受到自己存在的高大伟岸的,她所感受到的只能是个体世界的渺小、卑微和软弱。《黑氏》与《小月前本》的更大的区别还体现在语言在小说中的功能发生了一定的变化,前者更关注语言的动作性,而后者更关注语言的描述性;也因此前者的语言具有一种动态感,注意把握人物、事物的发展变化的一面,而后者更关注语言的静态感,事物形象的一面被描摹得活灵活现。因此,《小月前本》中语言的空间感十分鲜明,尤其是涉及到地理景观的塑造时,更是如此。在这种方位感极强的语言呈现中,外在世界错落有致地呈现在读者眼中,我们由此还可以感受到一种空间的宏大。而《黑氏》则不然,由于更注意人物的行为描写,语言中的时间感被突出了,并使语言也获得了一种动作,而外在世界似乎真的是外在于主体的行为的。动作的突出使得语言表现的世界以一种近距离的形式呈现了出来,如同电影中的特写一样,也使世界的呈现更具细节化的特征。对此,贾平凹也承认,他的写作"多用些动词。形容词可以使语言产生韵致,但它往往是静态的,而任何东西一动起来才能表现出大的美感。生动,有生命的东西是动着的。语言中多用动词,用常人不用的动词,语言就有了场面感,有了容量和信息量,有一种质的感觉"①。

  有必要在最后简短地谈一下贾平凹的写作风格。评论家雷达在谈到贾平凹的小说时曾讲过:"贾平凹的小说是好读却不好谈的,且不说近十年间他的产量的惊人,就作品来看,它们不是那种脱皮露骨的货色,也不属于意念性很强的品类,让你一眼看透,一把摸得见思想的硬块。他写得最自如的作品,有如火焰般颤动,流水般变形,绸缎般柔软。对评论者来说更困难的还在于,他的思路的变化多端,笔墨的摇曳不定。"②贾平凹的小说的确有这个特点:"好读而不好谈"。在他看来小说不过是一种说话

---

① 贾平凹:《关于语言——在苏州大学"小说家讲坛"上的演讲》,见郜元宝、张冉冉编:《贾平凹研究资料》,天津:天津人民出版社,2005年,第62页。
② 雷达:《模式与活力:贾平凹之谜》,参见同上书,第126页。

方式而已,而说话是不需要什么技巧的。当然,我们也可以理解为贾平凹的小说是摒弃了技巧以后的小说,读起来极为平易,情节设置几乎没有任何难度;同时小说中的人物也极为生动,都活灵活现地活跃在你的眼前。一切似乎都十分简单,但真地要说出个一二来,却发现有无从下手之苦。或许,贾平凹对于小说的那个极简单的看法会给我们一些新的启示。

# 第二章
# 先锋的异质色调

1985年前后是新时期文学历史中十分重要的一个阶段,文学的创作思路、创作手法、创作风格发生了重要的变化。在这一年,对中国文坛发展产生了很大影响的几部作品,几乎是商量好了似的集体亮相。这些作品的一个突出特征是,它们突然之间变得不是很好理解了,文本世界中的意义也变得十分复杂,文本色调之间的差异性越发鲜明,同时文本的表现手段也日趋个性化,文本创作的背景也出现了分化。如果说这些作品有什么共性的话,那么,背离现实主义文学的创作思想、创作手段、表现风格从几年前的遮遮掩掩转而成为作家自觉而自愿的行为,这可以算是最为明显的一个。韩少功、王安忆、莫言、马原、王朔等在当时颇富有"先锋"色彩的名字似乎突然之间占据了文坛中心,而现实主义创作思潮开始淡出文坛主流,它不再居于文学写作霸主的地位,而是与许多文学思潮一样,成为文学发展浪潮中的一个分支。

## 第一节 忧伤的文化之"根"

韩少功的小说《爸爸爸》被认为是"寻根小说"的代表作之一,[①]韩少功也被认为是"寻根文学"重要的发起人之一。在韩少功的小说中有一种深沉的忧伤,这种忧伤在他关于文学"寻根"的小说中表现为一种对传

---

① 韩少功:《爸爸爸》,刊载于《人民文学》1985年第6期。

统文化的仰慕,还有这种文化在现实中的失落所带来的矛盾和痛苦;更进一步,这种忧伤来自于对人类美好情感的期待和梦想与人类所面临的残酷现实之间的剧烈错位。韩少功的这种情绪在小说文本的层面上表现为一种复杂的语言交织,构筑起其小说纷纭的意象世界,而《爸爸爸》则无疑是具有代表性的。

一

小说《爸爸爸》的重要价值之一是塑造了丙崽这样一个颇富象征意味的形象,与这个形象相对立的是一个在文本中时隐时现的人物:刑天。刑天是一位古代传说中的英雄,他似乎很难与丙崽联系在一起。但在小说文本世界的编织中,刑天和丙崽处于古代和现代遥遥相对的两极,他们是一对矛盾体,互为因果。刑天是民族神话中英雄主义的源泉,是现实中个体遥不可及的梦想;而丙崽则是现实,是丧失了英雄气质和反抗精神的刑天。在丙崽身上,传达的是一个民族不可抗拒的衰败的事实;也是在丙崽身上,上古传奇英雄的精神无可挽回地凋落了。

《山海经》中的刑天是一位不畏权势,敢于抗争的传奇性人物,《山海经·海外西经》中有"刑天与帝至此争神,帝断其首,葬之常羊之山。乃以乳为目,以脐为口,执干戚以舞"。刑天的这种精神具有强烈的震撼意义,他无疑成为一个民族不惧暴力,敢于争胜,死不罢休的精神代表。这种精神气概也成为小说《爸爸爸》得以展开的历史背景,它寄予着一个民族曾经的辉煌,并以歌谣的形式为刑天之后人传唱:

奶奶离东方兮队伍长,
公公离东方兮队伍长。
走走又走走兮高山头,
回头看家乡兮白云后。
行行又行行兮天坳口,
奶奶和公公兮真难受。
抬头望西方兮万重山,
越走路越远兮哪是头?

……

歌谣所提供的不仅是宗族发展的历史,还展示了这一历史的神圣性。它通过一个非常关键性的人物德龙将古代的历史讲述给了后人。然而故事的荒诞性就表现在德龙这个人物身上。在整个鸡头寨中,德龙是最会唱古的一个人,然而他却又是山寨中最没有地位的一个人,这个最没有地位的人却又掌握着整个村寨的历史。据说这个人就是丙崽的父亲。德龙很快就在文本中消失了,而且关于他的结局文本中也充满了各种各样的说法,总之是不知所终。这也为丙崽的诞生罩上了谜团。

无论是刑天还是德龙,在小说中都是谜一样的人物,他们都在小说中匆匆闪过,然后就消失在语言的汪洋世界中。刑天为整个村寨提供了一个神圣的起源,德龙则使这个起源得以保留在村寨人们的记忆中。然而小说似乎在无心中提供了关于刑天的另一个事实,而且是通过一位史官提供的:刑天似乎谈不上是什么英雄,不过是一个败将而已;而德龙所唱的"简"也似乎从来不曾存在过。历史的神圣感就这样变得模糊不清,它悄悄吞噬着人们对历史记忆的情感,消解了那种历史唯一性的解释和记忆;而历史似乎就存在于这种多元阐释的矛盾和撞击中,它不是单向的,关于历史存在着多种记忆的可能。

丙崽就诞生在这样的历史语境中。在文本中,这个永远处于混沌中的丙崽被赋予了如下的符号性特征:

首先,丙崽是个傻子,而且永远长不高,长不大。这个长不大的孩子有着让人厌恶的丑陋外表。从脸上脏兮兮的鼻涕,到看人时痛苦而困难的表情。这种外在形态的丑陋让你感受不到任何拯救的希望。但恰恰是这样一个傻子却有着如此顽强的生命力。小说的结尾,丙崽同村寨中的其他老人、孩子一起喝了毒汁。当别人都已经命丧黄泉时,丙崽却奇迹般地活了下来。想一下那个没有脑袋的刑天,他生命形式的丑陋同样让常人不堪忍受,而他的生命力之顽强同样让人惊叹。然而在刑天身上活泼泼的原始力量,还有无穷的抗争精神在丙崽身上已经荡然无存。在传说的语言碎片中,丙崽应该是刑天之后,然而这个后代不是历史荣光的继续,而是历史衰败和现实痛苦的混合;没有头颅的刑天充满了天地间不屈的英雄气概,而在丙崽的形象中,那气概已消弭待尽,他的那颗头颅只是他愚蠢的符号。

其次是丙崽的话语:对人友好则称之为"爸爸",对人充满了敌意则称为"X妈妈"。丙崽一生只会说这样两句话,它与丙崽的呆傻状态形成互为表里的关系。丙崽在语言上的贫乏与村寨中古老的唱简在语言上的神圣和辉煌形成了鲜明的对比。如同我们在上面所引的,"简"的语言是明确而整齐的,充满了对上古英雄的崇敬,同时也是历史传播的基本形式。每逢重大事件来临,村寨中人都会集中在一起唱"简"。"简"不仅是村寨的记忆,还是村寨居民塑造情感归宿和心理认同的方式。这也使得"简"的意义超越了历史,并在现实世界中塑造出整个村寨的意义。然而这种意义到了丙崽那里已经蜕变为简单的"爸爸"和"X妈妈"这种原始的意象,蜕变为一种简单的生殖行为,蜕变为个体生存中高兴和不高兴的简单表述。"简"中的意义在丙崽那里已经被彻底剥离了,而历史也在丙崽简单的语言世界中变得空洞而无聊。更富讽刺意味的是,在文本的结尾,丙崽的语言居然取代了"简",成为人们祈求吉祥的谶语,成为众多儿童模仿的对象。历史再一次遭到了戏弄,历史也再一次被现实抛弃。

再有,丙崽的身世不明。虽然德龙曾被认为是他的父亲,小说结尾丙崽母亲临死前的交代似乎更印证了德龙与丙崽之间的关系。但是德龙是一个在文本中消失了的人物,这意味着丙崽始终处于一种无"父"的状态中。父的缺席意味在丙崽的世界中秩序的残缺,同时也成为鸡头寨秩序缺席的象征。村寨中似乎存在着一个父亲,如仁宝的父亲仲满。但这个父亲难当大任,他无法给予这个村落以新的力量和新的秩序。而一些试图扮演父亲的年轻人却又始终处于村寨话语权力之外。在一次次与鸡尾寨对抗的失利中,钟满父的力量彻底丧失了,他只能以自杀的形式完成对整个村寨的拯救。丙崽父亲的残缺与宗族神话中刑天的形象形成了一种呼应关系。如果说,刑天的无头颅形象不过是一种象征,一种试图建立新的秩序的行为失败以后必然付出的代价的话,那么丙崽则是处于一种被彻底阉割的状态。体现在语言上,丙崽的生命力只是一种想象,甚至这种想象也是被抽干了生命活力且没有任何意义的。丙崽母亲的忧心忡忡还有她对丙崽的放弃,无疑是一种彻底的绝望。

事实是,小说的结局充满了绝望的色彩。遭遇大难的鸡头寨的形象代言人丙崽奇迹般地活了下来,这与村中其他同样服了毒药的老人小孩形成了鲜明的对比。究竟是什么力量使得丙崽顽强地活了下来?叙述人没有对此予以任何解释。丙崽的不死显然是出于一种叙述的要求,它具有想象的合理性,强化了文本的批判力量。同时,它增加了文本的神秘色彩。而这种神秘性、不可理喻性,恰恰也是丙崽的特征。丙崽身体与精神上的残缺使之成为一种象征符号,他模糊不清的身世,他呆滞的形态还有他语言的贫瘠都暗示了历史活力的萎缩,历史言说自我的衰败。

## 二

我们在上面已经谈到了这个问题,鸡头寨存在着一种焦虑,父的秩序缺席的焦虑,丙崽不过是这个焦虑的符号。叙述人努力在文本开始就建构起整个村寨的原始神圣感,这无疑来自于正史对于历史的叙述方式,而且也是叙述人为村寨寻找到原始的伟大之父的叙述策略。有了这位父亲,也就有了整个村寨的历史,有了这位父亲,也就有了整个村寨的合法性。但是与正史中努力明确历史人物的行为和语言的神圣感所不同的是,叙述人在文本中建立起来的历史充满了各种矛盾,父似乎是刑天,但刑天之后人们是如何来到此地的在文本中又模糊不清,这无疑在叙述中流放了那个神圣而伟大的"父"。而在现实的村寨中,谁才是那个真正的父亲?

小说中有一位父亲似的人物,他就是仁宝的父亲仲满,但他却是一位丧失了权威的父亲。他不仅遭到了自己儿子的反抗,而且还遭到了丙崽母亲的嘲弄。面对现实,他没有任何力量,没有任何具体的行为,更没有任何具体的策略去拯救山寨。他只能在记忆中缅怀山寨的古老和辉煌,此外他一无所能。在小说结尾,仲满无奈地将丙崽视为自己的儿子,承认了自己和丙崽之间的血缘关系,这似乎是对丙崽的拯救,也似乎是对山寨的拯救。仲满的行为不仅以失败告终,而且充满了荒诞色彩。

小说中有一个试图走出山寨的人——石仁,绰号为仁宝;这个人本来可以成为鸡头寨的希望。仁宝对鸡头寨的一切都持一种批判和否定的态度,这与他能够主动走出山寨,经历一些外面世界的事情有关系。这些经历开拓了仁宝的眼界,并使仁宝成为一个有能力改变鸡头寨现状的人物,成为山寨新的"父"的秩序的确立者。但仔细分析一下我们就可以看到仁宝不是一个能够改变世界的人,他的语言和行为在小说中充满了荒诞感。首先,仁宝在寨子中没有"话份儿",即没有"话语权"。仁宝的背景向我们说明他是很有可能有"话份儿"的,因为他的父亲是村寨中"话份儿"最重的一个人;但他的父亲却是反对仁宝最坚决的一个。这就使仁宝在村寨中始终处于被孤立、被排斥的边缘地位。其次,仁宝并没有行动的可能。如同丙崽一样,仁宝也在不停地念叨"一切都要开始的,明天就会"。但仁宝所说的一切只是一种语言的重复,而不是行动。仁宝的念叨和丙崽的语言在小说中形成了正反对立的两极,但仁宝远没有与丙崽相对抗的实力。在小说的结尾,仁宝的语言彻底败下阵来,丙崽的"爸爸"和"X妈妈"更具有魔力,甚至成为村寨中其他儿童的模仿对象——这就意味着村寨中的下一辈已经被纳入到丙崽封闭、含混的话语轨道上来了。其三,仁宝走到外面的世界并没有给这个村镇带来什么真正新的价值观念,而是一些细枝末节:松紧带、破皮鞋、坏了的马灯、玻璃瓶子……这些东西很难说不是"新"东西,但这些东西又很难说有什么真正的价值。然而就是这些东西还是在鸡头寨中引起了不小的轰动。外在世界的广博通过这些细枝末节展示了出来。遗憾的是,它们并没有激起村寨人走出去闯荡世界的愿望,却成为村寨人提防仁宝的原因。此外,仁宝带回这些东西的直接目的,与其说是为了改变寨里人们的观念,不如说是为了提高自己在村寨中的"话份儿";或者更功利些,是为了给自己找到一个女人。

仁宝的行为的确有某种现代性冲动在内,现代性通过仁宝以碎片的形式进入到鸡头寨。但这些东西不仅没有阻止村寨的衰败,反而强化了这种衰败的速度。无论是松紧带,还是破皮鞋,当仁宝拿着它们以胜利者的姿态回到村寨中时,都被村寨中人视为异类,视为怪物。仁宝行为的怪异和那些东西的古怪只是在强化寨中人对仁宝的排斥,而仁宝高傲的姿态也只是在强化这种距离。这正是仁宝无力担当变革重任的原因之一。

同时,仁宝对"开始"的重复具有某种不可理解的性质,什么将要"开始"了?仁宝从来没有回答过,"开始"的背后所隐含的是似乎更像西方现代派文学中的"戈多"的形象,一个冥冥中无可把握的力量,而戈多带给人类的是灾是福,在文本世界中难以被澄清。显然,仁宝不知道前进的方向,不知道变革的动力,他的含糊其词更昭示出了他在村寨中尴尬的生存地位。

仁宝努力在各个层面打破鸡头寨封闭的语言环境,但他在村寨中人们的眼中是与丙崽一样怪异的人物。小说中有一个细节化的描述。鸡头寨的人打算将其与鸡尾寨的争执告官。在如何确定文书的款式上,仁宝与村寨中的话语权威发生了争执。仁宝坚持将文书称为"报告",而村寨中的老人则坚持认为是"禀贴"。在经过仁宝艰苦卓绝的劝说之后,最后命名为"报贴"。在这个怪异的名称中,现代性与民族性的冲突通过一种奇妙的方式得到了化解,同时又得到了强化。命名上的差异意味着一种根本观念上的差异:这种差异还体现在文言和白话、农历和公历、印章和签名等一系列从语言到时间再到形式的对立和对抗上。在这种对抗中很难说仁宝能获得胜利;但仁宝依旧感到一种满足,因为他终于通过这种形式获得了一定的"话份儿"。更荒诞的是,仁宝的一切努力并不能解决村寨所面临的生存危机,而危机只是在仁宝和他人的语言争执中被暂时悬搁在了一旁。因此,仁宝只代表了新"父"秩序确立的可能性,同时这种可能性又在仁宝夸夸其谈、大而无当的语言消耗中,被荡涤一空。我们可以感到仁宝的眼高手低,可以看到这个人的华而不实。他不是变革的力量,他只可能是变革的受惠者,甚至是胜利果实的掠夺者。因此,仁宝的出现不过说明了"父"的空缺将延续下去,而那位真正的父亲只能存在于叙述人的哀叹中。

与父亲的缺席相对应的是文本世界中对"父"的嘲弄,这通过丙崽的语言效果传达了出来。在丙崽的语言世界中,任何一个人都可能成为他的父亲。有意味的则是,在鸡头寨,当有人被指认为丙崽的父亲时,都会被认为是对自己的咒骂;同时,鸡头寨的很多人又多以此种方式去嘲弄并诅咒他所憎恶的对象。"父"这个神圣的概念在丙崽的语言世界中不过是一种表达个体情绪的方式,但这个方式却在鸡头寨沦为一种屈辱和诅咒的符号。"父"因此而具有了另一种反讽的意味。在想象中父亲的伟大和现实中父亲作为被嘲弄对象的差距之间充满了历史的荒诞感和戏谑感;同时,现实秩序中试图恢复父的秩序的努力与父的永恒缺席之间也充满了矛盾、痛苦和不安。鸡头寨人们的集体流亡似乎暗示了他们在重演历史上悲壮的一幕,但这里面已经没有了历史上那种激昂的斗争激情,剩下的只是臣服于现实的无奈和悲伤。父的诞生在人们的流放中再一次被推迟。历史中的那位伟大的父亲何时才能降临人间以重整乾坤?而村中儿童对丙崽的集体朝拜似乎又暗示了这个梦想的虚幻。

## 三

小说中空间结构的塑造是叙述人寻找历史的中介,历史存在于具体的空间世界中。但对历史的追寻在文本中不是清晰的,而是模糊不清的。群山、村寨、古风、传说、占卜构筑了故事发生的空间秩序,而时间则似乎被抽空了一般,凝滞在这个与世隔绝的世界中。这些时空景观的选取赋予故事一种特有的神秘色彩。

鸡头寨的时空结构具有一种独特的神秘感:缭绕的浓雾将处于群山中的村寨变为一个孤岛,孤岛中的个体如同瀚海中的小舟,在无知无觉中漂摇不定。村寨的四周还存在着各种无形的形象和说不清道不明的象形文字,它们与重山密林一起组成了山寨中人生存的自然环境。这个环境不是亲和的,不是亲切的,而是充满了神秘色彩。蛇虫、瘴疟、怪病以及同样奇怪的治疗手段,它们直接塑造了山寨四周的文化氛围;崎岖蜿蜒的山道还有山道上的种种危险,使得山寨同周围的环境相隔离。山寨的久远同样是说不清楚的,它既存在于山寨人古老的歌谣中,也存在于史官的叙述中,二者间孰是孰非并不重要,重要的是它们构成了山寨存在的语言张力。山寨人的语言也具有一种特殊的文言效果,比如将"看"说成"视",将"说"说成"话",——甚至是人们对血缘关系的称呼,都体现了山寨所特有的古朴氛围。这些既是维系山寨中人们血缘和文化关系的手段,也是山寨得以抗拒外来文化的重要资源。

我们在上面已经谈到了,仲满是父权衰落的符号,在仲满身上,既有对古老文化记忆的无限缅怀,也有面对现实境况的束手无措。他坚定地捍卫着历史文化的记忆,在他的视野中,诸葛亮的木牛流马要远胜于汽车,先人身高八尺要远优于村寨的那个"小杂种"。他粗通文墨,史书上的晋公子重耳和传说中的吕洞宾在他的脑海中纠缠在一起,构成确凿的历史事实。在历史和想象的世界中,他深感到现实世界的衰败;也是在他的号召下,挽救山寨的行动在山寨人心中燃起了熊熊的烈焰。他从村寨山岩的斑驳色彩中感受到了历史的召唤,甚至要以先人的方式自杀,以此将自己的姓名刻在族谱上。因此,仲满是山寨的文化符号,是山寨表达文化权威的媒介。通过仲满,山寨传达了具体的"父"的力量;也是在仲满身上,山寨衰败的气息彻底暴露出来。

恢复"父"的力量,就是恢复村寨勃勃的男性生命元气,元气的存在也就意味着山寨五谷丰登,人们丰衣足食,而不是像现在这样穷困潦倒、断壁颓垣。这种恢复元气的意志在山寨中表现为祭祀、求签、打冤等一系列行为。小说中最恐怖的一幕就是人们在打冤失败后吃"枪头肉"的叙述,它揭示出了村寨文化中的另外一面:

> 火光越来越亮。人圈子中央,临时砌了个高高的锅台,架着一口大铁锅。锅口太高,看不见,只听见里面沸腾着,有咕咕嘟嘟的声音,腾腾热气,冲得屋梁上的蝙蝠四处乱窜。大人们都知道,那里煮了一头猪,还有冤家的一具尸体,都切成了一块块,混成一锅。由一个大汉子走上粗重的架梯,抄起长过扁担的大竹钎,往看不见的锅口里去戳,戳到什么就是什么,再分发给男女老幼。人人都无须知道吃的是什么,都得吃。不吃的话,就会有人把你架到铁锅前跪下,用竹钎戳你的嘴。这叫吃枪头肉。

铁锅、烈火、壮汉、沸腾着的人的尸体还有猪的尸体,众人围住吃肉的场面,这种原始先民仪式性的行为,在村寨中上演了。如果再看一下,鸡头寨甚至还存在着用活人祭祀谷神的场景,这一要求的提出与那位村寨中最有话分儿的仲满是有关系的。由此我们可以看到仲满身上各种复杂因素的混合,最有文化的也是最残忍的,最讲道理的也是最野蛮的,最有荣誉感的也是最失败的,最富有信仰的也是最虚无的,仲满因此而成为村寨文化秩序两面性的象征。

由祭祀而占卜,由占卜而打冤战败,这些本来不该发生的悲剧在鸡头寨一再上演。它们之间因此产生了莫名其妙的关联,并在最后将村寨中所有人的性命都牵扯了进去。

我们由此可以看到,鸡头寨还存在着一种相反相成的现象:符号的匮乏和符号的过度。所谓符号的匮乏是指村寨人总是努力寻找到一种可以拯救宗族的符号,从牛到丙崽,从语言到屋檐,他们努力从一种符号中发现自己未来的希望,并试图恢复宗族伟大的神力。在寻找符号的过程中,任何一个事物都有可能成为某种价值意义的表征,这十分符合弗雷泽在《金枝》中所描述的人类巫术的传染律和相似律的特征。同时,鸡头寨的人又存在着一种符号匮乏和为了填补这一匮乏而产生的符号焦虑。符号匮乏的出现来自于现有的一切符号都无法为人们的行为指出明确的方向,尤其是当灾难降临时更是如此。在这个符号背后,就是父权、就是历史、就是男性的生命元气。但任何一个符号都没有给予村寨这种神力。因此我们可以在《爸爸爸》中看到一种对符号的寻找过程,它以失败而告终。这一结果意味着两种含义:其一是原有的符号体系过于庞杂,过于沉重。符号中的价值内涵不是处于被质疑和肢解的状态中,而是相反,人们的行为总是在重复原有的意义。其二是原有的符号体系很难诞生出新的价值意义。对原有符号意义的冲击不可能来自符号内部,而需要外在的力量。

小说因此表达了一种对远古神话传说所建构的意义世界的根本性怀疑,不仅怀疑这个意义世界的表述形式和表述体系,还怀疑它的意义核心。同时,小说又无法找到新的价值和符号形式,这也使小说不可避免地产生了一种价值虚无的绝望色彩。

## 四

韩少功在《文学的根》开篇就说到:"我以前常常想一个问题,绚烂的楚文化到哪里去了?"①从某种意义上来看,韩少功在20世纪80年代中后期所写的几部小说都是在努力回答这个问题。遗憾的是,韩少功总是在面对一个十分残酷的现实:楚文化的彻底失落,文化之根的彻底丧失。也因此,我们在韩少功20世纪80年代的大多数作品中都可以感受到这种因文化失落而带来的悲伤感。

应该说,韩少功在20世纪80年代创作的小说多有这种伤感的精神气质,例如在早期发表的《西望茅草地》、《飞过蓝天》等作品中,作者的伤感来自于一种理想、一种精神的失落,在这种精神中蕴涵着作者的青春梦想和浪漫激情。还有的小说则在思考个体的情感价值,如《癌》。在现实的压力下,个体的精神世界变得卑微而脆弱;个体不得不在生存要求和情感要求的双重困境中做出艰难的选择。而《爸爸爸》的出现则将作者的这种伤感情绪延伸到了历史语境中,许多研究者都认为韩少功对文化传统持一种激烈的批判态度,我认为他的态度是十分复杂的,在批判的外衣下隐藏着的是一种失落的痛苦。在《归去来》中,叙述人面对的是一个无法识别过去自己的自我,自我在现实和历史记忆的混淆中彻底迷失了。他是一种分裂,个体的现实境遇和个体的历史体验之间的分裂;他们虽然具有相似的容颜,相似的历史环境,但他们无法同一,无法认同,并处于永恒的自我放逐的精神困境中。而在他的另一篇小说《女女女》中,这种失落感表现得更为明显。现实境况中人的生存选择和荆楚大地上奇伟绚烂的风光之间存在着巨大的落差。如果说那种风土人情代表了一种历史的话,那么这历史已经飘零了。健康的幺姑无疑是那历史在现实中的演出,她的淳朴、她的热情、她的真诚还有她淡于现实物质利益的生存和安于现实贫苦生活的选择无疑都是那历史在现实中的遗存。遗憾的是,这一切都随着幺姑健康的失去而变成了历史的幻影。幺姑对待他人的苛刻,她的斤斤计较还有她的蛮不讲理,不仅在考验所有人的道德和伦理底线,也是现代人活生生的写照。因此,在叙述的声音中,我们听不到对幺姑的谴责,我们听到的更多的是一种失望,还有这失望背后的一种扪心自问:在

---

① 韩少功:《文学的根》,参见韩少功:《夜行者梦语》,上海:东方出版中心,1994年,第13页。

文化衰败的现实语境中,如何才能对这种文化予以拯救?有意味的是,韩少功在其20世纪80年代的小说中似乎只是提出了问题,却并没有找到解决问题的方式。

无论是在《爸爸爸》还是在《女女女》中,所有的人物形象都不具有独立的性格价值,都是某种价值观念的载体和符号。诚如有论者指出的,"寻根"小说的文化意味体现在人物塑造上的十分重要的一点就是"揭示文化对人的制约,显示出人的行为观念方式背后那个巨大的传统,写人在这种历史地形成的社会文化环境中被无意识地裹挟着演绎自己的欢欣、痛苦、忧虑和梦幻"。① 但韩少功的写作实践无疑夸大了文化对人的制约性因素,尤其是忽视了人身上所具有的主体性价值。这也使小说中的个体几乎丧失了任何反抗的可能性,任何重新塑造文化的可能性。现实的力量真的强大到无可抗拒的地步吗?显然,韩少功的小说实践中存在的悖论就在这个地方:一方面,他的文本表明,这是不可能的;另一方面,他的文学实践行为又在昭示,这是可能的。这种文本与实践之间张力的存在,恰恰揭示了"寻根文学"的内在矛盾性,它的目的和实践之间的矛盾性,并成为那个时代文化语境的隐喻形式。

## 第二节　被颠覆的历史

诺思洛普·弗莱说过:"神话始终是文学不可缺少的组成部分。"② 当然,在弗莱看来,神话是一种故事形式,而文学在虚构世界的本性上与神话是一致的;同时,神话还是文学得以获得其形式法则的根源所在。有意思的地方也在此,新时期文学中恰恰是"寻根文学"开始有意识地把自己关注的焦点引向历史深处,并试图以不同于传统现实主义的写作视角,重新对历史进行个体化的思考。在这样一种视角的牵引下,我们可以看到历史时空在王安忆、韩少功等作家的笔下的呈现形式:神话叙述结构的塑

---

① 刘稚:《评选者序:民族的原生态和文学的现代感》,见刘稚编选:《那盏梨子　那盏樱桃——寻根小说》,北京:北京师范大学出版社,1992年,第7页。
② 吴持哲编:《诺思洛普·弗莱论文选集》,北京:中国社会科学出版社,1997年,第111页。

造,即小说在展开形式上有模拟上古神话或古代史书叙述结构的特征。如果说韩少功的《爸爸爸》是对上古神话传说结构的戏仿,那么王安忆的代表作《小鲍庄》①则可以说是对古代历史神话结构的颠覆。

一

《小鲍庄》从洪水泛滥开始,然后是祖先负罪创建小鲍庄。洪水在历史记录中既是人类灾难的象征,也是人类寻找生存、开创新的生活形式的起点。小鲍庄的存在和延续来自于洪水,同时它的每一次毁灭也是来自于洪水。对小鲍庄祖先是治水人的叙述更使小鲍庄获得了一种现代神话的意义,虽然这位祖先只是一位失败的治水者,但在那一连串神秘的数字背后,那在《周易》中被视为是阴阳转化、福祸交接的象征的数字背后,隐含的还是一种神秘色彩。小说这一叙述意图实际是将现代的某一时刻与历史建立起一种关联,从而在叙述形式上使小说获得了一种神话意味,并使故事产生一种无可抗拒的宿命感。由此我们还可以看到叙述人刻意模仿历史叙述的形式。无论是《史记》还是《汉书》,对历史的书写,对个体的记录总是要追述个体的祖先及其神异之处,并由此去塑造被记录者的神圣地位的不可怀疑性,从而使被记录者获得存在和开创世界的合法性地位。相信中国的史官们在记录这些时并不存在太多的怀疑色彩,他们是以历史实录的方式,怀着对历史和神圣世界的虔诚从事自己的职业的。我们是有历史传统的,对史的推崇达到了无以复加的地步,并因此开创了独特的"史官文化"。"所谓史官文化者以政治权威为无上权威,使文化从属于政治权威,绝对不得涉及超过政治权威的宇宙与其他问题的这种文化之谓也。"②政治权威也成为这种文化最为关注的对象。或许正因为如此,在小说的叙述过程中"仁义"这个概念被空前明确地突出了出来,这是塑造小鲍庄基本文化结构的中心所在,也是决定着小鲍庄诸多人物命运的一个概念。获得这个概念的认可也就意味着获得了生存权与话语权,也就意味着有可能获得崇高的宗族地位,反之亦然。由此我们可以理

---

① 王安忆:《小鲍庄》,发表于《中国作家》1985 年第 2 期。
② 顾准:《顾准文集》,贵阳:贵州人民出版社,1994 年,第 244 页。

解叙述人为什么非得要采取这样一种叙述结构开始小说：这个结构是一个仿历史传记的结构，通过这个结构我们可以进入一段历史："仁义"概念演变的历史；而使这个历史得以延续下去的关键性人物也在小说的开篇降生了。而"历史"因此获得了一种神圣感，一种不可怀疑的特质，但叙述人真的会让这种历史的神圣与真实永远延续下去吗？

小说中叙述人还刻意将叙述开始与结束的背景虚化：历史洪荒也好，解放战争也好，"文革"中纷繁复杂的斗争也好，改革开放也好，都只存在于短短的几个言辞中，然后停止。只是在那语言闪现的瞬间，我们才可能意识到故事发生的年代，才意识到叙述展开的当下性；此外叙述以一种静止的形式进行着。这样我们就在小说文本中体验到两种不同的叙述速度，一种是极为缓慢的叙述，主要用来叙述小鲍庄中发生的各种人和事，个体的悲欢离合，它们构成了叙述得以展开的前景，构成了叙述的主要组织结构。同时这种叙述方式带给我们一种叙述整体性的幻觉，叙述共时性的幻觉。恰恰是这种幻觉的生成带给我们一种时间错觉：小鲍庄的凝固感、静止感，它似乎与世隔绝，这种隔绝的状态与小鲍庄的地理位置几乎具有一种共时性的结构；时间因此而形成了一个环形的网，将小鲍庄包围在那个由先人建筑的坝堤中。而对历史背景的介绍则速度极快，似乎只存在于语言的瞬间，尤其是相对于前景的介绍，这种语言似乎只存在于前景语言的缝隙中，并时时刻刻受到前景语言的挤压。同时叙述人几乎是以一种不经意的形式突然间拉出故事背景的一角，此后背景瞬间消失，一切如旧。小鲍庄就在这两种叙述速度的张力中陷入孤立无援的神话之网。

前景叙述与背景叙述共同编织着小鲍庄存在形态的神话，在这种叙述形式中，前景语言以前所未有的形态凸现在接受者面前，它深入到故事中的每个人物的家庭内部，展示每一个极其微小的细节，还有人物行为与语言的一切。同时叙述人刻意将叙述速度放慢，使得前景语言获得了一种特有的神圣感；而小说开始时的"引子"与"还是引子"的出现形式则是语言神圣感的前提。而叙述背景语言的突然闪现则似乎是这种神圣语言中的裂缝，它在不经意间展示了语言神圣背后的荒诞，展示了"仁义"整体价值背后的荒诞,并透露出这种神圣的脆弱性。尤其是到结尾处,神圣的前景语言更是充满了戏谑和不恭,神圣语言在此获得了前所未有的怪异性,而恰恰是那个不经意的细节,颠覆了这世界的神圣:

  捞渣的墓,高高地座落在小鲍庄的中央,台阶儿干干净净的,不用村长安排,自然有人去扫。他大,他娘,他哥,他嫂自然不必说了。还有鲍仁文,鲍秉德,拾来,也隔三隔五地去扫。只是要求村长买一把公用的扫帚,用自家扫地的扫帚扫坟头,总不大吉利。

  太阳照在那碑上,白生生的,耀眼得很。

捞渣是小鲍庄"仁义"的代表形象,他的墓应该成为神圣之物,按照弗雷泽关于传统巫术的相似律和感染律来看,任何物体与神圣之物接触后都会获得一种神圣感,并以圣物的形式而被群体看待。但在这里一切都被颠倒了过来,并通过语言的应用形式表达了出来。捞渣的"墓"是书面语,带有十分正式、恭敬的态度,这应该是叙述人的语言。而结尾处是用的"坟头",这是叙述中每个人物个体的语言,是日常口语,坟头颠覆了"墓"的神圣感,也颠覆了个体本来应具有的恭敬、虔诚的态度;同时扫墓必须用公共的扫帚,因为用自己家的怕沾了晦气。神圣的"墓"毕竟还是坟头,毕竟死亡的阴影是缠绕在"坟头"上的。神圣与死亡纠缠在一起,神圣感因此而与荒诞感纠缠在一处。也是在这种说不清道不明的语言混合中,叙述人自己编织的语言神圣世界被颠覆了,而小鲍庄的"仁义"也在个体的具体行为中嘲弄着自己。正是在这种语言的缝隙中,我们可以感受到叙述人在嘲弄着由"仁义"编织的神圣世界。

  由此,我们还可以感受到叙述人在编织历史神圣价值的同时对历史神圣感的嘲弄与怀疑。神圣的一切在语言背景的闪现中不仅受到了前景语言的排挤,同时还受到了前景语言的戏谑,并遭到了现实的放逐,而成为不可触摸的世界。而历史也在这种难以触摸中、在语言的瞬间世界中表现出其真实性与可靠性的危机——它似乎只能是"神话",不仅是作为一种记忆历史的形式,而且是一种表述历史的手段。而它的不可触摸性也决定了它只能存在于语言编织的想象世界中,而现实早以其特有的生存法则亵渎了它。

## 二

"仁义"也是《小鲍庄》的中心词,叙述人似乎也是有意在使用这个词,它不仅指称某一个人,同时也指称某一个群体,而这个群体中的某一个个体则幸运地——也可能是不幸的——成为这个概念的代言人。"在仁义之乡小鲍庄里,一祖之孙的血缘关系、祖上的负罪心理和共同的生活生产方式、文化背景、伦理风范,形成了鲍氏宗族牢不可破的群体意识。这种以仁义为核心的群体意识一经同贫穷、愚昧结合,便构筑成小鲍庄冷漠、呆滞、封闭的凝固体。"① 鲍仁平在一次洪水中的丧生,在现代传媒的传播力量下,在现代社会价值观念的需求下,成为这个概念的隐喻形象。捞渣的降生被赋予了一种神秘的色彩,这也是叙述开始所讲的第一个故事。在捞渣诞生的同时,鲍五爷唯一的孙子刚刚因瘟病过世。生与死借助这种叙述的巧合建立起一种神秘的联系。这种联系也类似于小说开篇"引子"与"还是引子"中创世纪洪水的故事,并暗示我们小说讲述的是关于生命的故事。也是这个被叙述神秘化的人物被赋予了特殊的价值和意义,捞渣的确是一个善的象征体,也是小鲍庄传统"仁义"精神得到体现并获得现代意义的符号形式。尽管捞渣的行为可能更多地来自于个体本能,但叙述的力量使个体本能获得了语境所赋予的神圣意义,并成为一个时代的崇拜对象。

与捞渣的降生相呼应的是捞渣的死,也是充满了传奇色彩。小说的叙述似乎是在暗示我们,捞渣是为了救老人鲍五爷而死的,但鲍五爷在被救上来后不久就丧命了。临死前鲍五爷指着水下面喊着捞渣的名字,帮助人们打捞上了捞渣的尸体。这种叙述方式透露出了鲍仁平的死充满了各种各样的疑问。尽管如此,鲍仁平仍然被视为"仁义"的代表被村里人推举了出来。显然,捞渣的死及其"英雄"的行为并不是以"现实"的方式呈现在我们眼前的,而是以语言的形式出现在文本中的——在不同的参与者的多次叙述中,捞渣的英雄业绩被描述了出来,同时建构捞渣的英雄

---

① 华中师范大学"当代文学编写组":《中国当代文学》,卷三,第271页,上海:上海文艺出版社,1989年。

行为也在一定程度上是建构讲话人自我英雄身份的行为。讲话人以参与者和当事者的身份出现更增加了其语言的权威性,而语言背后的一切已经不重要了,重要的是语言要表述它。而"仁义"就是以这样一种形式展开并执行其意识形态功能的。"仁义"的这种叙述形式不仅是一种价值规范,同时也是一种行为准则和无意识生存态度,但只要反思一下"仁义"呈现的语言形式,我们就可以看到叙述人对仁义的质疑。

"仁义"在小说中并不仅仅是一个概念,而是由语言、个体行为、无意识准则与禁忌构成的结构,存在于历史和现实共构的张力中;它既是个体欲望衍生的基础,也是个体情感被禁锢的囚牢。"'仁义'符码的运作下,小鲍庄的村民们日子过得安分、知足、平和,当然也伴随着贫穷、蒙昧和封闭。然而一套符码无法自行说明自身,它必须在与他种符码的差异中确证自己。"①而这也是个体身份的"差异"对于"仁义"表达的价值和意义所在。如果说鲍仁平是小鲍庄"仁义"价值的正面形象的话,那么小翠、拾来、鲍秉德家里的都是以外来者的形象出现在小鲍庄中,他们构成了小鲍庄仁义价值自我确证的另一种形式。小翠和鲍秉德家里的始终未能获得小鲍庄仁义价值的认可,在这里只有拾来是个例外。小翠是一个彻底的叛逆形象,一个被迫充当童养媳的女人,但同时又是个聪慧过人的形象。鲍秉德家里的则是外来的媳妇,她年轻漂亮,鲍秉德几乎是战栗着把她娶回了小鲍庄。然而小翠对自己前夫的背叛,鲍秉德家里的无法生养的身体残缺都使这两个人从心理到身体都获得了原罪,并为小鲍庄所根本不容。

鲍秉德家里的无法承受这种精神上和肉体上的打击不得不装疯以苟延残喘,当她作为一个正常人的时候,她得不到小鲍庄的认同;而当她以疯子的形象出现在小鲍庄时,她却以自己的生命为代价为小鲍庄换取了"仁义"的名声。因此她的全部价值就在于她是一个符号,一个为他人换取名声的符号,无论对她还是对她的丈夫鲍秉德来说,这都是一种沉重,一种用生命的忍耐和痛苦换取来的沉重。在洪水到来时,鲍秉德家里的

---

① 黄子平:《"灰阑"中的叙述》,上海:上海文艺出版社,2001年,第184页。

对生命的放弃,既是为自己寻求一种解脱,也是个体被逼无奈的选择。小鲍庄"仁义"的价值维度正是在这个层面上,即在对个体生命存在关切的层面上,展示了其残暴无情的一面。鲍秉德在妻子死后三个月就重新娶了新媳妇,村里人没有人说闲话,因为四十岁的男人要续上香火,这比什么都重要,而香火正是"仁义"的另一种表述。女人作为生育工具,而不是作为生命形式,获得了她的价值。而那个一脸天花的女人在没有任何声音和言语,没有任何命名的境况中承担了那个死去的女人的一切。鲍秉德在这个女人的身体上实现了自己的欲望,这似乎也是"仁义"对他一生的回报,而那个女人也因此为小鲍庄所接纳。

在所有这些边缘人中,只有拾来是一个例外,获得了前所未有的地位。拾来获得这种地位的前提是他与小鲍庄仁义的代表捞渣之间的特殊关系。正是拾来在洪水中冒着生命危险打捞上了鲍仁平的尸体,同时他也是小英雄英勇献身的直接目击人。而拾来自己对打捞鲍仁平尸体经历的反复叙述获得了巨大的价值意义,它既成为塑造鲍仁平英雄形象的重要依据,也成为塑造拾来在小鲍庄地位的重要凭证。这个在以前一点社会地位也没有的男人,这个曾因为与小鲍庄的二婶同居而被小鲍庄同族中人追打的男人,这个即使在家里也被老婆吆来喝去的男人,这个甚至是被自己的子嗣所轻视的男人,不得不忍受着"仁义"话语的冷嘲热讽,不得不苟活于小鲍庄"仁义"世界的重压之下。而鲍仁平的死为拾来改变自己的身份提供了契机。

记者第一次采访拾来时,二婶第一次十分谦恭地为自己的丈夫端上一杯水,拾来心存感激,这一行为似乎恢复了他作为一个男人的尊严;这其实也是一种象征,意味着小鲍庄的仁义话语开始接纳他了。而第二次采访拾来时,他已经开始对家里的吆喝上了,拾来终于获得了认同,成为小鲍庄中的一员。另一个有趣的细节是,在每年扫墓的人中也有拾来,这似乎意味着拾来也十分清楚自己身份地位改变的原因。

## 三

小说中有个鲍仁文,是一个对语言文字极为迷恋的"文学青年",文学在其心中占有崇高的地位,而写作更是一项崇高的事业。然而这个执著于伟大事业的人在小鲍庄中却是一个边缘化的人物,因为他的行为在小鲍庄的人们看来是有悖于传统农业社会的行为准则的,既不务农,也不好好过日子,成天价疯疯癫癫,舞文弄墨,以为自己是个什么。一个"文疯子"的绰号表明了他在小鲍庄人们心中的地位。而鲍仁文自己却并不如此认为,他以为小鲍庄的人不过是草鸡而已,那句本子上的名言"鹰有时飞得比鸡低,而鸡永远也飞不到鹰那么高"清楚地表明了他的态度。从一定的意义上看,鲍仁文在小鲍庄中的位置有些类似于鲁迅小说中孔乙己在鲁镇中的地位,孔乙己未必不知道自己在他人心中的位置,他只是以封建社会读书人特有的酸腐、孤傲和对自我精神的麻醉来面对世界。鲍仁文则不然,他将自己的行为与一种伟大的理想联系在了一起,并因此使自己的行为获得了巨大的精神支撑;但遗憾的是这种支撑并没有使他获得自己所希望的社会地位,鲍仁文也因此陷入了长时间的失落中。

鲍仁文对小鲍庄中的老英雄鲍彦荣的采访充满了荒诞色彩,采访者的历史英雄主义情结和被采访者卑微的愿望之间存在着难以逾越的鸿沟。历史在鲍彦荣的记忆中只是只言片语的闪现,它不过是个体在当下具体情境中的本能和欲望——或者说是职责,"打完仗下来,看到狗,我都要踢一脚,踢得它嗷嗷的"。这一切在鲍仁文的视阈中转化为一个崇高的革命"动机",一种历史英雄主义的伟大行为。革命化的知识结构由革命的动机、革命的目的、革命的终极理想等一系列话语结构组成,而恰恰是这个话语结构难以与鲍彦荣的本能和当下的身体反应相吻合。鲍仁文因此而陷入痛苦中,他的知识结构来自于高尔基,来自于《创业史》,来自于《林海雪原》等一系列革命英雄传奇,这些作品的成功使他相信个体的革命英雄气质的攻无不克、战无不胜。但恰恰是这套知识法则在鲍彦荣的乡土话语和精神中无法得到认同,同时鲍彦荣接受采访的目的也不过是为了获得鲍仁文手中的烟卷;更滑稽的地方还在于鲍仁文对此也有清醒的认识,一支支烟卷成为他获得第一手写作资料的唯一可能。集体英雄主义和个体欲望,神圣的历史使命和实现目的的手段之间出现了断裂,而历史似乎也是以这种断裂的形式书写下去的。

鲍仁文获得文化认同的前提必须是他的知识体系为乡村中的"仁义"知识结构所认同,这种认同以一种奇特的方式完成了,而鲍仁文也因此改变了自己在乡村中尴尬的社会地位,一举扬眉吐气了。这个愿望的实现来自于小鲍庄"仁义"的象征鲍仁平的死。应该说鲍仁平得以从"仁义"知识体系进入革命历史英雄知识体系并被现代社会所认同,还得归功于鲍仁文的努力。鲍仁平的死在小鲍庄中不过是"仁义"精神法则的体现,不过是先祖仁义精神在当代的延续,并不存在什么动机,什么目的。这一切在小鲍庄人们的眼中不过是一种内在于个体精神价值的本能而已。小鲍庄对鲍仁平的尊重——如对待他并没有像对待其他孩子一样,在他死后用一张草席包裹以敷衍了事,而是郑重其事地将其放置在棺木中埋葬——不过是对先祖仁义精神的尊重,并相信这种精神在鲍仁平身上得到了光大和延续。"仁义"的知识话语因此获得了新的价值意义,并使小鲍庄进一步声名远播。但是这种知识结构是无法进入当代社会的,无法成为当代生活个体的体验形式的,而实现这种"仁义"话语向当代转换的必要条件是将其纳入到当代话语的知识体系中,并运用当代话语表述出来,而这正是那个有着革命英雄主义情结的鲍仁文的所作所为。从这个角度来看,没有鲍仁文的努力也就不会有鲍仁平的英雄事迹,更不会有小鲍庄的巨大变迁。

在鲍仁文的知识结构中,捞渣说不清道不明的救人行为是一种时代所赋予的革命英雄主义的体现,而祖上的"仁义"本能则转化为鲍仁平前辈们为人民不怕流血牺牲的神圣精神,鲍彦荣的光荣革命历史也成为这种精神的直接体现。两套知识结构通过鲍仁平的死以一种怪异的形式实现了嫁接,在这里鲍仁平的死已经不重要了,重要的是话语完成转换的形式,而且只有这个新的、属于当代的话语结构才有可能被主导意识形态所认可。被认可的话语很快就被纳入到新的意识观念体系中,小鲍庄在洪水后发生的一系列巨变都与传统"仁义"话语向当代英雄话语的成功转换有关,而鲍仁文正是因为这种转换的成功才获得了乡村中新的地位,他终于为追求"仁义"的小鲍庄接受了。

鲍仁文对写作的痴迷终于获得了鲍彦荣的认同,捞渣的事迹登报后,鲍彦荣曾反复让人念给他听,并"不由唤起他早已沉睡的荣誉感,有那么一两天,他寻着鲍仁文,想和他拉拉"。但鲍彦荣的英雄主义欲望似乎得不到真正的满足了,因为鲍仁文已经投入到更加宏丽的英雄主义写作事业中了。鲍彦荣的失落似乎说明了话语结构的独立完整性,任何个体在这个结构中不过是实现话语的中介、符号,他永远也不可能更改这套话语,而且他永远只能屈从于这套话语的力量。鲍彦荣在历史中实现了自己,但这种实现不是以小鲍庄所认可的"仁义"的形式,而是以历史英雄主义传奇的形式——他的命运与鲍仁文相似,也是充满了历史的荒诞感与戏谑感。

## 四

王安忆本人对于将自己的作品纳入到"寻根文学"的范畴中似乎持一种矛盾的态度,一方面她说:"我好像与韩少功他们的'寻根'派不一样。那几年我们的动作太快,速度也过快,把我们写作能源消耗殆尽,无论是故事还是技巧。'寻根'文学有点像能源开发,寻根事实上是寻找故事。"而另一方面,她又承认,文学"寻根"口号的提出对她当时的写作产生了很大的影响,并使她不停地思考自己文学创作的"根"在什么地方。"我的创作一直和那个'寻根文学'运动有关系,这个问题也一直困扰着我,就是我的文化的根是什么?我的印象很深刻,那时阿城专门到上海来,宣讲他的关于文化的理解,这在当时是对意识形态化的一种反弹。有的作家走黄河,有的走黄土高坡,浙江的李杭育走天目山,都想在自己生存的地方找到一种比政治更加深刻的原因,生存的实际状态。这个事情对我的冲击很大,我的根在什么地方?我生活的地方是上海,当时我在上海图书馆里泡了一个夏天,查阅资料,但并不能帮我解决问题。我很偶然地去了农村,去了'小鲍庄',到那以后把我插队落户的记忆唤醒了,应该说我还是没有找到自己的根。"[①]但是我们依然可以感受到王安忆所谓的"根"与"寻根文学"所谓的"根"之间存在的巨大差异。后者抱有一种对

---

① 王安忆:《常态的王安忆,非常态的写作》,见王安忆:《王安忆说》,长沙:湖南文艺出版社,2003年,第232页。

历史和现实的神圣感,努力在当时的社会文化语境中为文学寻找到新的安身立命之所,也因此,"寻根文学"的正式宣言中充满了拯救世界的激情,其思路依然是新时期开始时的文化启蒙精神的一种延续。王安忆自己在当时的写作并不能避免这种文艺思潮的影响,但是她所理解的"根"似乎更多关乎的是个体文学的生存和发展的根基所在。王安忆在当时提出的命题是:自己的文学写作得以延续下去的基础是什么?年轻时下放插队的历史记忆并没有给予作者这种基础,这从小说特有的反讽色彩和批判色彩就可以看出一斑。一个被否定的形象如何能成为一个作家安身立命的根基所在呢?而王安忆的《小鲍庄》与当时很多的"寻根文学"一样出现了这样的悖论,写作的目的是要为文学寻找存在的基础——不论是整体的,还是个体的;也不论是在外来的魔幻现实主义的影响下,还是在民族文学发展未来的追寻意义上,但创作出来的具体文本却是充满了批判色彩的,而文学的文化之"根"实际在写作实践行为中被否定掉了。这种写作目的和写作实践之间的巨大差异的确是一个十分有意思的问题,以悖论的形式呈现在"寻根文学"的文学理念与文学实践之间的差异中。

同时,王安忆也并不认可人们当时对《小鲍庄》的一些评论,如有评论者曾认为:"在这里,作者既挖掘出小鲍庄盲目顺从、乐天知命、愚昧迷信等带有浓厚封建色彩的负量因素,同时又从中发现了我们民族心理中那种善良、厚道、求生、抗争和牺牲精神等美好因素。作品中那位童心纯美、敬老爱幼、富于献身精神的少年英雄捞渣,正是这种美好因素的凝聚和化身。"[①]这显然是从认识论的角度切入人物的形象价值,有些简单化。王安忆自己认为,她对小说的结尾采取了反讽的态度,因为捞渣的死,许多人的命运得到了根本性的改变,"我想,捞渣是个代大家受过的形象。或者说,这个小孩的死,正是宣布了仁义的彻底崩溃!许多人从捞渣之死

---

① 华中师范大学"当代文学编写组":《中国当代文学》,卷三,第271页,上海:上海文艺出版社,1989年。

获得了好处,这本身就是非仁义的"①。应该说这个评价还是十分客观的。

尽管王安忆对《小鲍庄》所做的评论并不具有权威性,因为文学文本的独特存在形式决定了作家对自己小说的评论仍然不过是一种评论,而不是盖棺定论;它只是在表明作家对自己作品的一种态度而已。但是《小鲍庄》的确展示出了传统和现代之间在话语形式、知识结构、传播方式等方面存在着的巨大差异,二者之间在相互对抗的同时也具有一种复杂的依存关系。传统的仁义道德以一种无形的形式在乡土社会中传播,而当代社会则借助强大的物质力量、媒介力量塑造符合自己要求的符号形式。同时传统在巨大的经济利益冲击下面临尴尬的境地,如同作者所认同的,传统的解体似乎已经是无可挽回的了,由此导致了精神世界的真空;而现代社会所要求的英雄主义精神也并没有真正渗透入这片时代精神的空白之地。鲍彦荣曾经有过的模糊的历史记忆与情绪,还有鲍秉义那支古老的坠子都在从不同的角度讲述着历史在个体记忆中的形式,这种历史是革命英雄传奇记忆之外的历史,借助个体化的语言形式,还有乡村话语的独特传播机制,默默地流传着;它以这种个体叙述的语言形式转化为一种个体行为的无意识本能,塑造着人们精神根基的另一面。

这种历史是不会被遗忘的,但它存在于当代的历史叙述之外,如同那支在鲍秉义的手中传唱的坠子;它依然是一种历史神话,当然是为现代力量冲击得支离破碎的神话!

## 第三节　童年记忆中的乡土

《透明的红萝卜》②的主角也是个孩子,但这个孩子所展示的天空完全不同于韩少功、王安忆笔下的孩子。后者的叙述中,孩子——丙崽、捞渣——不过是功能性的,他们是一种象征符号。丙崽意味着麻木、落后、

---

① 王安忆:《从现实人生的体验到叙述策略的转型——关于王安忆十年小说创作的访谈录》,见王安忆:《王安忆说》,长沙:湖南文艺出版社,2003年,第31—32页。
② 莫言:《透明的红萝卜》,刊载于《中国作家》1985年第2期。

愚昧、还有强大得无法抗拒的思维惯性;而捞渣则意味着一种社会美好情感的泯灭与消失。但《透明的红萝卜》中那个外号叫黑孩儿的孩子是不同的,那是一个独特的世界,一个不同于大人的纷繁而单纯的世界;这个世界与外在世界之间的张力构成了小说独特的美学价值,也表达出了作家独特的个体经历和对世界的感受形式。

一

在小说《透明的红萝卜》中,我们可以清楚地感受到叙述人在讲述故事的过程中叙述视角的跳动,尤其是当谈到黑孩儿的时候,叙述角度明显地转移成为孩子的视角。这个角度所描绘出的世界是一个充满了幻想的世界。这个世界与外在世界纠缠在一起,并与它处于十分复杂的关系中——对立的、复合的、协调的等等。在小说中黑孩儿的世界存在于成年人世界的缝隙中,存在于现实世界的空白之处;也是在成人世界之外,黑孩儿的世界获得了独特的意义存在方式。

黑孩儿的世界首先是一个有着独特的声音的世界,不同于日常生活中声音的表达方式,黑孩儿世界中的声音充满了自然丰富而美丽的气息:

> 黑孩儿的眼睛本来是专注地看着石头的,但是他听到了河上传来了一种奇异的声音,很像鱼群在唼喋,声音细微,忽远忽近,他用力地捕捉着,眼睛与耳朵并用,他看到了河上有发亮的气体起伏上升,声音就藏在气体里。只要他看着那神奇的气体,美妙的声音就逃跑不了。他的脸色渐渐红润起来,嘴角上漾起动人的微笑。他早忘记了自己坐在什么地方干什么,仿佛一上一下举着的手臂是属于另一个人的。

这个声音世界充满了黑孩儿独特而细微的感受,像鱼儿唼喋似的声音在水面上搅动着,并融入水上浮动的气体中。黑孩儿对于声音的感受不仅仅是通过耳朵,还包括眼睛,声音似乎是可以被看到的,可以被捕捉的。也只有如此我们才可以感受到黑孩儿处于一种自由的状态中,才可以感受到黑孩儿"是属于另一个人的"。黑孩儿就沉浸在这美丽的声音世界中。

与黑孩儿对自然声音的敏感相对立的是,黑孩儿在成人的世界中似乎永远处于沉默中,几乎没有人听到黑孩儿说过话;而他的沉默又与其他人的喋喋不休形成了对照。黑孩儿的沉默是别有意味的,它意味着成人世界和儿童世界之间那不可逾越的鸿沟的存在;成人无法理解黑孩儿,不论是他的行为还是他的沉默。黑孩儿的沉默同时意味着在成人的世界中,黑孩儿是丧失了话语权的,他没有表达的权力,事实是,他只有顺从的义务。无论是菊子姑娘的善意还是小铁匠的粗暴,黑孩儿对他们语言的反应并不重要,重要的是黑孩儿的顺从;而黑孩儿在他们的眼中并不是一个独立的完整的个体,他是一个倔种、一个小混蛋、一个小狗日的……各种语言表达方式以一种暴力的形式充斥在黑孩儿的周围;面对这一切,黑孩儿只有接受,而他自己的感受也在他的沉默中流失掉了。因此,成人世界对于黑孩儿来说是一个"命令"的世界,一个没有自由和想象的世界;命令所需要的只是他人对命令的服从。从这样一个角度来看,黑孩儿并非是一个"哑巴",他的声音是他人无法听到或无法理解的,或者说是被他人漠视的,这也就等同于他没有声音。而这也迫使黑孩儿退回到自己的想象世界中,只有在那里,黑孩儿才会找到属于自己的一切,并使自己的感受丰富而色彩斑斓。

　　黑孩儿的世界同时还是一个充满了独特色彩的世界,尤其是那段关于黑孩儿眼中的"透明的红萝卜"的描写:

> 　　他看到了一幅奇特美丽的图案:光滑的铁砧子上,泛着青幽幽蓝幽幽的光。泛着青蓝幽幽光的铁砧子上,有一个金色的红萝卜。红萝卜的形状和大小都像一个大个阳梨,还拖着一条长尾巴,尾巴上的根根须须像金色的羊毛。红萝卜晶莹透明,玲珑剔透。透明的、金色的外壳里苞孕着活泼的银色的液体。红萝卜的线条流畅优美,从美丽的弧线上泛出一圈金色的光芒。光芒有长有短,长的如麦芒,短的如睫毛,全是金色,……

在黑孩儿的世界中,自然中的很多东西都是透明的、靓丽的:河底水中的虾的身体透亮,秋虫和鸟儿音乐般的鸣唱,黄麻叶片如同成群的金麻雀在飞舞,而黑孩儿自己的身体在灯光的照耀下也仿佛涂了一层釉彩,如同精灵一样,黑亮黑亮的……与那个成人世界丧失了一切色彩相对照的是,黑孩儿世界中的色彩是斑斓而美丽、透明而富于灵性的。同样的,与成人世界中的坚硬和粗糙相对立,这个美丽的世界也是如此的脆弱柔嫩,它如同昙花一现,在成人世界的暴力下瞬间化为乌有。黑孩儿以后努力要再寻找到那个世界,那个"透明的红萝卜",遗憾地是那个"透明的红萝卜"却永远消失了。"透明的红萝卜"不过是儿童脆弱而美丽灵魂的象征,它也同儿童一样是脆弱而美丽的。每一个儿童都有属于自己的"透明的红萝卜",但每一个儿童的梦想世界似乎都无法为成人世界所认同、所理解、所接受;相反对这个世界却充满了"幼稚"、"可笑"、"滑稽"之类的指责;这种语言和行为的粗暴不仅毁灭了儿童世界的美丽和梦想,还试图将儿童世界纳入到成人世界的轨道中,为成人世界所同化,儿童世界因此而流失,并成为永远不可企及的梦幻。小铁匠粗暴地将带给黑孩儿梦想的红萝卜扔出洞外,这个动作是黑孩儿灵魂深处的伤痛;被毁灭的不仅仅是一个"红萝卜",更是一个梦想,一个世界。丧失了红萝卜的黑孩儿整日忧心忡忡、神不守舍,似乎失去了灵魂。而这个伤痛也在黑孩儿的沉默中被掩埋,被遗忘。

　　成人的世界充满了各种对抗关系,充满了各种利害关系,当然也充满了残忍、麻木和暴力,还有在荒野上燃烧的激情。但黑孩儿并不关心这些,他关心的是自己失去的想象世界,关心的是那个透明的红萝卜。黑孩儿一直努力去找回那个世界,从一定的意义上看,这也是个体努力在寻找并保护灵魂深处最美好的记忆——当然也是被破坏的记忆;但这个世界因为现实世界的挤压已经不存在了,也不可能存在了。或许我们每个人的灵魂深处都曾经有那么一个"透明的红萝卜",在外在世界的压力下,这个"红萝卜"被遗失了,并逃出了我们的记忆;只有在夜深人静时它才有可能从记忆的深处走到我们面前。

　　也因此,黑孩儿的世界才会在各个层面上与现实世界发生激烈的冲突,但这种冲突又往往会被成人世界所忽视。黑孩儿看事物有自己的衡量标准,这个标准的存在意味着黑孩儿在一定程度上是一个独立的个体,但恰恰是黑孩儿这种灵魂和身体的个体性被成人世界忽视了。在成人世界的冲突对抗中,黑孩儿的世界是卑微的、渺小的,也因此当黑孩儿以各种举动出现在公众的视野中时,他的行为被成人认为是反常的,是不可理喻的。如菊子姑娘拉走黑孩儿不让他再去烧火,反而被黑孩儿咬了一口;小石匠小铁匠之间发生暴力冲突,黑孩儿反而帮助小铁匠去打平时一直保护他的小石匠……这种行为举止的超常被理解为一种怪异,黑孩儿也因此被视为一个异类,一个他者。而成人总是以自己的利益标准去衡量世界并以此去衡量黑孩儿的行为,以自己的是非善恶标准去判断黑孩儿的举止,恰恰是这样一种不考虑黑孩儿的标准的世界的存在和强大对黑孩儿造成了伤害——甚至是善良的行为、善良的情感也会对他造成无法弥补的伤害。也只有这样去思考我们才会理解黑孩儿行为中许多不可理喻的地方。

## 二

很多评论都注意到了《透明的红萝卜》中象征层面的特征,如上面所谈到的黑孩儿世界的塑造,却往往忽视了小说在叙述层面的特点。《透明的红萝卜》至少有两条线索,一条是黑孩儿在工地上干活,发现了透明的红萝卜,然后努力去寻找被小铁匠毁灭掉的红萝卜。一条是小石匠、小铁匠还有菊子姑娘之间的感情纠葛及其悲剧性结局。两条线索相互纠缠,互相牵制,并因此形成了我们在上面所谈到的儿童世界和成人世界之间的关系。在这种复杂的关系中,黑孩儿在两个世界中扮演的角色也是十分复杂的。

其实,莫言的小说情节性普遍不强,故事结构往往也不复杂,这一特点在这部小说中就已经显示了出来。莫言更注意故事的塑造方式,通过转换故事讲述的视角去塑造一种阅读的惊奇。同时莫言还十分注意对感觉世界的塑造,尤其是刻意放大叙述的主观感受,从而塑造出一个光怪陆离、不同寻常的声、光、色、味的世界。有评论者很早就指出莫言的小说世界是一个"植根于农村的童年记忆中的世界,一种儿童所独有的看待世界的全新眼光"。在莫言最优秀的篇章中都表现出了"儿童所惯有的不定向性和浮光掠影的印象,一种对幻想世界的创造和对物象世界的变形,一种对圆形和线条的偏好"。① 也因此,许多评论都集中在对莫言小说感觉世界塑造的独特性上,而忽略了这种独特的塑造方式和叙述行为之间存在的矛盾。莫言小说中叙述时间往往与故事发展的时间之间存在着强烈的张力,由于注意塑造个体的主观感觉,使得故事的讲述时间往往要慢于故事发展的实际时间,并因此削弱了故事的情节性。莫言小说的结局往往是悲剧性的,但由于刻意从一个"儿童式的"视角去刻画场面,并着力于塑造出一个美感的世界,这在一定程度上又冲淡了小说的悲剧色彩。

在《透明的红萝卜》中,小说的儿童世界时刻处于成人世界的挤压中,同时儿童世界和成人世界的讲述方式之间存在着差异。儿童世界的叙述总是处于一种诗意化的语言结构中,其讲述的速度明显放慢;但成人世界的叙述常常用一种普通的乡村土语,叙述性很强,这种语言充满了暴力、粗俗的色彩,带有明显的乡土世俗气氛。儿童世界的想象性往往在粗俗的语言氛围中突然出现,又往往被后者突然间中断。这种语言之间的差异实际上暗示出了叙述人在叙述态度上的差异:即存在于儿童记忆中的乡土和存在于理性思维中的乡土之间的差异:前者是美丽的,充满了个体童年时代无忧无虑的精神幻觉;后者则是现实的,是知识分子个体反思之后的结果。前者努力在塑造一个美的世界,而后者则在塑造一个世俗化的世界;前者充满了宁静、温馨和愉悦,后者则充满了痛苦、悲伤与暴力;前者是儿童化的,后者是成人化的;前者更富有感性的色彩,后者更充满了理性的精神。这两者之间的差异性成就了《透明的红萝卜》中两个世界之间的张力。莫言自己也承认,一方面他认为:"故乡对我来说是一个久远的梦境,是一种伤感的情绪,是一种精神的寄托,也是一个逃避现实生活的巢穴。"另一方面,"二十年农村生活中,所有的黑暗和苦难,从文学的意义上说,都是上帝对我的恩赐"。②

两个世界在故事的结尾都以悲剧收场,我们在上面已经谈到了儿童

---

① 程德培:《被记忆缠绕的世界——莫言创作中的童年视角》,参见杨扬主编:《莫言研究资料》,天津:天津人民出版社,2005年,第130、131页。
② 莫言:《我的故乡与我的小说》,参见杨扬主编:《莫言研究资料》,天津:天津人民出版社,2005年,第33、31页。

世界的毁灭不仅仅来自于物质的贫困,来自于爱的贫乏,还来自于个体的麻木和蒙昧。而成人世界的毁灭则来自于现实世界中个体之间的利害冲突,来自于个体的无知与无觉,来自于人性的弱点还有命运的无可抗争性。在对成人世界的塑造中,莫言始终纠缠于这个世界中"恶"的一面的力量,这种力量几乎深深植根于每一个个体中,小铁匠为了自己的利益而挤走了自己的师傅,而他的师傅也是为了自己而烫伤了徒弟的胳臂;小石匠和小铁匠为了菊子姑娘大打出手,老队长因为黑孩儿拔光了地里的萝卜而愤怒地将黑孩儿踢倒……现实世界就处于这样一种争夺和为争夺而出现的暴力中。暴力不仅存在于人们的行为中,还存在于人们的语言中,而且也只有这种语言模型的日常化才意味着暴力的日常化。

在这样一种世界中,黑孩儿的行为是怪异的,我们在上面已经表明了这种怪异的所在。但在现实世界中,黑孩儿的行为同样是一种暴力形式,他为成人世界的暴力所侵犯,同时他也以暴力的形式回击成人世界。而且一旦黑孩儿进入到成人世界中,他的行为就只能如此。小说中,黑孩儿最让人费解的行为就是在结尾帮助小铁匠打小石匠,而其根源就在菊子姑娘身上。菊子姑娘在黑孩儿的心目中是十分神圣的,她几乎是出于母性的本能照顾黑孩儿,从而使这个失去了亲生父母,又生存于继母暴力下的孩子获得了从未体验过的爱。但黑孩儿无法容忍这份爱被他人剥夺,尤其是当他发现了菊子姑娘和小石匠之间的情感秘密时,他脸上闪现出的"冰冷的微笑"几乎展示出了这个孩子内心深处的冷漠和仇恨。爱与恨处于如此紧张的两极状态中,也因此黑孩儿才会毫不犹豫地在关键时刻去袭击曾给予自己帮助的小石匠。这时候,小石匠以前的一切都无法替代他"强占"菊子姑娘所带给黑孩儿的愤怒,也是在这个时刻我们才可以感受到这个孩子内心深处丰富的感受性中所隐含的可怕的一面,我们才可以理解黑孩儿行为的怪异,而菊子姑娘给予黑孩儿的爱则成为造成自己命运悲剧的重要因素。

有评论认为,莫言的深刻性就体现在这个地方:"他试图超越历史直接窥查人的本性,历史在他这里只提供了一种外在的刺激,他更关心人心和人性的种种反应。他不愿恪守任何关于文学的既定规范,甚至也对还在禁锢人们的道德律条产生怀疑。他极为痛恨虚伪,而宁愿用自己的笔去真实地揭示丑陋。"①黑孩儿的矛盾性就体现在作为一个被想象的个体和作为一个想象世界的个体之间的矛盾,前者寄托着叙述人回归故土的情思,展示的是记忆世界中故乡璀璨华美的乐章,展示的是人性中美丽灿烂的一面;而后者则是故乡在反思之后的呈现形式,彰显出人性深处"恶"的力量对个体的毁灭。黑孩儿不仅是一个被摧残的对象,同时也是一种毁灭世界的力量。这种个体形象上的矛盾性在小说中得到了深刻的表现。

## 三

莫言的小说世界由苦难、饥饿还有美丽共同组成,黑孩儿是这个世界的生存者、体验者,也是这个世界的见证者和描述者;而他在被他人毁灭的同时,也以暴力的形式参与到毁灭这个世界的进程中去。莫言承认《透明的红萝卜》有着强烈的童年经验色彩,一是童年时代对于饥饿的记忆,二是自己的一些亲身经历。"我十三岁时曾在一个桥梁工地上当过小工,给一个打铁的师傅拉风箱生火。中篇小说《透明的红萝卜》的产生与我的这段经历有密切的关系。小说中的黑孩儿虽然不是我,但与我的心是相通的。"②

来自于乡土的作家对于乡土的描绘往往不同于来自于城市的"知青"作家和"右派"作家,二者根本的区别就在于对乡土是否存在着童年记忆,而且童年记忆往往以各种形式进入到小说的文本中。来自于城市的知青作家对于乡土的描写十分复杂,例如史铁生的《我的遥远的清平湾》就充满了对乡土的赞美,小说几乎没有太多的情节,以回忆的形式将自己在乡土中遭遇的困苦还有面对困苦的坦然,农民的淳朴、热情、真诚等表述了出来。但叙述人的语气中却有明显的高人一等的感觉,如同有

---

① 夏志厚:《红色的变异》,参见杨扬主编:《莫言研究资料》,天津:天津人民出版社,2005年,第217—218页。
② 莫言:《我的故乡与我的小说》,参见杨扬主编:《莫言研究资料》,天津:天津人民出版社,2005年,第31页。

评论家一直质疑的,知青文学往往夸大了自己所遭受的苦难的程度。另外一种知青文学中的乡土世界则是否定的形象居多。乡土往往是一个等待改造、救赎的形象,如梁晓声的作品往往具有这种色彩。"右派"作家则往往将乡土描述为一个神圣而苦难的地方,一个重新塑造自我灵魂情感、重新拯救自我沉沦的地方;而个体在乡土中的遭遇既是一种不公正的历史境遇,也是个体感受农民生存苦难的机遇;更是重新塑造自我神圣形象的开始。因此在苦难的描写上更注重知识阶层个体在其中的感受。也因此"右派"作家对于乡土的描述往往采用全知视角,从一个更高的点上对世界进行描述,如叶蔚林《在没有航标的河流上》就属于此类。此外,还有一些作家更注重那段特殊历史时空中个体情感、思想发展轨迹的描述,并以此去建构属于某一特定阶层的精神价值,如张贤亮的小说《马缨花》、《绿化树》等。在这类小说中对于乡土苦难的描述往往是叙述人实现主体精神价值的修辞手段,并使主人公具有分担"苦难"的价值色彩。

  莫言对于重塑乡土形象具有明确而自觉的意识,他认为:"农民的苦难感与知识分子、右派的苦难感还不完全一样,不要把知识分子自己的苦难感强加到农民头上,结果写出来的农民一个个像知识分子。""从我自己对农村的感受出发,我觉得农村生活并不像'右派'作家、'知青'作家笔下所表现的那样暗无天日,悲悲戚戚。农村生活的确很艰苦,但农村生活并不是一点欢乐也没有。我自己从小在农村长大,我能够体会农村生活的欢乐与痛苦。为什么不能写农村生活欢乐的一面呢?可能有些人认为,如果这么写了,你就是在歌功颂德,迎合当权者。我想这与迎合可能还不是一回事吧。"①因此,莫言笔下的农村是一个色彩斑斓的世界,尤其是这个世界经过一个孩子的眼睛被展现出来时。同时莫言将乡土世界中人们的言语行为,还有行为中蕴涵的复杂的情感以一种美的形式表现了出来。小说中那段对打铁场面的描写,可以说是小说中最富有魅力的章节之一:

---

①  莫言、杨扬:《小说是越来越难写了》,参见《莫言研究资料》,天津:天津人民出版社,2005年,第10页、11页。

老铁匠从炉子里把一支烧熟的大钢钻夹了出来,黑孩儿把另一支坏钻子捅到大钢钻腾出的位置上。烧红的钢钻白里透着绿。老铁匠把大钢钻放到铁砧上,用小叫锤敲敲砧子边,小铁匠懒洋洋地抄起大锤,像抡麻秆一样抡起来,大锤轻飘飘地落在钢砧子上,钢花立刻光彩夺目地向四面八方飞溅。钢花碰到石壁上,破碎成更多的小钢花落地,钢花碰到黑孩儿微微凸起的肚皮,软绵绵地弹回去,在空中画出一个个漂亮的半圆弧,坠落下去。钢花与黑孩儿肚皮相碰撞以及反弹后在空中飞行时,空气摩擦发热发声。打过第一锤,小铁匠如同梦中猛醒一般绷紧肌肉,他的动作越来越快,姑娘看到石壁上一个怪影在跳跃,耳边响彻"咣咣咣咣"的钢铁声。小铁匠塑铁成形的技术已经十分高超,老铁匠右手的小叫锤只剩下干敲砧子边的份儿。至于该打钢钻的什么地方,小铁匠是一目了然。老铁匠翻动钢钻,眼睛和意念刚刚到了钢钻的某个需要锻打的部位,小铁匠的重锤就敲上去了,甚至比他想的还要快。

　　姑娘目瞪口呆地欣赏着小铁匠的好手段,同时也忘不了看着黑孩和老铁匠。打得精彩的时候,是黑孩最麻木的时候(他连眼睛都闭上了,呼吸和风箱同步),也是老铁匠最悲哀的时候,仿佛小铁匠不是打钢钻而是打他的尊严。

这不仅是师徒打铁的过程,也是两个铁匠之间竞争角力的过程:老铁匠的局促,小铁匠的放肆,老铁匠对自己力不从心的掩饰和小铁匠步步紧逼、得势不饶人的心态,都在这个过程中被传达了出来。同时叙述人又通过不同的人的眼睛重新叙述着这个场景中的含义:在菊子姑娘眼中这是一个充满了美感的世界,小铁匠的身影映在石壁上,充满了力量和动态、还有生命的活力;而在黑孩儿的眼中,这个场景是一个让他窒息,让他沉醉甚至是让他忘记自我的场景,他全身心地投入到这个世界中。也是在这种投入的状态中,可以看到黑孩儿是外在于这个世界的,他无法真正感受到这种场景中微妙的竞争状态,无法感受到这个场景中老铁匠内心世界中的悲哀和恐惧。

　　通过对这个世界的塑造,莫言不是回避了乡土世界的苦难,而是将这苦难推到了小说的远景;黑孩儿是一个身在苦难中却没有苦难感的人,在小说中,苦难是通过老铁匠的声音,通过老铁匠的行为表现出来的。老铁匠"如枣者脸如漆者眼如屎壳郎者臂上伤疤"的形态,那身上满是窟窿的围布,还有默然的姿态,无不是苦难和安于苦难的写照。而那猛然间唱出的戏文,既是对苦难的表述,也是对苦难的无奈与抗争:

> 恋着你刀马娴熟,通晓诗书,少年英武,跟着你闯荡江湖,风餐露宿,吃尽了世上千般苦——

这段凄怆的旋律曾反复在文中出现,它曾化解过小石匠和小铁匠之间的冲突,也曾传达出老铁匠在临走之前的凄苦无奈。它与黑孩儿的想象世界形成了呼应的关系,所不同的是,老铁匠是一个洞彻苦难世界的觉者,而黑孩儿则是沉溺于苦难世界中的迷者。这一老一少对世界的想象方式尽管存在着巨大的差异,但又不无相通之处。而在这种苦难生活中个体之间关系的冷漠,更衬托出一种特殊的冷寂。《透明的红萝卜》所呈现的世界就存在于这冷与热相交汇的世界中,黑孩儿就是这个世界中的一分子。但他不是这个世界中苦难的体验者,苦难的背景化使黑孩儿在精神上外在于这个世界;而叙述人的叙述传达的对这个世界的激情与这个世界麻木的自在性之间也存在着这种独特的张力。

有论者谈到莫言的作品时,认为他"以其斑斓的色彩,新奇的感觉,丰厚而独特的意象,推出一个类似于福克纳的约克帕塔法县、马尔克斯的马孔多小镇的高密县东北乡的艺术世界……"[①]还有论者则认为,莫言小说最根本的生命力"正是他得天独厚地把自己的艺术语言深深扎植于高密东北乡的民族土壤里,吸收的是民间文化的生命元气,才得以天马行空般地充沛着淋漓的大精神大气象"。如果说在《透明的红萝卜》和《红高粱》中,莫言的这种民间情结尚不自觉的话,那么到了《檀香刑》的创作时,这种开发民间文化的魅力就成为作家的一种自觉的意识了。[②] 魔幻现实主

---

① 张志忠:《跋:重读莫言》,参见莫言:《金发婴儿》,武汉:长江文艺出版社,1993年6月,第368页。

② 陈思和:《莫言近年小说的民间叙述》,参见《中国当代文学关键词十讲》,上海:复旦大学出版社,2002年,第171—172页。

义也好,民间也罢,无不说明了莫言小说具有宽广的阐释维度,对莫言自己来说,他并不否认自己对拉美魔幻现实主义的借鉴,但这种借鉴更多地是体现在思维方式、创作手法等方面,并不体现在小说创作内容上。事实是,莫言自己也认为,在经过一段时间的创作后,他在有意识地摆脱魔幻现实主义的影响,尤其是在20世纪90年代以后。而且这种影响也并不体现于他早期的小说中,如《红高粱家族》,这里面也可能包括《透明的红萝卜》。莫言认为,自己的《红高粱》与马尔克斯之间几乎没有什么联系,因为《百年孤独》的中译本是1985年春天引入中国的,而他的《红高粱》则完成于1984年。从时间上看,莫言的话是有根据的,而《透明的红萝卜》发表于1985年春季,在时间上似乎也是独立于《百年孤独》的。[①]

我们谈到这个问题的一个重要原因是,很多先锋派作家的创作都被认为与拉美的魔幻现实主义之间有着千丝万缕的联系,这在当时几乎成为一种时尚。也是在这种盲目的追逐中,作家自己的童年记忆还有藉此而形成的创作资源被忽略掉了。好在在新的千年开始时,对莫言创作的评论发生了新的变化,或许我们会听到对莫言的创作的更为合理的阐释。

### 第四节　叙述的迷宫

一般认为,马原的小说在故意制造一种叙述上的错乱,他十分迷恋对传统叙述形式的拆解,他似乎天生有着破坏情节完整性、合理性的癖好。叙述,在他的手中演绎为一种手法,一种技巧,并主要是从情节上使故事看起来更不像故事,而是一种彻底的主观编织。马原有意在他的小说中打破了人们对故事完整性的迷恋,同时他也陷入了刻意拆解叙述幻觉的陷阱中。马原的小说果然如此吗?他真的忽略了文字背后的意义传达吗?

---

[①] 莫言:《我为什么要写红高粱家族》,见《莫言研究资料》,天津:天津人民出版社,2005年,第45页。

一

　　传统现实主义的情节观念在马原的小说中遭到了前所未有的挑战。这么说并不是说马原的小说中没有情节，情节还存在，但不是以现实主义小说所追求的那种完整的方式存在，而是以一种破碎的状态存在。按照叙述人的说法，在《冈底斯的诱惑》中，至少存在着三个故事：一是打猎的故事，二是看天葬的故事，三是顿珠、顿月的故事。前两个故事相互交错在一起，而后一个故事则被叙述人强行拉了进来，我们甚至没弄清楚这个故事是为什么出现在这个地方的。小说到了结尾又回到了前两个故事中的人物姚亮和陆高上，并以二人蹩脚而莫名其妙的诗结束。小说中还出现了几次叙述人跳出来和读者讨论小说技巧的问题等一些匪夷所思的事情，这些东西被混合在了一起组成了那篇著名的《冈底斯的诱惑》。

　　其实，叙述人在小说第十五部分所说的三个独立的故事不过是一种障眼法，小说实际上只存在两个相对完整的故事结构。仔细阅读小说我们就会发现，小说以第十一部分为界划分为两个大的部分，前面是一个关于打猎故事的大结构，后面是关于顿珠、顿月的故事。两个故事之间存在着一种奇怪的断裂，因为顿珠顿月的故事发生得十分突然，如同我们上面所说过的，几乎是被叙述人强行拉了进来，却没有任何理由，只有篇首的一句"这里原来就有一个关于顿珠顿月的故事"的说明。而在这个故事结束的时候，我们几乎看不出这个故事与前面打猎的故事之间有什么逻辑上的联系。我们在此当然要问一下：叙述人这么写的目的究竟是什么？

　　值得注意的地方是，相对于前面打猎的故事，关于顿珠顿月故事的叙述几乎没有任何中断，一气呵成，而不像前面"打猎"的故事那样错综复杂。打猎的故事一开始就处于一种紧张的叙述状态中，而且在叙述打猎的过程中间又穿插进了如下一些零散的情节：一个是老作家在西藏工作生活的经历，特别是他在西藏旅行时所看到的巨大的羊角石雕的经历；一个是姚亮、陆高、小何等人去看天葬的故事；一个是藏民穷布在猎熊时看到雪山野人的故事。这些经历每一个都被描述得充满了惊险的色彩，充满了离奇的过程，还有不知所终的结尾。叙述人描述之详细也使故事富有斑斓的色彩;相反那个打猎的故事倒是平淡无奇,短短几笔就在平淡中收尾了。这种叙述方式与前面的诸多片断又形成了一个对比。显然,打猎的故事不过是一个叙述的套子,通过打猎的故事,叙述人组织起了打猎中的各种主要人物,将他们引入叙述的视野。也是借这个套子,叙述人讲述了西藏所特有的离奇惊艳的故事,并赋予西藏一种独特的神秘色彩,当这个套子完成了串联其他故事的功能后,它的任务也就完成了,也因此"打猎"本身并不重要,重要的是打猎背后每个人的惊险历程。

另一个有意思的地方是第一个结构中人物的身份,以汉人为主,他们都是因为各种原因来到西藏工作的。唯一的一个藏民是穷布,然而穷布不会说汉话,多数汉民不会说藏语,穷布的经历是通过老作家翻译的。那个老作家在西藏工作了几十年,这使他对西藏的风土人情十分熟悉,也因此成为不同语言的中介。因此,穷布并不是直接向我们讲述他的经历,这之间存在着一种语言上的障碍,我们没有听到穷布自己的声音,我们听到的是被"翻译"过来的声音。这声音就有可能因为各种原因被滤去原来的一些风格,而穷布的经历——无论是他父亲猎熊的经历还是他成长的经历,尤其是那个看到野人的经历,都只能存在于汉人的语言中,并成为汉人的观看对象。

此外,姚亮陆高们看天葬,依然是一种"看";老作家看到羊角石雕,还是一种"看"。这种"看"带有一种特殊的惊奇的特点,西藏存在于不同汉人"看"的视角中,作为被"看"的对象,西藏展示的是自己奇瑰、不可思议的神秘的一面。西藏的一切,无论是天葬、雪人还是羊角都构成了西藏被观看、被欣赏,同时也是被排斥和理解的一面;这一切都是外在于姚亮们的,也是外在于叙述人的,它们也构成了文本世界中那个遥远的被思考、认识、理解或者是排斥的他者世界。因此小说的第一个结构为我们提供了一个遥远的西藏,一个外在于叙述主体和认识主体的西藏,这个西藏不是作为生存主体本身而存在的,而是作为一种风光,一种认识对象,一个不可思议的他者而存在的。而姚亮陆高们看天葬的经历更是使西藏这一"他者"地位被彻底暴露了出来,姚亮们的所做所为不仅遭到了藏民的排斥、反感、斥责和詈诟,还为读者所不耻。在这个过程中,没有任何尊重,没有任何理解,死者及其亲属的一切痛苦和悲哀都在姚亮们"看"的欲望下消弭殆尽。姚亮们的偷窥欲也使自己陷入了真正的尴尬中,他们狼狈不堪,在藏民的追赶下惶惶如丧家之犬。整个看天葬的过程充满了惊险和刺激,更充满了荒诞和无聊。姚亮们就是这样结束了自己不光彩的旅程。

如果说在小说的第一个结构中,叙述人的语气充满了离奇神秘的色彩的话,那么在第二个结构顿珠顿月的故事中,叙述人的语气则具有了一种神圣感和沉郁感。神圣来自于那古老的传说,而沉郁则来自于顿珠顿月同样离奇的生命历程。在这个结构中,顿珠的憨厚、本分、真诚而勤劳的品质与顿月活泼、热情、欢乐而执著的精神气质形成了对比。前者成就了自己歌唱《格萨尔王传》史诗的能力;后者虽然在追寻中不幸去世,但他的歌声,他的身影却永远地印在了那片广袤深厚的土地上。这种精神与第一个结构中姚亮们的经历不仅形成了强烈的反差,也更映衬了顿珠顿月的可爱与可敬。我们注意到,在这个故事中,所有的人物都是在西藏出生,在西藏成长的,除了那个替代顿月给母亲寄钱的解放军班长,但他已经是一个遥远的背景了。对这个结构中所有人物来说,西藏不是外在于他们的,不是一个观赏的对象,而是他们直接的生存环境,是他们直接的体验形式和直接的生命过程。这片土地养育了他们,给予他们欢乐,也给予他们苦难,但他们就存在于这欢乐与苦难之中。这一切,在外人看来如同神话般的一切,却是他们生命的信仰。因此,他们不是认识这个世界,不是思考这个世界,而是生存于这个世界,这个世界是他们血肉的组成,融化到了他们的血液、骨骼和肌体的每一个部分中。

也因此,在这部分中,面对顿珠不学而成地歌唱《格萨尔王传》而可能遭受的质疑,叙述人几乎是以嘲弄的口吻说到:

> 彻底的唯物主义者对凡此种种传说都付之一笑。他们有比较令人信服的解释,说这不过是艺人自己为渲染民族史诗和其自身的神秘而故意编出这许多奥秘的,说汉族无法理解藏民族那种与宗教、神话以及迷信杂糅在一起的崇尚神秘事物的原始意识;说藏民族天生就是产生优美神话的民族,正如他们天生崇尚各种精美的雕饰——

镂银藏刀。金玉耳环、戒指;各种珍宝、桃核、骨刻的珠串;多种头饰、发辫;多种服饰;织花地毯、卡垫,不一而足!

但这一切对顿珠而言,都没有任何意义。他的意义在歌唱,他自己知道那是不是传说,那是不是神话,他会唱,这就足够了,有什么可大惊小怪的?

## 二

从上面的分析中,我们可以看到在小说《冈底斯的诱惑》中存在着两个完全不同的"冈底斯",而姚亮们与顿珠顿月兄弟也生活在不同的意义世界中,他们彼此隔阂,彼此陌生。前者充满了对后者的好奇,而后者则处于自在的状态中。前者始终试图从一个外在的世界去看后者,而后者则以一种对自我精神世界的自信存在于前者的迷茫、惊奇和不解中。前者似乎在扮演一个征服者的角色,他们总是为自己的行为抹上一抹英雄主义的印记,似乎自己的行为充满了什么崇高的意义。而后者则在顽强而坚忍地维护着自己的生存,生命的尊严存在于具体的生活世界中,一切自古如此,而且未来仍将如此;而神圣、意义始终存在于自己的身边,自己的一切就是这个神圣世界的一个因子。与神圣同在,这是后者的信念。因此,"冈底斯的诱惑"是外在于冈底斯的,冈底斯仍然以自己的方式存在。这在小说中通过前后两个结构的对比表现了出来,而叙述人的重要作用就是使这种对比得以显示出来。

叙述人似乎是有意制造出了这样两个对比的结构,而且叙述人对姚亮们的态度充满了不屑一顾与嘲弄,这从小说对那些汉族外来客试图探索西藏种种神秘事件却得不到结果这样一种情节安排就可以看出来。在小说的第一部分中还有一位人物是值得注意的,他部分地反映了叙述人的态度,这个人就是那位进藏多年的老作家。小说也通过他的视角描述了他去看羊角石雕的故事。但小说在开始叙述他的这段经历的同时还发了一大通议论,摘引一段如下,可以看到他对于藏民及藏族文化的态度:

……光从习俗(形式)上尊重他们是不够的;我爱他们,要真正理解他们,我就要走进他们那个世界。你们知道,除了说他们本身的生活整个是一个神话时代,他们日常生活也是和神话传奇密不可分的。神话不是他们生活的点缀,而是他们的生活自身,是他们存在的理由和基础,他们因此是藏族而不是别的什么。

应该说这段话表露的不仅是老作家的态度,还是叙述人的真实态度,可能也是作者的态度。不仅仅是"理解",更重要的是"爱",只有"爱"才能真正架起文化间沟通的桥梁。这位老作家具有十分特殊的身份,他是个老兵,早在20世纪50年代解放军进藏时就来到了这个地方,然后就一直没有回去。在小说所有的人物中,他可能是唯一一位可以跨越两种语言的人,同时他对于西藏的文化、传说、神话故事不是作为一种"迷信"去排斥的,不是作为一个科学研究的对象去对待的,他懂得它们在藏民的生活中是一种"信仰",是一种生活,而信仰和生活是不需要理由的。所谓冈底斯的"诱惑"来自于那些外在于西藏文化的人,在西藏文化内部,这不是诱惑,这是全部生存世界意义和信仰的基础。

因此,我们可以看到在小说中,不同的人面对藏地的种种传闻所采取的不同态度。姚亮陆高们在利用藏地的一切满足自己的欲望,而顿珠们则泰然处之。小说开始一个有意味的细节是,陆高喜欢上了一位漂亮的藏族姑娘央金,非常遗憾的是央金在一次车祸中罹难了。陆高参加了她的追悼会,却只是在追悼会上才知道了这个姑娘的名字。小说随后开始叙述陆高姚亮们赶早去看天葬的经历。在去的路上,姚亮提到了被肢解的那个人可能就是这位叫"央金"的女孩儿。陆高于是提出了一个问题,要真是央金,他是看还是不看呢?一个本来十分靓丽的姑娘在瞬间变成了一堆碎肉,这对陆高到底意味着什么?陆高承认这肯定不好受,并假定若果真如此,他就不看了。然而姚亮们看天葬的设想遭到了天葬师的拒绝、咒诉。在这一切发生后,陆高的态度也发生了变化,他发觉自己是十分想看的,而且还特别希望看到这个姑娘的天葬。姚亮陆高们的努力终于失败了,而在这个转化的过程中,陆高的心态发生了巨大的变化,一个以碎肉形态存在的姑娘所产生的血腥和刺激要远远超过一个完整的有生命活力的靓丽女孩儿。而碎肉形态存在的姑娘恰恰展示出陆高们对待藏族文化的心态——在这种窥视的欲望中隐含着一种近乎本能的残忍。血肉和死亡完全可以替代个体心中的朦胧爱意,而西藏的一切对于姚亮陆高们来说就像那位行将被肢解的姑娘——她没有自己的生命,没有自己的尊严,也没有自己的价值。只有在她被观看时,她的意义才会在观看者的"眼睛"中产生出来,但这已经不是真正的生命、尊严和意义,而是观看者的欲望。他们只是对象,丧失了生命感、尊严感的对象而已。他们的价值就是为陆高们提供快感,哪怕是血腥的快感。

小说为了突出这种不同文化之间的差异性,在两个大的结构中还采用了完全不同的叙述方式,以强化这种对比。在打猎的故事结构中,叙述人不仅在叙述的视角上不断跳跃,还出现了跨层叙述,同时刻意将几个故事以互相交叉的方式纠缠在一起,制造出一种阅读上的陌生感。这种手法的运用与一个外来者初到藏地的感受存在着某种一致性——西藏的一切都充满了新奇,八角街朝拜的人群、古老的服饰、神奇的传说等等,令人眼花缭乱。而第一部分的这种结构恰恰突出了这种"乱"的感受。同时也是在这种"乱"的制造中,冈底斯作为一种欲望的对象,一个外在于叙述主体的对象,被表达了出来。而在第二个结构中,叙述变得十分平滑而流畅,没有任何跳角,第三人称叙述平稳地把握住了故事发展的过程和结局。一切都是自然的,都是顺利的,连那个顿珠失踪并学会了《格萨尔王传》史诗的故事都是自然的——尽管这也会让阅读产生一种惊奇。但冈底斯的另一面——作为神话而存在意义的一面——在这种叙述中被突出了出来。

有意味的是,即使是在顿珠顿月的故事中,我们还是感受到来自叙述人的一种淡淡的忧郁,叙述人在惊叹藏地风光和传奇的奇瑰的同时,也有一种对自己文化的忧虑,它悄悄地潜伏在叙述的语言之网中,不易被人察觉,这个忧虑就是个体生存上的流浪感。在小说情节这一层面,就表现为即使是顿珠顿月也没有十分幸福美满的生活,而是生存于苦难中。而顿月的恋人尼姆不仅失去了顿月,还失去了自己的阿爸,她因为生下了父亲不为人知的孩子——那孩子的父亲是顿月——而遭到很多人的排斥,他的父亲甚至对着佛像诅咒自己不贞的女儿。顿月被迫离群索居,被迫在困苦中养大那个孩子,被迫在人们异样的目光中生存下去。这是冈底斯的另一面,困苦而贫瘠的一面。在冈底斯的"诱惑"中这些是否能进入欲望者的眼睛呢？也是在这种叙述中,我们可以感受到这个世界依然是外在于叙述人的,尽管叙述人努力去理解这个世界,去"爱"这个世界,并处处为这个世界辩护,但这却掩饰不了叙述人内心世界的无可皈依感。小说结尾处陆高和姚亮那两首蹩脚的诗可以说在一定程度上表明了叙述人的这种心态。姚亮的诗中有这样两句:"不如总在途中/于是常有希翼"。当冈底斯的另一面展示出来以后,一切似乎都归于一种痛苦和无奈。叙述人始终存在的疑问是,我的归宿何在？我是否像顿珠顿月尼姆那样,始终感受到自己世界中的意义？又是否能像他们那样,始终坚守自己身边的神圣,并成为这神圣中的一个因子？

三

我们都十分清楚1985年马原的《冈底斯的诱惑》诞生时带给文坛的震惊效果,不少学者已经指出了马原是在通过文学叙述拆解叙述的神圣性,在这个过程中叙述行为本身得到了彰显。与传统小说努力编织现实世界"真实"的镜子这一努力相反,马原刻意突出文学文本的虚拟性。在《虚构》中,"我就是那个叫马原的汉人"既是一种修辞行为,也是一种叙述主体的姿态。前者是在努力混淆作者和叙述人之间的界限,而后者则意味着叙述主体对于叙述行为的一种自觉和自抑。它质疑了叙述主体通过控制叙述去改造世界的精神幻觉,这应该说是文学的一种清醒。对于马原这一激进的叙述行为,评论者也有不同的判断。例如有学者就认为,正是通过马原,传统故事理论中的"可读性"价值得到了确认,而小说的"可读性"也成为了衡量小说的第一要义。[①] 对故事叙述行为及过程的迷恋使得马原的小说充满了错综复杂的悬念,而故事又似乎是一个迷宫,但阅读在历尽千辛万险之后却一无所获,无法弄清楚叙述人到底要讲什么。因此理解马原就必须放弃文学作为一种社会认识形式的传统认识论判断,而必须集中于对叙述行为本身的关注,即由关注所指转移到关注能指。此即所谓的注意"怎么写"。但在对"怎么写"的要求中实际上隐含

---

① 曹文轩:《20世纪末中国文学现象研究》,北京:北京大学出版社,2002年,第58—60页。

着十分矛盾的二元判断:一是文学本身就是自足的,因此能指即真实。艺术不需要一个外在的现实,也不是那个现实的"镜子",艺术以自我为目的。这实际是重复了"为艺术而艺术"的老调,没有什么新东西在里面,也因此这种判断很快就会被抛弃掉。20世纪80年代后期"新写实主义"的登场可以说是对这一判断最好的否定与背叛。二是文学只不过是一种虚构,一种叙述游戏。因此你在一个假的世界中没有必要要求得到所谓"真实"的东西,这种在文学中求"真"的想法本身就是黑格尔似的玄学思维,是十分可笑的。

马原有这么激进吗?马原对小说似乎持一种激昂的现代主义的态度,这可以从他经常罗列出来的那些西方现代主义大师的名字看出来。但马原似乎又的确不想放弃意义世界的塑造,真的让自己的小说沦为文字游戏。从马原的阅读范围来看,古典主义那些出色的小说家在他的心目中依然占有十分重要的位置。实际上,马原的小说在激进的姿态中还有一种古典主义的内核,二者以一种矛盾的方式体现在他的小说中,并构成了马原小说的另一道风景。例如,《冈底斯的诱惑》开篇中叙述人的姿态就是很有意思的:

> 当然,信不信都由你们,打猎的故事本来是不能强要人相信的。

这句话就表现出一种叙述上的矛盾心态。一方面,叙述人渴望自己的故事能被读者接受,另一方面,又似乎缺少这种自信。也因此,这句话就表现出一种犹疑,其重要的标志就是这句话其实是一个否定句,这不是对读者的否定,而是叙述人对自我叙述信心的否定。我们通过上面的分析已经看到,叙述人使用了一个激进的形式,然而传达的价值却是十分古典的。在意义的选择上,马原思考不同的文化的存在形式,由此涉及到对不同文化语境中人的生存方式的尊重等问题。马原渴望那个被汉人视为他者的文化获得其应有的尊重和地位,而且这种交流实现的最高层次是"爱",而不是别的。

再比如,关于小说中反复出现的叙述人跳出来与读者讨论小说的情节、结构、线索等方面的问题。这主要出现在以下场景中:在小说第四部分中,叙述人突然说姚亮并不一定确有其人,这是一种典型的叙述干预,但叙述人不是在文本内对叙述进行干预,而是在文本外。叙述人甚至接着说可以假定姚亮已经来到西藏了。在小说第五部分中间,叙述人特意在老作家发了些议论后又对议论进行了评点,并在后面缀上了"作者"二字,明确暗示读者这是"作者"的故意行为(其实并不是作者,而是叙述人。马原显然并没有区分作者和叙述人之间存在的差异。但这怨不得他,因为这种观念还没有从西方引进来。)小说第十一部分的结尾,叙述人在讲述顿月希望参军的结果时特意说明"读者们一定猜到了",这实际上又打破了叙述的真实性幻觉。小说的第十五部分似乎是叙述人特别为探讨小说结构、线索还有情节上的各种问题而设置的。在小说中大谈小说中的各种问题,这实在让读者错愕,并让人感到叙述人有些矫情。随后,在很难说是结尾的结尾中,叙述人终于结束了小说。

马原的这种手法,很类似于布莱希特在戏剧中使用的"间离"效果。布莱希特的目的就是要打破戏剧观看者在观看戏剧中所产生的真实性幻觉,并试图以此去反抗戏剧中的意识形态对观众的影响,使观众始终保持一种清醒的状态,并对戏剧本身的价值意义保持一种警觉。布莱希特的矛盾也表现在这个地方。因为观众欣赏的是布莱希特的戏剧,也就是说布莱希特在破坏观众欣赏效果的同时,也在破坏自己戏剧所生成的价值意义,这使得布莱希特通过戏剧传达意义的目的在自己对"间离"效果的追逐中被取消了。同时布莱希特无法使他人的戏剧产生同样的效果,这使得布莱希特的观念在艺术实践的层面上只能是指向了自己,并使自己的价值意义陷入虚无的境地中。马原似乎很害怕自己陷入布莱希特似的窘境,《冈底斯的诱惑》中的第二个结构几乎没有什么太多新奇的手法。比较而言,在马原的另一部小说《虚构》中,除了开始那句话让人感到惊讶以外,几乎没有什么新的方法了。

可以这样说,在马原的小说中存在着一个信心不足的叙述人,他不断出来颠覆自己以前的叙述,甚至出来与读者讨论小说的技巧问题、线索问题等等。每一次颠覆既是在拆解自己的叙述——这也被一些评论称为是指向元叙述的——也是在为这种叙述形式辩解,并试图以此种方式为自己叙述的合法性辩护。但显然,叙述人连自己都说服不了,他可能有些怀疑这种艺术形式能否达到自己的目的。当然,马原本人似乎是一个十分自信的人,他几乎是十分高傲地面对整个世界,但他的文本体现出的则是另外一种形象。

马原真的忽视了情节吗?他真地认为情节是无足轻重的吗?其实不然,如同我们在上面所看到的,马原的小说实际上十分重视情节,从小说的选材、组织到语言风格,马原都用心良苦。而且这些手法的运用也的确使马原的小说更吸引人。但如果说在小说《冈底斯的诱惑》中这种手法具有一种对传统叙述行为的颠覆性以及触摸元叙述的价值意义的话;那么在马原以后的作品中,这种手法就只具有组织情节的价值和作用,它对叙述的颠覆性作用已经消失了。马原的这种手法具有很强的可复制性,并没有更多新的意义。如在小说《猜想长安》中,马原依然采用那种惯常的手法,上来就介绍自己,而且小说中的很多人都是在现实中确有其人的,如北岛、韩东、扎西达娃……这使阅读很容易陷入马原设计的叙述圈套。小说中存在着双重叙述,一方面是叙述人马原在积极地介绍主人公马原从拉萨到长安的各种经历,另一方面是主人公马原在小说中介绍自己所写的剧本。主人公马原甚至在讲故事的时候将小说中的女主人公李小田拉进了剧本——尽管那是梦。这种故意混淆不同叙述层面的手法的确增加了小说的阅读难度,同时也使小说充满了神秘的色彩——这背离了读者的接受习惯。但作者通过这种手法使叙述得以自由地穿插于不同的层面,自由地按照叙述人的意愿组织情节、制造悬念,甚至是制造出一种震惊效果。但此外还有其他什么意义吗?因此,在马原不断复制自己叙述手法的同时,原来小说中所具有的价值意义随着这种复制的频繁使用也悄悄地流失掉了。如果说《冈底斯的诱惑》展示出的是一种具有特殊意味的艺术形式,那么在马原以后的小说中这种形式就逐渐蜕变为一种手法、一种技巧,其背后的文化意义却渐渐消失了,马原的小说也真的变成为一种文字上的历险,一种能指的独立繁衍,并消解了文字背后的意义世界。

因此,如同有学者毫不客气地指出的,在马原洋洋自得的叙述背后,隐含的是文化上的价值相对主义和虚无主义。马原的叙述的确消解了传统文学观念中叙述人的统一性、神圣性。我们无法判断叙述人"马原"到底是谁,无法将"马原"的经历编织为一个完整的故事,甚至无法看清楚故事本身的起承转合,这似乎恰恰说明了马原故事的"不可读性"。马原通过他的小说颠覆了传统的、确定的理性主义和文化价值中心主义。在能指的繁衍、文本的快乐中,所指处于彻底封闭的状态中;也因此,马原的故事割裂了文本与生存体验之间的联系,割裂了文学与终极价值之间的联系。马原的局限也在这个地方,他消解了很多,但他没有为我们提供新的价值。① 我认为吴炫对马原的否定性批判,可能过于苛刻了一些,但也确实部分指出了马原创作中的硬伤。《冈底斯的诱惑》以后的马原不是在塑造意义,他没有再赋予叙述以积极的价值;因此在马原将文学从传统认识论的狭隘中解放出来的同时,也将文学置于无根的状态中。

### 第五节　都市顽主

　　对城市的描述在很长一段时间中被排除在新时期文学写作之外——或者说新时期文学在其发轫期并没有真正认识到城市的意义。对城市进行发掘并努力将现代城市更深入的一面展示出来的,应该说是王朔和他在 20 世纪 80 年代的写作。在 20 世纪 80 年代,文学主导性的城市景观向我们承诺的是现代化中国美好的前景——这一点与乡土文学几乎没有任何差异,而王朔则向我们描绘出现代城市阴暗而肮脏的一面,无聊而世俗的一面;没有承诺,没有责任,世界的意义在王朔的笔下丧失了,剩下的是个体在现实生活中的挣扎、无奈和困惑。

　　王朔的小说往往因为有很强的商业色彩而被文化精英们怀疑——这的确是一个问题,但这个问题并不是很大,因为商业力量下的文学写作在历史上一直存在着,商业并不见得就是文学艺术性的天敌——巴尔扎克就是很好的例子。王朔并不否认自己小说中的商业色彩,他甚至还积极承认自己写作的商业目的,但正是这种商业色彩的存在才使王朔的小说

---

① 吴炫:《新时期文学热点作品讲演录》,桂林:广西师范大学出版社,2004 年,第 118—122 页。

更具有城市的特征,我们在他的小说世界中几乎找不到任何与乡土的联系——如贾平凹、路遥们的写作,这也使得王朔的写作更具有另一种意味。本文将以王朔的《顽主》为主,①结合他在20世纪80年代的其他作品,思考这一问题。

一

应该承认的是,王朔最初的写作与其说是在创作文学作品,不如说是在创作大众文化产品,王朔早期的很多东西都是一种精心策划之下的产物。这么说并不是有意在贬低王朔写作的价值,事实是不少作家都在选择自己写作的切入点,例如阿城的《棋王》就是一个不错的例子。② 王朔写作的背景是他丧失了一个完整的文学生产体制的保护,写作对于他不是什么神圣的艺术事业,而是个人生存的一种手段。这一特点也决定了王朔对于文学写作的态度与许多体制内作家根本不同。可以说王朔与众多文学人物——他称之为知识分子——之间的争执,是体制外的业余写手和体制内的专业作者之间的争执,也因此争执中的话语权力色彩自然凸显了出来。应该说王朔的这种身份特征直接决定了他在写作时十分注意社会环境对于写作的要求。按照王朔自己的说法,《空中小姐》就是写给那些少男少女的,很是赚得了一些人的眼泪。选择"空中小姐"作为自己写作的主角并不是因为王朔熟悉空姐的生活——这是很不同于当时精英集团对于文学写作的要求的——而是因为空姐这个职业对于20世纪80年代初期的大众来说还是十分陌生的,充满了神秘的色彩。王朔也没有将写作的重点放在空姐的工作生活等诸多方面,没有放在人物形象、性格、情感等诸多因素的塑造上,而是放在了两个人的情感纠葛上。小说中女主角王眉的经历和结局很是凄婉——这几乎是言情小说的路数,没有什么大不了的。与通俗文学十分发达的港台地区相比,《空中小姐》除了其中人物身份十分特殊以外,几乎没有什么地方超出了琼瑶的那些东西。

---

① 王朔:《顽主》,发表于1987年《收获》第6期。
② 参见朱伟:《接近阿城》,见王晓明主编:《二十世纪中国文学史论》下卷,上海:中国出版集团/东方出版中心,2003年。

但恰恰是《空中小姐》的写作与那时主导文学写作的潮流拉开了距离,这就是王朔将写作的重点转移到了纯粹是生存于现代城市中的人的生活。同时,小说所传达的不是什么文化价值启蒙等时代问题,不是国家兴亡、民族命运等宏观问题,而是都市中一对青年男女悲伤的情感经历。从题材选择上,王朔的确颇费心机,他自己也承认如果小说中的主人公是农民的话,肯定就被否决了。但正是这种题材选择使王朔的小说将触角深入了当时城市生活中一些不为人所注意的领域——生活于城市中的那些普通人,他们的生存、他们的情感,没有高尚的情操,远离了神圣的价值意义,只有那些细微的生活琐事;也是《空中小姐》奠定了王朔小说中人物组合的一些基本因素:死不悔改的纯情少女、丧失了英雄梦想的落魄男人。

《空中小姐》被纳入到精英文学中实在是有些勉为其难,1984年著名的杂志《当代》刊载了这篇小说。《当代》在新时期文学中扮演着十分重要的角色,而这本杂志发表了在今天看来颇为琼瑶化的《空中小姐》,实在是让人匪夷所思。可以说是时代造就了《空中小姐》的精英身份,这主要得归因于当时文学分化、文化分层等现象才刚刚萌芽,不同色彩的写作还没有像今天这样表现得如此对立。同时这部小说被改编成了电视剧更加速了它的传播,并提高了王朔的知名度。但是这并没有让王朔获得"大众文学写手"这样的称号,而是强化了他的精英身份,不管王朔自己愿意不愿意,他不得不顶着这样一种身份的帽子写作,尽管他更愿意处处否认自己的这种身份,并处处与文化精英为难。

1986年王朔的另一部小说《一半是火焰,一半是海水》发表在《啄木鸟》上,并引起了一定的争议,王朔也因此遭到了批判。小说中特有的灰色基调还有被勉强加上去的光明尾巴之间形成了一种特殊的张力。这部小说还是充满了通俗文学的色彩,而且可以看到小说中故意使用了一些明显的技巧,例如上下两个部分都故意在情节上、结构上制造一种相似性,甚至人物使用的语言,女主角的名字都故意雷同。小说十分明确地将在当时还属于十分新颖的都市边缘人形象作为小说中的主角——生活在城市阴暗角落中的犯罪分子,这在西方通俗文学中几乎是惯常的手段,看一下同时代的警匪片就可以知道王朔的手法并无什么创意,但回到当时的时代语境看,王朔的手法还是吸引人的。这与其说是王朔的创造,不如说是他将自己看到的一些国外的东西直接复制到了作品中并加以改编。灰色的基调是为了吸引读者对作品的注意,这些生活在都市灰暗地带中的人的精神状况、生存方式、行为方式无疑具有很大的诱惑力。同时王朔并没有如当时一些作家那样去描写一些"浪子回头金不换"的改过自新的故事,而是直接将这些人物的犯罪形式、犯罪过程呈现到读者面前。客观上讲,这种灰色的故事展示了都市现代化进程中的另一面,它如同现代性的脓疮一样,永远挂在城市的脸上,洗都洗不下去。当时的王朔显然还认识不到这种价值,对于他来说,让小说获得众人的认可,并由此获得经济利益是最重要的,而这也是他选择这种故事作为自己写作切入点的重要原因。如果当时文学分层已经发生了的话,王朔也许在今天已经是最出色的通俗畅销书作者了,而没有必要承担"精英知识分子"的职责和义务了,他也不会在相当长的一段时间中承受如此多的指责,处于如此剧烈的争议中。而《一半是火焰,一半是海水》的结尾恰恰表现出了王朔在选择题材的同时考虑到了主导文化的意识形态要求。那个在小说开始时的流氓张明在小说的结尾变成了一个惩治恶棍的英雄,并在激昂而雄浑的城市交响中走向未来。而小说中这种色调之间张力的存在所暗示的正是当时文化语境的启蒙价值需求与普通读者阅读期待和欲望之间的裂痕。

我们在这部小说中依然看到了纯情少女和落魄英雄的形象,这在王朔的另一部更有名的小说《橡皮人》中还可以找到,一边是始终处于物质欲望中的主人公"我",另一边则是那个遥远得如梦一样的青年女军官张璐。小说中的"我"最后变成了面目狰狞的"橡皮人",这不过是现代都市人的鲜明写照:个体的一切真实感受都被包裹了起来,面向世界时闪烁的是那个冷漠的外表。而本来互相怀有一定好感的"我"与张璐在小说的结尾时已经形同陌路。小说上编结尾时对"我"的梦境的描写显示出了现代都市人的分裂状态:

>我行走在荒原,万木枯萎凋零,虎狼相伴而行。咫尺处有一锦绣之地。阳光和煦,花草鲜艳,流水潺潺。我正要迈出那一步,随即地

裂,横亘一沟。欲跳未跳,正自踌躇,那沟迅即扩大。无声地坍塌、皲裂,一寸寸地拓宽,向两边撑开,渐至无法逾越。锦绣之地远去,虽历历在目已可望不可即。我在荒原哭泣,返身向林深处走去,一步步回头。腥风扑面而来,我裸露的四肢长出又浓又密、粗黑硬韧的兽毛,我变得毛茸茸了,哭泣声变成嗥叫。不知从何时起,我已经做不出人的表情了,眼睛血红,怀着感官的快意和心灵的厌恶啃撕起生肉。

我在惊悸中和大汗淋漓中醒来,半夜方归的老邱在黑暗中阴险地注视着我。

这是橡皮人蜕变前的那一幕。在城市的荒原中经历了痛苦和不幸之后,人的尔虞我诈的一面,人的阴险狡猾的一面彻底暴露了。那个张璐对于"我"而言已经是"可望不可即"的了。正像有评论指出的那样,橡皮人意味着王朔个体英雄主义情结的终结,而这个梦不过是这种梦想终结的隐喻形象。① 那么丧失了英雄气质的"英雄"又会变成什么呢?

## 二

王朔似的英雄以"橡皮人"的形式终结了,或者说是暂时划上了一个句号;但王朔的英雄情结并没有终结,在这种情结之下的人物则发生了根本性的蜕变,他们就是王朔在《顽主》中塑造的那批都市平民。他们的经历、思想、行为,还有他们的生活方式、话语特点都似乎已经丧失了英雄的精神气质,回落到一个扔到人群中就分不出你我的、没有任何特点的平民。但他们似乎还是在处处表现出自己的不同之处,这种不同不是来自于人物的内在精神气质,不是来自于人物的灵魂世界,而是来自于一种生存的形式,来自于他们对生存表现出来的姿态——摆个 Pose,而且仅仅是个 Pose 而已。但这个 Pose 不是为了表现出自己的特殊性,而是为了表现出自己就是一个"俗人",拒绝价值,拒绝意义,拒绝拯救,只愿意庸庸碌碌地混日子。于观、杨重、马青还有丁小鲁们,在身份上与王朔以前的人物

---

① 陈思和:《黑色的颓废——读王朔小说札记》,见葛红兵、朱立冬主编:《王朔研究资料》,天津:天津人民出版社,2005 年,第 184 页。

发生了重大的区别,用王朔自己的话说以前是在言情,而现在开始调侃。① 以前的王朔注意的是故事情节的传奇色彩,为了吸引读者的注意,他故意在人物的生存方式上,在人物的身份上做一些处理,以使他们符合传奇故事的特征,这种富有传奇性的故事也与王朔早期的英雄主义情结相联系。而现在王朔的人物开始站在一个"俗人"的立场上评点江山,这种评点不是为了启蒙,不是为了指导人生,而是对启蒙、对指导的一种嘲讽和亵渎。

小说中塑造了两个十分有趣的人物表明了叙述人的这种姿态,一个是总想在文学上有所作为的宝康,一个则是试图为青年人指点迷津的德育教师赵尧舜。宝康的成名可以说是于观们一手创造出来的,颇具有闹剧色彩。但刚认识一些名人的宝康马上就视于观们为堕落庸俗的一群,并处处表现出自己的不俗之处。而"文学"这个冠冕堂皇的口号似乎更成为宝康骗取女朋友欢心的一种手段,并由此获得了在语言上、行为上、思想上的优越姿态。在宝康的眼中,于观们彻底完了,没有任何拯救的希望——这句话在小说文本中的另一个意思则是,这些人根本没有把宝康们放在眼里,宝康和赵尧舜的语言在这些人的世界中根本发生不了作用,宝康们也根本指挥不了他们。相对于宝康小丑似的形象,赵尧舜就更富有漫画色彩,他一方面高谈阔论,摆出一副学富五车的样子,一种给青年人做导师的姿态;另一方面却又哀叹自己在年轻时没有好好地谈过恋爱,对年轻女青年表现出一种暧昧的态度,他甚至打电话干一些卑鄙的勾当。赵尧舜这一形象充满了反讽的色彩,当这样一个人在青年面前大声疾呼"救救孩子"的时候,他的意义不是已经很清楚了吗?王朔似乎十分厌恶这种人物,他几乎在以后的许多小说中都忘不了将赵尧舜们拉出来溜溜。按照王朔后来的说法,整个世界的价值意义就是控制在这些赵尧舜们的手中,而"其实有些人的卑劣跟个人利益紧紧相连。他们已经习惯于受到尊重,现在什么都没有了,体面的生活一旦丧失,人也就跟着委琐"。王朔也毫不客气地宣称:"像我这种粗人,头上始终压着一座知识分子的大山。

---

① 王朔:《我是王朔》,北京:国际文化出版公司,1992年,第29页。

他们那无孔不入的优越感,他们控制着全部社会价值系统。以他们的价值观为标准,使我们这些粗人挣扎起来非常困难。只有给他们打掉了,才有我们的翻身之日。"①王朔这种非常明确的反知识系统的立场引起了广泛的争议,这也使王朔陷入旷日持久的口诛笔伐中。其实王朔的这种姿态还是有意义的,王朔的写作意味着社会分层的出现,文学开始发生分化,即不同的作家将面对不同的读者群体,并塑造符合一定审美标准、艺术标准的审美趣味。作家首先面对的不再是一个严整的、一体化的生产体制,而是要面对市场,这就意味着作家要选择自己进入市场的切入点。王朔承认,早年一些失败的经商经历为他的写作提供了一个商人的眼光,即如何让写作符合市场的特点。作为一个以市场为生存依托的、生存于文学体制外的作家来说,首先要考虑的是如何能让自己的作品赚得更多的利润,也因此王朔拿出这么一种姿态,在今天看来实际是一种市场行为。另一个可以做佐证的地方是,王朔公开承认,钱比什么都重要——这在以艺术为最高准则的"作家"群体中实在是有些不同凡响。②对王朔的批判自然就不可避免了。王朔的这种看法还是有一定道理的——尽管也有些"我是流氓我怕谁"的嘴脸。

　　王朔的平民英雄是由于观、杨重、马青、丁小鲁们组成的群体,他们靠自己的力量混饭吃,靠市场活下去,也因此,他们不愿意为他人承担什么,不愿意为别人指点什么,不愿意塑造什么价值意义。在他们眼中,活着,哪怕是"恬不知耻"似的活着,就是一切。"三T公司"的职责"替人解难替人解闷替人受过"并不是为了拯救什么人,为了指点什么人,为了教育什么人,而是公司职员赖以生存的法则,得以生存的方式,一种赚钱的商业行为。当于观在大街上对刘美萍说"我们都是为别人活着的对不?"时,并不表明于观真的持这样一种生存态度,并不表明于观将这样一种价值观念作为个体生存的不二法门,而是为了完成一次商业交易而不得不采取的语言策略。全部高尚的、宏大的意义在于观们的眼中都变成了嘲

---

① 王朔:《王朔自白》,见葛红兵、朱立冬主编:《王朔研究资料》,天津:天津人民出版社,2005年,第16、17页。
② 王朔:《我是王朔》,北京:国际文化出版公司,1992年,第20、17页。

弄的对象,都变成了可以信口雌黄的招牌。他们似乎很玩世不恭,似乎很不把所谓的价值意义当回事,同时他们更不愿意去倾听赵尧舜们的宣讲。对于此,于观与他父亲有一段精彩的对白可以表现他们这些人的性格与行为特征:

"那你叫我说什么呀?"于观也站起来,"非得让我说自个是混蛋、寄生虫?我怎么就那么不顺你的眼?我也没去杀人放火、上街游行,我乖乖的招谁惹谁了?非得绷着块儿坚挺昂扬的样子才算好孩子?我不就庸俗点吗?"

"我不就庸俗点吗?"这句反问问得十分有意思。于观的父亲——一位已经退休了的老干部——指责于观整天好吃懒做,不求上进。但儿子并不买父亲的账。结局是儿子给父亲做饭,要求父亲搭把手,而父亲以自己是父亲为由要求享受一下特殊的待遇,这招致了于观的强烈不满。与父亲指责于观的行为相对照,"指责"似乎是一种话语特权,不仅是年龄上的——用现在的话说是父权体系的权威性——而且是价值意义上的。实际上,父亲的行为也平庸不堪,父子之间的根本性区别是父亲生存于平庸中却不愿意承认,而儿子则自觉自愿于平庸的生活。如果说生活真有所谓意义的话,那么"平庸"也是一种意义。

承认自己"平庸"并愿意在"平庸"中拥有一种快乐的生活,这就是于观们的选择,也是现代城市文化中十分普遍的现象。这种承认与当时主导文化和精英文化所持有的启蒙价值立场拉开了距离。于观们并不认为自己是高高在上的,并不认为自己应该对普通大众拥有什么特殊的权力,相反,他们承认自己就是普通大众中的一员,也因此他们没有什么可以值得骄傲、值得自豪、值得向他人兜售的资本。于观们的梦想是平民的梦想,都市平民的梦想,也可以说是所有普通百姓的梦想。而这就是"平庸"这个词的所有含义。但是这种平庸并不意味着于观们没有任何价值选择,没有任何是非观念,这从于观们对待刘美萍的前任男朋友王明水的态度上就可以看出一斑。有意思的是王明水的身份——医生,又是知识分子。于观们的平民特征,甚至是有些势利的一面在一个极具幽默色彩的情景中得到了展现。在被赵尧舜鼓动了一番后,颇感压抑的于观们冲到马路上大喊大叫,向一些衣着整齐、郁郁寡欢的中年男人挑衅,然而却一无所获。兴奋中马青冲着人群高喊:"谁他妈敢惹我?谁他妈敢惹我?"此时一穿着工作服的汉子走近马青说:"我敢惹你。"马青愣了一下,看到身后铁塔般的汉子,四顾说:"那谁他妈敢惹咱俩?"马青的这种转换清楚地表达了一个都市中俗人的卑微和无奈的一面。现实是残酷的,作为一个卑微的小人物,个体生存就是在这种所谓的能屈能伸的"大丈夫胸襟"中维系着。

三

于观们的诞生在20世纪80年代引起了不小的纷争,但关注于观们的存在形式并不是从王朔开始;事实是,在王朔之前,徐星、刘索拉都已经在自己的小说中塑造出了与时代潮流有一定距离的人物。在小说《你别无选择》中刘索拉将音乐学院的学生描述得超出了人们的想象,他们荒诞、忧郁、情绪低落、玩世不恭;而在《无主题变奏》中徐星所塑造的已经是颇富西方存在主义色彩的荒诞个体了。这些人物的出现曾被当时的一些学者描述为时代的"多余人",——"它似乎概括的是这样一种生活意态——冷漠、静观以至达观,不置身其中,对人世的一切采取冷嘲、鄙视、滑稽感和游戏态度。简而言之,多余人就是一种在生活中自我找不到位置的人"。[①] 坦率地讲,这种"多余人"形象更具有一种探索的味道,作者试图跳出传统现实主义创作方法对文学写作的规定,从其他角度——如存在主义——思考个体在社会中的存在问题,个体的命运问题,并大量借鉴了西方20世纪初期现代派的艺术手法。也因此,这些作品颇具有时代的先锋性,在当时的文坛引起了不小的反应。但这些作品也因为所包含的价值意义过于模糊、思想过于前卫难以理解而很难为广大读者接受与认同,也因此它们在读者群中引起的反响似乎并不是很大。比较而言,王朔小说中的人物从一开始就具有这种"多余人"的特点,《空中小姐》中的男主角退伍后在相当长的一段时间中无所事事,甚至也不愿意追求什

---

[①] 何新:《艺术现象的符号——文化学阐释》,北京:人民文学出版社,1987年,第141页。

么——这或许还有可以理解的地方,他的青春和梦想都留给了海洋,留给了军舰,离开了那个环境他就无法适应新的生活。此外《一半是火焰,一半是海水》中的张明也是如此,而《顽主》则继承了这种人物的特点,但比前面的作品更露骨。王朔的不同在于,他在创作手法上并没有接受徐星、刘索拉们那种激进的文学观念,而是采用了一种更为务实的手法——但这种手法绝对不是传统意义上的现实主义,可能"自然主义"这个概念更接近王朔的手法,这就使王朔笔下的人物更平易近人,更容易为读者所接受,同时也使他的作品的影响更为广泛。

于观们与刘索拉、徐星笔下人物更深刻的区别还在于,后者笔下的人物都具有一种鲜明的精英意识——包括叙述人。他们深感荒诞、痛苦、无助,由此去表达一种个体存在的价值观念、存在形式,通过这种形式去诠释整个人类社会的无价值和无意义。也因此,这些人物对于个体存在的荒诞感、痛苦感都具有一种行动和思想上的自觉,他们也自觉地用行为和语言去抗争整个世界的无价值和无意义,并力图赋予整个世界一种新的意义。意义并不存在于世界中,意义存在于叙述人还有其笔下人物的行为和语言中,存在于他们的思想中——更具体地说,存在于这些人物对世界无价值无意义的体验和反抗中。显然,在徐星、刘索拉笔下的人物世界中,外在世界必须还原到个体内在世界中才会获得其存在的权利,才会具有被阐释的价值,而个体也是在对自我精神世界的还原中建立起一种新的信念——这就是缘自于西方存在主义的反抗绝望的价值信念。这种鲜明的精英色彩也是整个社会启蒙语境的一种表达形式,但它明显超越了当时的意识形态要求,并遭到了严厉的指责和批判,而"多余人"的形象称谓也很好地表达了当时的文化语境对这些人物形象的态度。这样的人物是无法担当起拯救世界、启迪民众、重塑民族精神这样的时代伟业的;他们遭到主导文化形态的批判也是自然而然的,尽管也有学者承认"多余人"的形象也折射出时代青年在精神价值取向上的危机。①

于观们绝对没有这种强烈的精英意识,而且他们对这种神圣、意义似

---

① 何新:《艺术现象的符号——文化学阐释》,北京:人民文学出版社,1987年,第148页。

乎有着天生的反感,对此王蒙有十分清晰的评断,他们一直就在躲避崇高,并从各个角度亵渎崇高;同时这种亵渎又始终处于一定的限度之内。如果说于观们还具有英雄气质的话,那么这种英雄气质不是表现为去捍卫什么神圣,捍卫什么价值,塑造什么意义,恰恰相反,他们是反神圣、反价值、反意义的英雄,他们拆解了宏大叙述的绝对权威,亵渎了以这种价值为中心而建构起来的一整套话语形式,并让大家看到这种价值、意义、神圣背后隐藏的一切污秽不堪、尔虞我诈、虚情假意。但是这种英雄行为也不是那种顶天立地的壮举,而是十分卑微而琐屑的语言行为——用王蒙的话来说,他们干什么都会有些出格,同时又始终"搂"着劲儿,不让人抓住什么把柄——就像那些大错不犯,小错不断的淘气孩子,他们不是在行为上有多大的越轨——充其量不过是马青似的街头干嗥,但他们用自己的语言肢解了神圣而伟大的一切。还是王蒙说得好,于观们这种对生活的亵渎首先来自于生活对个体价值信念的亵渎,"比如江青和林彪摆出了多么神圣的样子演出了多么拙劣和倒胃口的闹剧。我们的政治运动一次又一次地与多么神圣的东西——主义、忠诚、党籍、称号直到生命——开了玩笑……是他们先残酷地'玩'了起来的!其次才有王朔"。①

如同有学者指出的,王朔的写作在文本层面上肢解了小说中内在的诗性特征,一切都被还原为"大白话",在语言风格上尽可能地贴近生活的本来状态,从而使文本世界与现实世界之间的界限越来越模糊。对比一下《一半是火焰,一半是海水》与《顽主》,我们就可以感到两者间在语言上存在着的巨大差异。应该承认的是,王朔的语言的确有其特殊的北京味,关于这个问题很多学者已经探讨过了。在此想说的是,我们似乎忽视了王朔小说的语言风格与新时期现代派作家之间的联系。对比一下刘索拉、徐星和王朔的小说语言,我们会发现其中存在着某种共同之处。首先是在文本层面上,小说中内在的诗性语言张力都被破坏了,前者语言中的玩世不恭和后者的调侃风格对文学语言的破坏几乎是一致的。不同之处是,前者来自于文本语言组织内部,而后者则似乎是从非文学语言直接

---

① 王蒙:《躲避崇高》,见葛红兵、朱立冬主编:《王朔研究资料》,天津:天津人民出版社,2005年,第343页。

借鉴而来的。其次是在语体风格上,两种文字都大量借鉴了日常口语,并通过日常口语重新组织文本结构。但刘索拉徐星们的口语是一种高度选择性的语言,其目的是为了直接体现出世界无意义的本质特征,而语言不过是这种特征的直接表达;当世界的本质意义丧失以后,语言自然就变成支离破碎的了,它无法支撑起人们对诗性世界的美好想象,而只能是世界破败形象的表达。同时对终极价值的信念使先锋文学在破坏掉既有的世界形象的同时,又在塑造一种属于个体的诗性价值——这种价值的语言风格就是荒诞、无聊、忧郁和痛苦。王朔的日常语言显然不具备这种特征,对王朔来说,文学写作不过是使个体得以生存的方式,也因此语言必须服务于生存的目的。王朔的语言风格一言以蔽之就是"平庸",它并不标榜自己是高于生活的,它就是生活本身。这是王朔对一种新的价值的认同形式,这种语言风格同时意味着文学分层的开始,知识分子价值观念的分化,还有文学一体化梦想的终结。

第三章

# 世界的别样容颜

当先锋文学还在吹奏自己的号角时,当它的作者还在编织属于自己的叙述梦想,并将读者排挤到阅读的角落中时,一种新的文学形态悄悄登场了。它没有高傲的叙述语气,没有气吞山河的宏伟胸襟,也没有指点读者的高姿态与对尘世的不屑一顾;相反它紧紧地趴在地上,它卑微的出身似乎在昭示着一种新的生存姿态和写作态度。放弃启蒙、放弃价值、放弃拯救世界的梦想,因为在这一切实现之前,以前的拯救者突然间发现,自己还处于水深火热之中。在这样一种对自我状态的震惊中,拯救者不再是积极的反抗、呼吁或唤醒"铁屋子"中沉睡的众人以砸破牢笼,而是沉迷于这囚牢中暂时的温馨,并将希望寄托于这短暂的黑色梦魇中。文学因此在写作风格、叙述手法以及价值向度上发生了巨大的变化,而这就是池莉、方方、刘恒、刘震云以及余华们的文学实践。

## 第一节 "烦"的个体世界

按照池莉自己的叙述,《烦恼人生》①构思于 1986 年:"我永远不会忘记那段心情苦闷、冥思苦想、走投无路的岁月。就在那段岁月里,中国的社会形态发生了新的变化,深圳特区出现了,思想界文艺理论界开始向国际社会打开窗口,而我的生活经历也一波三折,起伏跌宕,备尝了现实生

---

① 池莉:《烦恼人生》,刊载于《上海文学》1987 年第 8 期。

活中的酸甜苦辣。终于在1986年的一天,我觉得自己的脑子开了一窍,思想化成行动,我提起笔来,一口气写了中篇小说《烦恼人生》。"①应该承认的一点是,《烦恼人生》是较早将都市生活中处于社会底层的个体的生存状况纳入到当代严肃文学写作视野中的一部作品,它同时也被认为是所谓的"新写实小说"的代表作。而所谓的"新写实主义"创作的"新"则是指:"与当代写实小说强调'典型化'和表现历史本质的主张有异的是,对于平庸的俗世化的'现实','新写实'作家表现了浓厚的兴趣。注重写普通人('小人物')的日常琐碎生活,在这种生活中的烦恼、欲望,表现他们生存的艰难,个人的孤独、无助,并采取一种所谓'还原'生活的'客观'的叙述方式。叙述者持较少介入故事的态度,较难看到叙述人的议论或直接的情感评价。这透露了'新写实'的写作企图:不作主观预设地呈现生活'原始'的状貌。"②池莉的小说的确没有传统现实主义小说中叙述人对于现实和历史的高傲而自信的姿态。叙述人的声音始终处于现实压迫和面对这一压迫无可奈何的焦虑状态中,而叙述人的叙述也始终围绕着个体如何应对这一现实境况去展开。从叙述技巧上看,叙述人几乎放弃了任何特殊的叙述结构,尽可能地忠实于时间的线性逻辑。小说《烦恼人生》中,唯一具有"插叙"特点的一段情节是印家厚阅读当年知青好友江南下的信,通过江南下的描述暗示出印家厚曾经的往事,而这一切都早已烟消云散了,小说迅速回到个体生存的现实境遇中。这一叙述特点使得对"现实"的叙述产生了一种让人透不过气的感觉,并增加了现实所具有的压迫感;而个体的一切,包括情感思维都似乎被紧紧束缚在了"现实"

---

① 池莉:《说与读者》,见《一冬无雪》,卷二,南京:江苏文艺出版社,1995年,第1页。
② 洪子诚:《中国当代文学史》,北京:北京大学出版社,1999年,第341页。有意思的是池莉本人对于自己被纳入"新写实"的模糊态度。她说"近年来中国文坛有了'新写实主义'这一说,我便被划归'新写实'作家这一类。由于我没有思考和研究什么叫做'新写实'这个理论范畴的问题,所以我总是含糊之地不敢说是,也不敢说不是。"池莉认为自己的小说在努力重建文学想象的空间,这并不同于以前的经典文学观念,"我的小说全部是重建的想象空间,不要在读小说的时候犹如身临真实生活就以为作家是站在大街上随意写的。有一种想象叫做仿真想象,它寻求的是通过逼真的诱导,把鼓点敲在人的心坎上"。这似乎在说明作家并不认同理论界的这种归类方式。从池莉的表述上可以感到作家与批评家之间在理论思考上存在着的张力。见池莉:《想象的翅膀有多大》,见《真实的日子》,南京:江苏文艺出版社,1995年。

这个点上。

一

"烦"(Sorge)是海德格尔阐释生命状态的重要术语,它意指个体在世的状态,无法摆脱的状态,以一种本体的方式存在于个体的生命中。在世本质上就是一种烦,"烦"因此具有一种无法抗拒的超验性,它在现世中的具体呈现是烦神和烦忙的日常行为,指示着个体在世界中被遮蔽的状态。它是个体的沉沦,这种沉沦不是道德性的,而是个体生命内在结构的组成,"烦作为源始的结构整体性在生存论上先天地处于此在的任何实际'行为'与'状况'之前,也就是说,总已经处于其中了"。①《烦恼人生》向我们勾勒出了一个海德格尔似的"烦"的世界。小说记录了一个普通工人印家厚一天的经历,从早上起床,到晚上睡觉的一切生活琐碎和细节。在叙述人近乎唠叨的叙述声音声中,印家厚局促、紧张、疲劳而困苦的生存境遇浮现在我们眼前。这是一个真正的"烦"世界,一个烦神与繁忙的世界——充满了动荡和不确定感,现实与人生烦忧的无可抗拒性,通过印家厚的具体行为传达了出来。

小说展示了印家厚生存现实中的三种空间形式,其一是家的空间,其二是工作空间,然后是连接这两个空间的交通工具。在印家厚的世界中,"家"的空间是个体的欲望形式,但个体的欲望在家的世界中不是得到了满足,而是处于被彻底压抑的状态中。"家"的世界的狭小、局促、凌乱,还有紧张、忙乱压抑了个体欲望。围绕着这个卑微的世界的,是黑暗潮湿的楼道,是拥挤而嘈杂的公共水房,还有同样让人处于尴尬境况的卫生间。但印家厚的"家"又有另外一种特殊性:这个狭小的空间只不过是借来的。这意味着这个临时容纳个体的空间背后隐含着个体生存的无助感、漂泊感、动荡感。都市生存中个体的不确定性第一次通过这个空间结构表现了出来。小说的结尾,印家厚和妻子同时知道了这个临时的"家"近期要拆迁的消息,他们都为了让对方过上一个舒心的周末而不忍告诉

---

① 〔德〕海德格尔:《存在与时间》,陈嘉映、王庆节译,熊伟校,北京:三联书店,1987年,第234页。

对方这个消息。而"家"这个提供个体欲望的形式在最后一刻被剥夺了。显然,"家"没有为印家厚提供归宿感;在家中,印家厚更深切地感受到了生存现实的压迫,更深切地感受到了无可皈依感。

工厂则是印家厚实现个体价值的世界,印家厚生命中的才华都通过这个空间表现了出来。这个空间曾经给予印家厚以梦想,还有实现梦想的雄心。他曾经接受过专业的技术培训,曾经得到过外方培训机构的专业认可,他的技术也在这个世界中得到了极高的评价。但这一切已经属于过去了。现实中的印家厚依然处于被压抑的状态中,管理层的利益冲突以各种形式转嫁到普通工人身上,同行之间的排挤和倾轧,还有各种各样的利益交换,构成了印家厚的生存现实。印家厚的才华在这样一场复杂的利益冲突空间中,不是得到了认可,不是得到了实现,而毋宁说是处于被忽视和放逐的境地中。工作空间依然无法为印家厚提供灵魂的归属感和确定感。

交通工具是连接家和工厂的桥梁,或者说是连接欲望和希望的纽带。但是每天在这个纽带中的经历都意味着一次真正的战斗,一次真正的历险。差一分钟都意味着错过一班汽车,错过一班轮渡,同时也意味着迟到,意味着被扣除奖金、工资。而生存也在这种力求避免错过中处于高度的紧张状态中。现代世界中时间带给个体的压力,通过交通工具传达了出来。而时间真的转化为金钱的化身,真的成为衡量个体价值的形式,它不再给个体一种自由的感受,而是一种真实的压迫个体存在的形式。在交通工具中不仅要与自己斗争,还要与他人斗争,为了每一份细微的舒适感——其实也就是站得舒服些,与别人的距离大一些,这就需要动用各种技巧、智谋甚至是暴力。

对海德格尔来说,"烦"是完全可以被超越的,而且这种超越的可能性来自于生命的本能,即"此在"(Dasein)对"存在"(Sein)的终极向往和回归。"存在"作为个体呈现自我的彼岸,通过个体在世的诗性生命体验,向生命展示其永恒的魅力,并因此而成为个体表达其生命意义的途径;而个体也是在现世的诗性语言结构中获得最终的解脱。因此"烦"是作为被否定的对象出现在海德格尔的哲学中的,但它只是个体实现自我的中介,是最终要被扬弃的。海德格尔对于"存在"的乌托邦想象意味着处于沉沦中的个体终究会获得救赎,这一思想也是西方现代性发展到20世纪前期,在高度危机的状态中一种自我解救的方式。但海德格尔的幻想并没有持续太长时间,存的迷梦就被彻底破碎了。从现代性发展的角度看,海德格尔的思想恰恰是在哲学层面上对个体在现代社会中生存状态的一种揭示——它折射出了个体在高度流动的社会结构中丧失了家园感的精神困境。

我们可以看到在不同的空间结构中,印家厚始终处于被压抑的状态中,而下班时印家厚和儿子在轮渡上的小憩几乎成为他一天中最美好的时刻:夕阳、晚风,安静而疲劳的人群,还有轮渡发动机的噪音,这一切是个体平凡而忙碌的生活中难得的宁静。也是在这一刻,我们才可能感受到普通人生活中美好的一面。但这种宁静不过是昭示个体"烦"的世界镜子,因为在这短暂的安静之后,是依旧繁忙的个体在都市生存中苦苦挣扎的现实。

## 二

在工作空间中,印家厚在家庭中被压抑的欲望通过两个人物表现了出来,她们就是雅丽和聂玲。雅丽和聂玲代表了印家厚欲望的两种形式:一个出现在现实中,但无形的力量将其推向不可触摸的彼岸;一个是遥不可及的梦想,存在于印家厚的记忆中。如果说聂玲是印家厚青春记忆的形式,那么雅丽则是印家厚在现实中的无意识欲望。而印家厚的身体和欲望之间的断裂状态也通过这两个人表现了出来。

在小说中,聂玲以儿子在幼儿园遇到的那个女老师(肖晓芬)的形式突然出现在印家厚的眼前,而肖晓芬这个形象又充满了怪异的一面。一边是印家厚的温馨、痛苦,所有青春的记忆在那一刻似乎都被唤醒,所有青年时代的浪漫情怀都在那一刻被重新召唤回来,也是在那个瞬间,印家厚的言行中充满了温情。当印家厚努力克制自己的欲望与冲动的时候,这位老师却身处事外。因为一切与她无关,她并不了解印家厚的经历,甚至根本就不清楚眼前发生的一切对印家厚到底意味着什么。她在情感上对印家厚的冷漠和在现实中不得不求助于印家厚,恰恰说明了她与印家厚的隔膜。这一叙述既暗示了印家厚所经历的一切不过是一种精神幻觉,也说明青春往事已经被现实放逐到了远方。印家厚的这一经历不过是在暗示,聂玲,作为青春已经远去了;而聂玲在文本中飘忽不定的形象恰恰意味着现实对青春梦想的压抑和放逐。现实强大的力量足以抹掉个体青春记忆中的一切,这一切无法更改,无法被追回,只是在某个特定的瞬间,它会突然间闪现出来,但它不是个体的解放形式,而是个体的痛苦表白。

聂玲在文本中的另一次出现是印家厚收到一起下放的知青江南下的来信。一个有意味的地方是,江南下在社会地位和经济上要明显地好于印家厚,在婚姻上却处于崩溃的边缘。而聂玲也在江南下的信中再一次出现。信中的聂玲被描述得如此漂亮,同时信中聂玲和印家厚的经历又是如此含混不清,这在文本中几乎成为谜语似的情节。印家厚的这个经历的确存在过,但它是怎么存在的,如何存在的,小说几乎一笔也没有交代。

我们注意到,聂玲在文本中永远处于一种破碎的状态中,小说从根本上拒绝将聂玲的完整形象推到文本的前景中;她始终出现在印家厚的记忆中,好友语言碎片似的描述中。这意味着聂玲形象的破碎已经是不可挽回的。"聂玲"意味着个体的梦想和岁月遭到了现实的彻底放逐,它的确如夕阳下的晚风,如透过树叶洒下的阳光,充满了诱人的魅力;但它已经一去不复返了,并在现实的挤压下,流散成空中漂浮的幻影。

如果说聂玲是印家厚无意识层面的欲望缩影,那么雅丽则是印家厚欲望的现实形态。而印家厚对雅丽的拒绝不仅是出于个体的道德选择,更是出于个体的现实选择。雅丽青春、靓丽,富有活力和朝气,同时又有道德上的正义感与很高的文化层次。这一形象几乎是完美的,她的形象与印家厚的妻子处在遥遥相对的两极。她对印家厚的追逐与其说是出于她对印家厚在情感和技术上的倾慕,不如说是印家厚的个体欲望在追逐自己;而印家厚对雅丽的拒绝不过是对个体欲望的拒绝和逃避。文本中,印家厚以既明确又含糊的方式告诉了雅丽自己真实的想法,这个想法中充满了个体的矛盾与荒诞,同时也交织着梦想和现实的痛苦与无奈:喜欢但不可能。"雅丽走了。昂着头,神情悲凉。"雅丽的离开使印家厚放逐了自己的欲望和理想,而在印家厚拒绝的言辞中所隐含的,与其说是一种理性的思考,不如说是一种实际的选择。

雅丽在文本中若有若无的表现形式,恰恰展示出了印家厚梦想和现实之间的矛盾状态,并成为个体梦想被强大的现实力量所压抑的隐喻形式。而这个隐喻形象很快就被印家厚放到了脑后,这既意味着个体在现实生存中的沉沦,也意味着"烦"的世界不仅仅是一种压抑个体的力量,同时也是个体欲望的组织形式。它决定着个体的生存选择,决定着个体的命运和这种命运的无可抗争性。雅丽作为理想和欲望的寓言形象,被放逐是其必然的结局。这不仅是因为她的要求超出了印家厚的承受能力,同时也因为她不符合印家厚的现实原则。

现实且只有现实,才是印家厚的选择,尽管这是被迫的。

### 三

妻子是印家厚的现实,她与雅丽和聂玲处于遥遥相对的两极。她作为无可逃避的现实生存形式出现在文本中。在妻子身上,看不到理想,看不到浪漫,所有的只是为了生存所必需的一切。

小说中,妻子以一种极为粗俗的形式进入到叙述中:儿子从床上掉到了地上,妻子下地抱起儿子,然后是狠狠的声音"灯",接着是哭声,是抱怨声。这与雅丽的优雅、聂玲梦幻般的出场形成了强烈的反差。它意味着妻子是一种现实,具有无可回避性;从任何一种意义上讲,妻子都积极参与了对印家厚的压迫——而另一个事实是,妻子本身就是被压迫的个体,而印家厚对妻子的顺从不过是顺从现实的一种形式。妻子的世界是琐碎的世界——没有想象的空间,没有情感的悸动,更没有青春记忆的浪漫情怀。这是一个"烦"的世界——白菜、精瘦肉、萝卜条,还有柴米油盐,用紧巴巴的现金换回每天生存的必需。她的确索然无味,而且她还给印家厚带来很多不好的消息——物价上涨,亲戚来访,孩子生病,等等等等。的确,妻子不过是这个"烦"的世界的具象而已。但妻子也是一种无言的关切和爱护,一个与自己共同承担困苦和灾难的人,在妻子粗糙的皮肤和衰败的面容上,表达的是岁月对一个女人无情的压迫,是痛苦的个体生存和困苦的精神状况,还有对自我的遗忘,对世界美好向往的压抑和对理想的放逐。

一个有趣的现象是,小说中印家厚的妻子始终没有自己的姓名,她以无名的状态出场。这使得这个人物在叙述中始终是一个背景;但这个背景又无所不在,从各个方面影响着印家厚的思想、感情和行动。这样的写作手法产生了两个截然相反的效果。其一是,这个女人的一切被文本淹没了,丧失了被叙述的可能。她的存在形态决定了她在文本中的位置并不重要,甚至达到了无需提及的地步。其二是,这个女人的影响无处不在,无所不在。她具有强烈的象征意味:一种现实生存境况、心理状况的象征。而雅丽、聂玲则成为这一象征的对立面。她们既是印家厚的无意识欲望,也是印家厚无法企及的梦想。印家厚生存于想象和现实之间,而印家厚又是以一种绝对的姿态屈从于现实的。小说以这样一种形式昭示了现实的无可抗拒性,而现实也像印家厚的妻子一样,在充满了严苛、烦恼、困苦的同时,也会有片刻的温馨,犹如印家厚妻子那恼怒的咒骂,甚至是让人厌烦的声音:"吃啊,吃菜哪!"这个声音是如此熟稔,同时又如此陌生。这个声音已经内在于个体的血液中,听到它会使我们感到烦恼,离开它可能意味着一种个体的解脱,但也意味着一种更深挚的痛苦和灵魂依托的丧失,个体在没有这个声音时会丧失掉生存的根基感和情感的皈依感。它就是"烦恼人生"的隐喻形式,具有强烈的不可抗拒性,成为每一个普通人情感和物质的支撑。

的确,无论是从经济上,还是从情感上,印家厚都已经丧失了追逐梦想的可能。在小说结尾,印家厚恶狠狠地想到:"一个男人就不能有点儿野心吗?"而此时面对妻子,出现在印家厚意识层面的是肖晓芬——聂玲——雅丽的面孔,而身体中的本能欲望也被激活,他粗暴地对待自己的妻子,实际上是一种报复,一种被现实压抑的欲望的彻底宣泄。但有意味的是,尽管妻子顺从了他却对男女之欢表现漠然,当印家厚凝视着妻子皮肤粗糙的脸时,他的欲望突然彻底消除了,他无力地躺到了一边并在无力中陷入夜色。印家厚面对妻子时的平和宽厚再一次印证了他的身体和欲望处于一种断裂的状态,在身体的压迫下,他不得不放弃欲望,听从身体的现实召唤。欲望的替代形式是愧疚,是困苦,是男人无法施展个体才华和实现理想的无奈。印家厚在此彻底放弃了那点本能和"野心",现实将这一点微薄的欲望彻底扫荡一空。

"老婆,我一定要让你吃一次西餐,就在这个星期天,无论如何!"这是印家厚最后的幻想。印家厚甚至嘲笑雅丽对他的看法:"普通人的老婆就得粗粗糙糙,泼泼辣辣,没有半点身份架子,尽管做丈夫的不无遗憾,可那又怎么样呢?""烦"的世界如此深入印家厚的身体和欲望中之,而他的妻子则与这个世界融为一体。印家厚有超越"烦"的可能吗?小说提出了这个问题,并努力通过印家厚满足妻子吃一顿西餐的愿望表现出来。印家厚发誓,一定要实现妻子的这个愿望。但这顿西餐可以兑现吗?小说实际上是以疑问的形式提出了对"烦"的超越的可能性,但"西餐"在现实的压迫下如同本雅明笔下的弥赛亚一样被不停地推向远方,对"烦"的超越也因此处于不确定的状态中。显然,小说没有给予这种超越以确定的回答,而超越也因此处于被质疑的状态中。

四

"武汉市是一个非常有意思的城市,我常常乐于在这个背景上建立我的想象空间。武汉的有意思在于它有大江大河;在于它身处中原,兼容东西南北的文化;在于它历史悠久,积淀深厚;从春秋时期伯牙子期的古琴台到清朝顺治年间归元寺的五百罗汉到半殖民地时期的洋房和钟楼,一派沧桑古貌,一派天高厚土。而武汉气候的恶劣,同等城市当中更是首屈一指,人们能够顽强坦然地生活其中,这本身就有某种象征意义,就是一种符号,于是,为了体现这种生存状态,我在本书中集中了富有'汉味'的主要作品。"①显然,池莉将自己的创作限定在城市,并努力将城市作为自己创作的对象,是出于一种自觉意识。在池莉以前,也有作家将创作的视野放在了都市,但这些创作多是定位在"工业题材"这一传统的限定上,城市更多的是一种创作题材的选择,而不是个体的生存空间。而对于生存于城市中普通个体的描述在新时期的严肃文学中是十分贫乏的。池莉则将文学描述的视野投向了武汉,这还可以从她选择描述的对象上看出来,如在后来发表的《不谈爱情》、《太阳出世》、《冷也好热也好活着就好》等,城市的形象以一种复杂的形态被表达了出来,当然在写作的调子上,似乎要比《烦恼人生》积极得多,这可能也与作家个体生存与精神境况的改善有一定的关系。

池莉也是较早关注都市生活中"小人物"的生存境况的作家之一,并在空间结构的设置上打破了原来"工业题材"的要求——在池莉以前,我们曾经提到了王朔。我们看到了一个被高度压缩了的都市空间结构,它没有历史,没有未来,在家——交通工具——工厂的都市生存循环中,只有对个体当下生存的表现。而都市也在这日复一日的单调生活中,呈现出其狰狞、残酷的一面。应该说,是从池莉这些作家开始,文学写作真正进入了一个新的时代——面向城市的时代,而农村则在这种新的创作趋势下,逐渐转换为一个背景。这种写作空间的转移是新时期文学创作中重要的变化,城市不只是个体欲望的对象,不只是个体试图征服的空间——如一些来自农村的作家所描述的;也不只是一个工作单纯的环境,没有过去,只有未来——如一些具有"改革"意识的作家所描述的。在池莉的笔下开始出现了对城市的"记忆"。印家厚在城市中是一个失落了理想主义意识的奋斗者,城市曾经记载了他年轻时代的辉煌印记,但这一切在生存的压迫下全都丧失了。城市在现代性中对个体施行压迫的一面,在《烦恼人生》中被描述了出来。

---

① 池莉:《说与读者》,见《一冬无雪》,卷二,南京:江苏文艺出版社,1995年,第2页。关于自己写作中的"汉"味,池莉还有一种观点,即她并不认为自己是汉味作家,但这似乎更多的是指艺术创作上的,而不是指题材选择上的。参见池莉《关于汉味》,见《真实的日子》,南京:江苏文艺出版社,1995年。

对于这种自觉进入城市的写作手法,池莉是有着明确的认同意识的,她曾经将自己比作武汉市的"小市民",在她眼中印家厚是小市民,燕华是小市民,燕华的男朋友猫子更是小市民。池莉甚至认为雷锋脱掉军装也是小市民,而且只有这种小市民才是真实的。池莉的这种认识并不否认这些形象中所具有的英雄主义气质,所谓"时代不同英雄不同,在我们今天的时代里,伟大寓于平凡之中,因为现在没有碉堡可炸了"。[①] 但燕华就有可能成为真正的英雄,池莉从根本上否认燕华苟活的特征,这种写作态度也可以用在印家厚身上。对于印家厚,池莉谈到,她对印家厚已经关注了很长时间了,印家厚谁也不是,就是"当代中国产业工人他们自己。他们有主人翁的自豪感也有因为主人翁住不上房子的悲哀,他们有责任心却又为责任心所累,他们厌恶单位的人事矛盾却又深陷其中,他们怜爱老婆却又挡不住对新鲜爱情的向往,他们努力想过上好日子物价却一个劲地上涨。他们是预感到了改革开放风暴的敏感和激动不安的群体"。这种特殊的感受使得池莉在写作时有一种"悲壮感",甚至不指望有人看它。[②] 这种"特殊"的写作态度使得印家厚成为当时中国工人形象的"另类",成为小市民形象的代言人,而印家厚身上的英雄主义印记也的确在平凡无奇的生活琐屑中被压抑了下去。作者不愿意彻底否定印家厚,看来与她的这种矛盾的写作态度是有着内在的关联的。

　　小说中所体现出来的都市生存的流荡感、漂泊感也是不同于以往乡土作家笔下的城市生活体验的。在路遥和贾平凹的笔下,城市的这种动荡和不安来自于个体对乡土稳定和谐的生存状况的体验。对都市的体验更多地表现为一种本雅明似的"震惊",它并非是内在于个体的,而是一个强大的外来物突然冲进个体稳定的生存秩序中,并迫使个体改变自己的生存境况。个体始终处于一种被动的状态中,同时这种状态又强化了个体对乡土故乡的渴望和依恋,而乡土在作家精神世界中的归宿感也在对都市的排斥中被强化了。也因此乡土作家笔下的城市虽然也是压迫性的,但似乎永远"隔"了一层,而这种"隔"的感受就来自于作家对都市的

---

[①] 池莉:《我坦率说》,见《真实的日子》,南京:江苏文艺出版社,1995年,第224页。
[②] 池莉:《写作的意义》,见《真实的日子》,南京:江苏文艺出版社,1995年,第240页。

彻底陌生性、排斥性，他们对于城市是没有"童年记忆"的。而这正是池莉们的优势所在，池莉笔下城市的压迫感是内在于个体的生命的，是个体生命中的组成因子。这来自于池莉生于城市，长于城市，她对城市有着自己独特的记忆，而且对城市的流荡感似乎在童年就给与她一种深刻的体验。池莉承认她一直成长于国家机关单位中："我在公家分配的毫无家庭气息的床和办公桌之间长大。我没有祖荫，没有根基，跟随父母调到这里调到那里工作。"[1]在另一篇文章中，池莉写道："我出生于一九五七年，这个时间是有意义的，但出生地点对我没什么意义。有一种感觉始终潜伏在我的心里，那就是：我是一个没有家乡的人。"[2]这种飘乎不定的童年记忆在池莉的小说中深入骨髓，并通过印家厚的言行表达了出来。狭小的生存空间，始终拥挤的人群，紧张忙乱的生存秩序，窘迫而拮据的生活压力还有各种人声的嘈杂，它们不仅是印家厚的生存体验，更是印家厚的生存本身。因此，在印家厚身上所体现的不仅是一个产业工人的形象，一个失落了理想而甘愿沉迷于生存的无聊中的精英形象，他还是城市自我——显出了狰狞、冷漠嘴脸的城市。他的一切行为不是与这个城市搏斗，不是去征服这个城市，而是在城市的无情和动荡中生存下去——活下去，不管以什么方式，这就是印家厚的哲学，也是燕华、猫子的哲学。

## 第二节 "风景"的背后

在 20 世纪 80 年代的文学作品中，方方的《风景》[3]无疑是十分独特的，它向我们提供了一扇了解底层小人物生存哲学的窗户。如果说池莉作品所描写的是小人物无奈而凄凉的人生际遇的话，那么《风景》所描写的就是小人物追逐权力、改变命运的欲望。池莉笔下的小人物固守自己善良的秉性，而方方笔下的小人物则在权力和欲望的追逐中开放出一朵朵"恶之花"。在池莉的世界中，小人物尽管身在苦难中却依然向往着世

---

[1] 池莉：《写作的意义》，见《真实的日子》，南京：江苏文艺出版社，1995 年，第 234 页。
[2] 池莉：《后记与小传》，见《真实的日子》，第 404 页。
[3] 方方：《风景》，发表于《当代作家》1987 年第 5 期。

间美好的一切,并期望通过个人的努力让自己的生命成为这美好存在的证明;而在方方的世界中,小人物弃绝了善良的愿望,看破了尘世中的一切,只有在否定自我的绝对中才可以找到自我存在的归宿。也因此,方方笔下小人物的命运丧失了池莉笔下小人物悲凉无奈的一面,在近乎以血还血般的残忍中,更显出生命惊心动魄的一面,也更让人振聋发聩!

一

《风景》的视角是十分独特的,即从一个已经死去多年的孩子"老八"的眼睛去观看整个世界。老八的经历也是十分独特的,他只在这个世界上存在了二十多个日夜,然后就莫名其妙地一命呜呼了。老八的死是父亲最大的伤痛,因为这个孩子在出生日期上,甚至在时间上都与那个粗暴残忍、无知无觉的父亲完全一样,这也让他得到了父亲最多的疼爱。他是这个家庭最后来到这个世界上的人,也被他的哥哥姐姐们形容为世界上最幸福的人,因为他可以独自一人安静地躺在离房间不远的空地上,安静地看着家里其他 11 个人挤在一间只有 13 平方米的小破屋子里,安静地听着房屋不远处火车路过时轰鸣的声音,老八的安静与这个家庭的喧闹和争吵形成了对比。

小说开始时引用了波德莱尔《恶之花》中的诗句:"……在浩瀚的生存布景后面,在深渊最黑暗的所在,我清楚地看见那些奇异世界……"这与小说在结尾处形成了呼应:"而我和七哥不一样。我什么都不是。我只是冷静而恒久地去看山下那变幻无穷的最美丽的风景。"从某种意义上,"老八"作为小说的叙述人与作者的叙述视角形成了一定程度的吻合,老八对待小说中主要人物的态度在一定程度上就是作者的写作态度,"冷静而恒久",站在故事发生的背后,只是描述,而不介入故事的过程,正是小说在写作上的成功和独特所在;也是这种叙述上的刻意,形成了小说叙述上独特的冷漠声音。

小说中有两个地方的描写在一定程度上暗示出了作者的态度,一是在小说的结尾,通过小说主人公七哥的观念表达了出来。七哥是带着一定的生存视角、一定的价值判断来看待整个世界的,他是一个穷孩子,因为机缘和对机会的把握而跃入社会的上层。但"我"看不出这个世界上发生的种种现象背后的事情,"没有悟出他到底看透了什么到底作怎样的判断到底是选择生长还是死亡。我想七哥毕竟还幼稚且浅薄得像活着的人"。七哥似乎悟出了世界的意义所在,但这个"意义"真的是一种意义吗?"我"对七哥的怀疑——不管七哥的这种意义价值的正负——实际上暗含了"我"对世界的怀疑,尤其是那个隐藏在现象背后的"意义"的怀疑,它存在与否是个疑问;也因此"我"对世界的叙述并不是没有什么价值判断的,"我"的确是在呈现现象,的确将自己所看到的一切表达出来,而这一切背后更深的含义,"我"无法表达。这既表明"我"对世界的困惑,也表明了"我"对世界存在着的疑问。应该说这在一定程度上表明了作者的写作态度。

小说中的另一个细节似乎也在嘲弄那种按照一定程式写作的方式。"文革"末期,七哥在大学里学习期间,班里的一个苏北佬田水生以能写善作闻名,常博得系里女同学们的垂青,并使所有的男生眼馋。然而这个苏北佬坚决地拒绝了一切女生的爱慕,而与一个罹患癌症的清洁工结婚了,这个事情在系里闹得沸沸扬扬,而且那个苏北佬很快获得了名誉和地位。不久那个女清洁工就去世了。在一个偶然的机会里,在学校素来没有任何地位的七哥看到了苏北佬得意的神情——而彼时,他的妻子才去世不过一个月。苏北佬很快意识到了发生的一切,并且不遗余力地照顾因病住院的七哥。也是他教会了七哥日后的人生哲学:"干那些能够改变你的命运的事情,不要选择手段和方式。"滑稽的地方在于,清洁女工在生前曾给系里领导写信,表扬了苏北佬高尚的人生选择,给与她生命中真正的"真理"所在。而苏北佬的真实目的不仅嘲弄了那个清洁工——他的第一个妻子,也嘲弄了整个世界。写作所规定的目的和价值,与个体的真实欲望和选择之间的巨大落差,使得写作目的的神圣性、崇高性遭到了根本上的颠覆,也可以说是这种对写作背后的真实价值的怀疑态度使得作者采取了这样一种写作方式。

另一个有趣的地方是,方方似乎在以自己的实际行为来印证自己的写作观念。在《风景》获得了巨大的成功以后,方方面对好评如潮所讲的最实在的话却是:"《风景》一作无论是从经济上还是从待遇上以及社会影响上给我带来的好处都超过我所有的作品。"也因此,她觉得自己"仿佛在不经意间拣了个大便宜"。① 这种十分"实际"地对待自己作品的态度也是十分少见而坦然的。

## 二

《风景》的确呈现了人性复杂的一面,但是不是像有些学者所宣称的那样呈现了"民间"的以生存为价值判断取向的立场却是值得怀疑的。② 这种可疑性不仅来自于方方的作家身份,同时还来自于她在 20 世纪 80 年代写作中所选取的题材和写作角度。方方善于在一个特定的、微妙的时刻去考察个体灵魂深处某种躁动不安的因素的存在,善于捕捉人性中"恶"的一面,哪怕是极为细微的地方。这种"恶"的呈现形式不是如以前的现实主义文学那样建立在一种阶级对立的立场上——如柳青在《创业史》中所描述的;也不是面对绝对真理时的态度——如 20 世纪 70 年代末期的那些"伤痕""反思"小说所塑造的持不同政见的个体的对立、抗状态。这种"恶"是建立在人的生存本能的基础上的,它是人的欲望形式——哪怕是善良的欲望与合理的要求,都可能产生"恶"的后果;同时在这种"恶"的呈现方式中,个体并不是处于一种无知无觉的状态,而是始终处于一种清醒的、自我控制的状态中。方方似乎就是要在这种形态下去考察人——每一个普通的、卑微的人——在方方的艺术世界中,人似乎永远处于这样一种卑微而琐碎的状态中,难以抗拒的琐碎和卑微,哪怕这个人有着令他人羡慕的社会政治地位和经济地位,但是他(或她)却无法逃脱个体欲望和生存所要求的追逐。这一切正是构成了方方所谓的"风景"。

在《风景》中,七哥的妻子——一个拥有复杂政治和社会背景并拥有权势的女人却不得不屈从于个体的欲望,她本能地意识到七哥追逐她的目的是为了她的政治地位,并不停地提醒自己;到后来七哥也毫不隐瞒地

---

① 方方:《自序》,见《风景》,南京:江苏文艺出版社,1995 年,第 2 页。
② 陈思和:《中国当代文学史教程》,上海:复旦大学出版社,1999 年,第 313 页。

向她说出了自己的野心,而他追求她的目的就是为了实现这个野心,就是为了不再在社会底层像狗一样的活着,而不仅仅是为了她的善良和漂亮;更何况她还比他大八岁而且丧失了生育能力。七哥当然挨了那个女人的一巴掌,但他却更有信心相信自己会获得那个女人的一切。三天后,那个女人无法摆脱欲望的折磨,回到了七哥的面前。七哥用自己的青春成就了自己的梦想,而那个女人则在七哥身上找回了自己在"文革"中失去的女人的魅力。而在另一部小说《落日》中,女医生王加英明知道丁如虎丁如龙兄弟在撒谎,却依然开出了死亡通知单,承认了丁氏兄弟母亲李蜡芝的死亡,尽管李蜡芝还有生还的希望。王加英如是行为是因为她也有一个因车祸而瘫痪的母亲,她尽管全心照料母亲,但母亲却依然不满意;同时她的母亲也为了自己的私心甚至反对王加英结婚,反对王加英渴望有个家的合理愿望。为了母亲,王加英在快四十的时候才结婚,她把自己的一切业余时间都用在了呵护母亲的身体上。也因此,当结婚以后,当仍旧不停地面对母亲的刁难时,王加英难以抑制心中的欲望:渴望母亲死,也许这是一个最好的解脱;同时她又为自己的这种无意识欲望感到恐惧。或许是在这样的心理下,她给一个活人开出了一张死亡通知单。这种矛盾而复杂的心态,与还心存一丝善良愿望的丁如虎几乎是一样的——后者为了改善自己的生存状况,在一种矛盾的心态下放弃了对母亲的治疗,并直接导致了母亲的死亡。而他的弟弟丁如龙更是希望早点甩掉年迈母亲这个大"包袱",他甚至拒绝将母亲接到家中住,而这个人却是手握权柄的党政干部。上面所说的各色人等在社会中处于不同的阶层——知识阶层、工人阶层、党政干部阶层,但在欲望和实现欲望的形式上,他们并没有什么太大的差别。如果说在《风景》中作者还有意隐瞒自己的价值取向的话,那么在《落日》中,作者则通过那些具体的场景中个体的欲望和对这种欲望的质疑表明了自己的态度。

但是方方此时对于个体身上这种欲望形式的质疑似乎并没有达到一种更高的哲学上的层次,如陀斯妥耶夫斯基的小说《白痴》或《罪与罚》。方方的小说缺少一种形而上的哲学因子,这使得小说对个体身上"恶"的存在形式的拷问显得肤浅。尽管在《落日》中,通过王加英的反思,方方似乎在寻找答案,但这个答案似乎也只是为了呈现出现实的一切是没有答案的。也因此,在一种近乎自然主义的描述中,方方呈现出了社会的世相万千,而这种呈现仅仅停留在呈现的层面上——或许作者本来就没有要追问的欲望。

"恶"构成了人类生存的基本形式,是个体实现自己欲望——无论是合理的还是不合理的——的动力所在。在"恶"中同时也只有通过"恶",人才有可能合理而合法地活在世界上,而善良似乎只是"恶"的变体。方方似乎十分钟情于表现人身上的"恶",而且她让"恶"具有一种超越阶层、政治、权力、性别的共通性。或许如此,方方十分钟情于波德莱尔的《恶之花》,并在多部作品中将《恶之花》中的句子放在小说的开始。在小说《风景》中"恶"的绝对形式就是那个七哥,而已经死去的二哥则与七哥处于遥遥相对的两极,同时,他们也有着天壤之别的命运。

## 三

如同名人名言,七哥的话在小说开始后就被不停地重复,"七哥说……"这个语言结构几乎构成了小说中一种特定的修辞手段,而不仅仅是一种人物语言的表达,在一定程度上,它是小说的灵魂所在:

> 七哥说,当你把这个世界的一切连同这个世界本身都看得一钱不值时,你才会觉得自己活到这会儿才活出点滋味来,你才能天马行空般在人生路上洒脱地走个来回。

> 七哥说,生命如同树叶,来去匆匆。春日里的萌芽就是为了秋天里的飘落。殊路却同归,又何必在乎是不是抢了别人的营养而让自己肥绿肥绿的呢?

> 七哥说,号称廉洁的人们大多为了自己的名誉活着,虽未害人却也未为社会及人类作出什么贡献。而遭人贬斥的靠不义之财致富的人却有可能拿出一大笔钱修座医院抑或学校,让众多的人尽享其好处。这两种人你能说谁更好一些谁更坏一些么?

这是小说开始时七哥的话,而在小说的结尾,七哥的这一看法再一次出现,如同鬼魅一样纠缠着叙述人,而叙述人的目的似乎不是在讲述一个人

"成长"的故事——或者说在讲述一个人的发迹史——而是在重复一个人的感受和他对世界的看法。这段话成为小说得以展开的前提,是小说意欲验证的对象,同时也是小说想要质疑的对象。而这种验证和质疑最后又都集中到一个人的身上:七哥。

七哥曾经是整个家庭中最没有地位的一个人,他被家庭中的暴力权威父亲怀疑是母亲和邻居白礼泉偷情的产物——"我"以绝对肯定的语气保证,这的确是个天大的冤枉。母亲一生虽然风骚,虽然喜欢和男人打情骂俏,虽然见了漂亮男人就走不动路,但在这个问题上却是绝对干净的。但七哥出生后的瘦骨嶙峋还有蔫不拉叽的样子就不招父亲待见,也因此他在家庭中处于下三烂的地位,他不仅得不到家庭的温暖,而且得不到应有的做人的待遇。他睡在家庭的角落里,吃的是他人剩下的残羹剩饭,而且还要天天很早就起来去捡拾菜叶以帮助父母喂饱家中十几个人的肚皮。此外父亲的拳头,母亲的冷漠,还有兄弟姐妹的冷言冷语几乎天天包围着七哥。他天天生活在沉默中,几乎没有任何语言;同时他在家中也丧失了语言,甚至在整个世界上丧失了语言。这一切使得七哥在知识青年上山下乡的那一年坚决地离开了家而没有任何留恋,在外面的几年中他也从没有给家里写过一封信,家里也仅仅给他去过一封信——那是因为二哥死了。七哥是在极度自卑而沉默的世界中生存着,如果说这个世界还有什么温暖的话,那么这温暖也如闪电般划过,然后就消失在七哥的生命中。

在七哥的童年记忆中,给过他温暖的只有两个人,一个是小女孩"够够",她比七哥大一岁,跟七哥一样是一个穷人家的孩子,在一个寒风凛冽的冬天,七哥为了姐姐能吃到藕而不得不到远处的泥塘里去挖的时候认识了这个女孩子。两个同病相怜的孩子在一起相互温暖,够够把仅得的两个藕都给了七哥。尽管如此七哥还是因为回家晚了而被父亲暴打了一顿,而彼时,七哥身上还有病。但由于够够的存在,七哥不同以往地接受了父母的暴力,他的眼睛平静得出奇,在他的脑海里回荡着的是够够的脸庞和眼睛。然而不幸的是那个女孩儿几天后在回家跨越铁路时被火车撞死了。为此七哥大病一场,并因此耗尽了家里所有的钱,这对那个贫困的家庭来说无疑是雪上加霜,也因此他遭到了家里人更残暴的对待。

另一个人则是家里的二哥,二哥不同于家里人的地方在于他接受了高中教育并试图报考大学,这当然遭到了父亲的反对。二哥被父亲视为异类——父亲将所有不像他的孩子都视为异类。二哥代表着善的一面,一个觉悟的个体。在一个偶然的机遇里,二哥三哥去偷煤时,救了一个漂亮的15岁的女孩杨朗,杨朗有着高贵的出身;也因此二哥和杨朗还有她的哥哥杨朦得以成为朋友,也是在杨朗的家庭中二哥头一次知道人还可以有尊严地活着。杨朦的母亲在知道二哥去偷煤时并没有责怪他,她了解二哥的家庭状况,在一次单独和二哥在一起时,她说到,人穷但要穷的有骨气。这使二哥幡然悔悟,他拒绝了父亲的那套生存哲学而坚持走一条新的路,也因此他遭到了父亲的嘲弄和羞辱。二哥在家庭中是唯一给过七哥以温暖的人,在七哥遭到父亲非人的待遇时,他曾经为之抱不平并因此遭到了父亲的拳脚,但这并没有改变二哥的信念。在知青下乡后,二哥三哥和失去了父母的杨氏兄妹在一起生活,二哥爱上了杨朗;而杨朗为了能早日回到城市不得不出卖了自己的肉体,并拒绝了二哥的感情。二哥因此割腕自杀,在临死前,面对杨氏兄妹的追问,他艰难地回答说:"不是死,是爱!"二哥的死并没有得到七哥的同情,甚至是回应;在乡下的七哥正生活于苟延残喘中,在七哥的意识中,他自己已经死了!

### 四

七哥自愿下放到小山村是其生命新的起点。他想逃避到一个为一切人忘却的地方,也是在这个地方,七哥认为自己已经死了——而那个地方的其他人都不过是先他而去的灵魂,他飘荡在这个世界上,并且沉默于自己的世界中——他拒绝和其他人沟通,因为他认为死人是不会说话的。唯一让七哥有些惊异的是,他在这里没有看到老八。随后村子里便闹鬼——那是七哥在梦游,当他被人弄醒后发现自己浑身上下一丝不挂而感到极为震怒。当别人问他怎么回事时,他只是按照自己的逻辑回答说:"我一直在阴间里老老实实做真正的死人。"这话让所有人都毛骨悚然,何况是在漆黑的夜晚。于是村里继续"闹鬼",直到七哥被保送上大学——村里人巴不得赶紧把他打发走。七哥的死具有强烈的象征意义,这意味着那个曾经活在犄角旮旯里的七哥行将成为过去,新的七哥将要诞生。这意味着七哥将在这个时刻彻底抛掉自己以前像狗一样的生活,他身上所有的善良也都将被洗去,剩下的将是在现实中挣扎浮沉的另一个七哥——当然他还没有找到新的出路,这需要一个引路人,而这个人就是我们在前面谈到的那个苏北佬田水生。田水生将向上爬的人生哲学的精髓一点不漏地传授给了七哥:干那些能改变你命运的事情,不要选择手段和方式。七哥曾经质疑过这种狠心的观念,苏北佬则说:"每天晚上去想你曾有过的一切痛苦,去想人们对你低微的地位而投出的蔑视的目光,去想你的子孙后代还将沿着你走过的路在社会的底层艰难跋涉。"这话让七哥感到恐惧,甚至相当于又死过一回。当彻底在思想层面上想通这个问题后,七哥感受到了生命新的希望所在——而这就是"恶"的力量。

小说中非常引人注意的地方也在此:爱和善这些个体存在的正面价值并没有给个体带来真正的幸福,相反,小说中所有善良的人的结局都是悲剧性的:够够、二哥,还有杨氏兄妹的父母——他们无法忍受"文革"期间非人的折磨而含冤自杀。善良带给个体的是永恒的苦痛和无法摆脱的梦魇,一个人似乎只有摆脱了善良的束缚,只有屈从于"恶"的力量的钳制,只有成为个体欲望的奴仆,才可以找到自己在现实中的位置。七哥的发迹正因于此,此外七哥之外的诸兄弟姐妹几乎都是以此为生存的圭臬——他们与七哥不同的地方只是他们如此行事是出于一种生存的本能,而七哥则是通过理性意识在引导自己的行为,他可以为了达到目标去牺牲自己的一些利益;相反在他的兄弟还有父母的世俗而残忍的生存哲学中,善偶然还会流露出一丝微笑。如杨氏兄妹的父母投江自杀后,父亲召集家中所有的男人赶紧去找人;七哥在临去北京上学前,大哥给了他一毛钱,让他坐公交车走,因为外面正下着大雨。而七哥,在他彻底"觉悟"了以后,就真地让自己走上从恶的不归路了!自从走上这条路后,七哥居然平步青云,畅通无阻;连以前家中的暴力权威父亲都再不敢骂七哥一声——因为七哥是政府的人,这使得父亲对七哥打心眼里产生了一种敬畏!如果说这个家庭中真的还有一个例外,那就是四哥了,他是个聋哑人,与一个盲女结婚,过着无忧无虑的日子,享受着难得的平静和幸福。

也因此,在《风景》中至少存在着两种"恶"的形式,隐含着的"恶"为一种光明正大的价值观念和社会意义所遮掩,个体欲望的实现是以毁灭他人的梦想为前提的。田水生身上那灿烂的光环与光环背后他那诡异得令人无法觉察的微笑之间的张力证实了这种"恶"的可怕性。或许这是正大光明的"恶",它可以公开地、合法地接受众人集体的膜拜和颂扬;同时它也有着强大的毁灭能量,在他人的眼泪和痛苦中,它享受着世界所赋予的权威和力量。这正是七哥的追求,是七哥孜孜以求的梦想;而且七哥也是踩着他人的眼泪走上了这条路,并找到了自己的希望的。无意识的"恶"构成了小说中"恶"的呈现的另一个维度,它存在于个体的日常行为与语言中,存在于每一个普通人合理合法的欲望和要求中,并且它与个体的生存要求和生存本能紧密地纠缠在一起,使得任何人都难以将其识别出来。这种"恶"浸淫于个体的无意识深层;而个体所有在生理和心理上的优势都可以成为个体这种"恶"的力量得以展示的合法舞台。它同样以他人的痛苦为先导,同样要摧毁他人的欲望要求,并且它以一切都是"理所当然",一切都是生存习惯为合理的支撑,在个体生存的经验世界中,为个体的一切行为提供存在的依据。因此这种"恶"的力量是塑造个体的麻木和愚昧,塑造生存中的丑陋甚至是邪恶的重要力量。方方作品的深度就体现在这种"恶"的层面的揭示上,并因此在叙述人刻意回避评论干预的前提下,为小说提供了反思的维度。

## 五

在一定的意义上,《风景》展示了生命的残缺性——尽管追求完美是人的天性,但完美不过是个体在现实生存境遇中一个凄美的梦。小说中唯一具有形而上色彩的地方是那个被现实暴力毁灭的家庭,这也是小说中难得一见的美丽场景。在杨氏兄妹的完美家庭中,杨朗制造了一个凄美的梦幻:

> 我看见,那欢乐的岁月、哀伤的岁月——我自己的年华,把一片片黑影接连着掠过我的身。紧接着,我就觉察(我哭了)我背后正有

>一个神秘的黑影在移动,而且一把揪住了我的发,往后拉,还有一声吆喝(我只是在挣扎):"这回是谁逮住你?猜!""死,"我回答。听哪,那银铃似的回音:"不是死,是爱!"

不幸的是,这个梦产生了谶纬的功效,二哥的死与这个创意几乎一模一样,只不过那回答不是银铃一样的声音,而是充满了绝望、无奈与叹息。二哥和够够的死似乎在说明,在这个以生存为第一要义的世界上,善良是如此的苍白,美又是如此的脆弱!方方自己也认为:"理想在内心是完满的,但又不能不向现实妥协。理想和现实的巨大差距使你的心弦绷得很紧。"①从这个意义上看,二哥和七哥的不同经历所展示的是理想和现实之间的张力。

应该说,方方的创作在1986年前后发生了一次巨变,方方自己也承认这个变化。在小说《白梦》②的结尾,主人公家伙做了一个梦:

>茫茫的一片白色。除了那白,什么都没有。早晨起来家伙想怎么会什么都没有呢?至少有我的眼睛呀,要不怎么能看见那白呢?可家伙又清楚地记得的确什么都没有。

《白梦》以前的小说中,充满了浪漫欢乐的色彩,这突出地表现在方方的处女作《"大篷车"上》,小说中的四个人物屠夫、化肥、电喇叭、车钳刨——方方在小说中善于给人物起绰号,而不用人名——虽然都是普通工人,但都对未来充满了美好的想象,他们不甘落后积极投入到学习中去,小说充满了那个时代明媚的色调。在一段时间中方方也坚持了这种写作的方式。《白梦》则完全不同于以前的作品,里面的主人公家伙是个悠闲派,但还时时受到各种人物的算计、牵制。小说结尾的这个梦既是在点题,也是一个象征——叙述人心态的象征。以前富有色彩的生活突然丧失了颜色,除了白色还是白色;更主要的是主人公丧失了眼睛,丧失了感受生活色彩的能力。方方自己认为,这篇小说展示的是知识分子自我

---

① 李骞、曾军、方方:《世俗化时代的人文操守》,见方方:《奔跑的火花》,北京:新世界出版社,2002年。
② 方方:《白梦》,发表于《中国》1986年第8期。

价值意义的危机,小说中丧失了远大理想的家伙不过是叙述人心理的折射,她天天忙碌于应酬各种无聊的事物,虽然偶有觉醒和批判,但很快又沉沦于其他的琐事中。生活就是由琐事构成的,远大理想虽然始于足下,但现实却并不见得能为你提供这条道路。

而《风景》所提供的色调更为阴郁,更为灰暗。小说发生的地点始终集中在武汉市一个叫河南棚子的地方,旁边就是铁道线,每天过往轰鸣的列车,还有那个13平米却住着11个人的窝棚所塑造的空间充满了压抑的色彩,同时人物语言粗俗不堪,还有各种暴力的展示,市井生存中个人行为取舍的势利和庸俗,以至于像二哥这样的人都成为异类。《风景》不过是人生现实世相的缩影,现实就是充满了残忍、无情。二哥的行为似乎在说明超越这种现实所能带来的唯一的结果,而现实的一切真相都呈现在"七哥说……"那个语法结构所展示的箴言中。"七哥说……"这个结构使我们想起了《圣经》中所采取的语法结构,"上帝说……",在这种对《圣经》语法的模仿和套用中,"七哥说……"所展示的变成为现实无法更改的真理,也因此逃避它或超越它都意味着将被现实惩罚。

《风景》的确是一幅人生残忍的画面,人生就是一个风景,方方在相当长的一段时间内在写作中延续了这种对生命的怀疑。应该说描写人生的"灰暗"面是"五四"以来的文学传统之一,但方方似乎在知识分子的职责面前有些犹豫不决,也许知识分子不过是"风景"中的一个组成因子,这里面所暗示的或许还有作家对自己的怀疑。

### 第三节 暴力下的生命

20世纪80年代后期的许多作家都将对世界关注的视角转移到了人在极端状态下的生存状况的描述上,同时对于暴力的描述也在一些作家的手中达到了让人瞠目的境地,他们甚至有些痴迷于人的暴力状态,以一种冷静得让人震惊的形式,将暴力展示出来。同时由于叙述人刻意保持与被描述对象的距离,也使得叙述人的叙述态度有些暧昧。对于这一点的澄清似乎要在文本之外才能实现。在这里,余华的《现实一种》①可以作为代表。小说中凶残的杀戮场面不仅震撼了文学界,也震撼了作者本人。

《现实一种》在故事情节上充满了荒诞性和非理性色彩。小说几乎是在不经意中开始了叙述,一场绵长的细雨,还有雨后一家人的早餐。然而就在这种不经意中却隐含着一种莫名其妙的不安和骚动。山峰、山岗还有他们的妻子、孩子;老母亲极端自恋地对自己身体的关注,整个世界似乎都已经失去了色彩,只有她的身体还有身体中不可思议的声音。而杀戮就是从孩子开始的。山岗的儿子皮皮无意中将山峰的儿子摔死了,然后引来了山峰对皮皮的杀戮,随后山岗为了自己的儿子杀死了他的弟弟,他也因此而获罪被政府机关执行了死刑。山峰的妻子出于报复又将山岗的尸体捐献了出去。小说在医院的医生们对山岗尸体的快意肢解中结束。小说中唯一一个自然死亡的人就是那个行将朽木的老太太,小说细致入微地描述了死亡侵蚀老太太身体的过程,从而使这一平静的死亡具有了不平静的色彩。

一

在《现实一种》中,暴力被展示为四种形式:个体无意识、个体行为、集体行为与集体无意识,小说通过对这四种暴力形式的展示,揭示出暴力不仅内在于每一个个体,同时也是内在于整个社会的一种机制。正是在暴力的展示形式中,可以使我们窥探到整个社会和个体中非理性的一面,这种非理性甚至可以成为控制个体与社会行动力量。

暴力的个体无意识主要是通过皮皮的行为表现出来。小说开始的时候,皮皮的行为充满了各种各样不确定的因素,世界在皮皮的眼睛中充满了不同于成人的色彩。成人眼中雨和雨后的世界是阴郁而烦闷的,而在皮皮的眼中,这个世界则呈现出色彩缤纷的一面。在皮皮的眼中,玻璃上水珠的流动虽然杂乱,但却如一条条路,那上面跑满了各式各样的汽车。

---

① 余华:《现实一种》,发表于1988年《北京文学》第1期。

阳光在树叶的晃动下不停地跳跃,贴到了他的身上,"刚才那几片树叶清晰可见,屋外的榆树正在伸过来,树叶绿得晶亮,正慢慢地往下滴着水珠,每滴一颗树叶都要轻微地颤抖一下,这优美的颤抖使孩子笑了起来"。这是一个充满了靓丽色彩的世界,对这个世界的描述实际上暗示出了皮皮的世界中单纯而静朗的一面。

但是皮皮对世界的惊奇和赞叹与他的另一种行为形成了反差,就在皮皮去看窗外的景色之前,皮皮曾经与他的堂弟在一起,小说精细地描述了皮皮对堂弟施加暴力的过程。他先是使劲拧了堂弟一把,堂弟响亮的哭声使他感到喜悦。为了这种喜悦他毫不犹豫地打了堂弟一个响亮的耳光,而堂弟在惊诧过后爆发的哭声更激起了他的这种快感。为了这种快感的延续,皮皮几乎是不择手段地持续对弱小的堂弟施加各种暴力,更使劲地抽打堂弟,甚至扼住堂弟的喉咙使其窒息,直到堂弟处于无声无息时,皮皮感到了索然无味才善罢甘休。皮皮在施加暴力的时候,小说几乎是以一种闲笔交代了一个形象闪过皮皮的无意识层面:"他看到父亲经常这样揍母亲。"这一笔似乎是在暗示皮皮暴力行为的来源所在,并暗示出一个生长在暴力环境下的儿童的精神状态。处于这一状态中的皮皮的行为和他眼中世界的靓丽多姿形成了一种反差,如果说后者表明皮皮是一个自然状态下的儿童,暗示出皮皮精神世界中善良美好的一面,那么前者则在暗示皮皮的社会存在状态,还有其中凶狠残忍的一面。这种对比似乎暗示出叙述对社会的怀疑和否定,一个自然的儿童恰恰是在社会的浸染下逐渐表现出暴力倾向的。

对皮皮这种精神状态的叙述还说明皮皮是处于无意识状态中的,世界对他而言并没有所谓的好与坏、善与恶的区分。它同时暗示出皮皮将堂弟摔死完全是一种无意识的行为,他甚至忘记了自己曾将弟弟抱了出去,并在感到疲劳的时候将弟弟掉在了地上。皮皮的行为因而是一种个体无意识状态的表达,这种无意识只与个体生存的快感和不快感有关联,而快感的获得又可能与其他个体的暴力行为相联系,由此也可以看出在皮皮无意识的行为中所隐含的暴力生成的因子。

对个体暴力行为的描述主要是通过山峰和山岗两兄弟的互相残杀完

成的,也是通过对兄弟相残的叙述,《现实一种》展示出了暴力世界中个体存在的分裂状态:从事杀人的人和被杀的人之间实际并没有根本性的区别,或者说他们是一个人存在的两个方面。小说中,主要人物山峰与山岗以兄弟的形式出现是别有意味的,或者可以说这弟兄二人实际是一个人;也因此,兄弟相残还可以理解为个体的自我杀戮,是个体中强悍而暴力的一面在残杀那个软弱而无能的一面。无论是山峰还是山岗,当他们从事杀戮时,其行为虽然表现得极为不同,但状态却极为相似。山峰表现出的是一种疯狂的行为,他暴跳如雷,从一个房间跳到另一个房间。他大声叫嚷,在歇斯底里般的愤怒中表达出个体不可更改的强力意志,而目标就是一个,要杀死自己的亲侄子——因为这个四岁的小孩在无意中杀死了他的儿子。而他杀死那个四岁孩子的方式也是极为疯狂的。通过山岗的眼睛,小说极为细致地描述了这个过程:

> 接着他看到山峰把皮皮的头按了下去,皮皮便趴在了地上。他听到山峰用一种近似妻子呕吐的声音说:"舔。"皮皮趴在那里,望着这摊在阳光下亮晶晶的血,使他想起某一种鲜艳的果浆。他伸出舌头试探地舔了一下,于是一种崭新的滋味油然而生。接下去他就放心去舔了,他感到水泥上的血很粗糙,不一会儿舌头发麻了,随后舌尖上出现了几丝流动的血,这血使他觉得更可口,但他不知道那是自己的血。山岗这时看到弟媳伤痕累累地出现了。她嘴里叫着"咬死你"扑向了皮皮。与此同时山峰飞起一脚踢进了皮皮的胯里。皮皮的身体腾空而起,随即脑袋朝下撞在了水泥地上,发出一声沉重的声响。他看到儿子挣扎了几下后就舒展四肢瘫痪似的不再动了。

这段描述中有一个十分细致的跳跃,即描写从山岗的视角转移到了皮皮的感受。从皮皮舔食自己堂弟的血液,去表现一种嗜血的快意,由此表达出人的嗜血本能。随后叙述继续转移到了山岗的视角。皮皮死在了自己亲叔叔的脚下,同时也死在了自己亲生父亲的眼睛里。值得注意的是,在整个杀戮过程中山岗的反应极为冷静,冷静得似乎置身于事外。他虽然曾经试图阻止这一切的发生,但他似乎清醒地意识到,一切都将必然发生,也因此,他几乎是在不动声色中,听凭事件的发展变化。也可以说是通过这种叙述方式传达出了整个事件发生过程中的冷漠氛围。随后山岗对自己亲弟弟的残杀也是在一种冷漠的氛围中完成的,他的弟弟山峰几乎是听凭哥哥的摆布而没有任何反抗——或者说已经来不及反抗——他似乎置身于一种氛围中,一种无力挣扎的氛围中,这种状态与他一天前残杀自己亲侄子时的状态形成了强烈的对比。

## 二

与这种暴力的个体性相对照的是暴力的集体性。小说以山岗残杀了自己的弟弟后外逃为标志开始进入后半部分。在前半部分中,小说叙述的焦点集中在展示个体暴力及其实现形式上,那么在后面则将关注的重心转移到了暴力的社会性。

小说通过山岗的视角描述了全社会对这种暴力行为的追逐和狂热,甚至超越了我们的想象,也是在这种狂热的精神氛围中,集体暴力更清晰地表达了出来。被押赴刑场执行枪决的山岗在上车之前看到"四周的人像麻雀一样汇集过来,他们仰起脑袋看着他……"随后追逐这辆卡车的自行车"像水一样往前面流去了",它们为卡车让开道路,然后疯狂地追逐卡车的行踪。整个过程充满了狂热,一切都在围绕一个不言自明的事件展开,同时个体在整个群体的追逐和簇拥之下变得如飘零的树叶,个体也已经丧失了生命感,丧失了作为一个人的感觉,他似乎是一个演员,在从事一场庞大的演出,而整个演出的高潮就是他的死。他的死不会引起他人的怜悯——因为他是一个罪大恶极的罪犯;他的死只会为社会提供一个满足群体欲望的机会,一个宣泄群体暴力激情的突破口。小说中更具有讽刺色彩的还是对死刑执行期间山岗行为的叙述:

> 一个武警在他身后举起了自动步枪,举起以后开始瞄准。接着"砰"地响了一声。山岗的身体随着这一枪竟然翻了个筋斗,然后他惊恐万分地站起来,他朝四周的人问:"我死了没有?"
>
> 没有人回答他,所有的人都在哈哈大笑,那笑声像雷阵雨一样向他倾泻而来。于是他就惊慌失措哇哇大哭起来,因为他不知道自己是死是活。他的耳朵被打掉了,血正在畅流而出。他又问:"我死了

没有?"

这次有人回答他了,说:"你还没死。"

山岗的精神状态与整个刑场的氛围形成了强烈的反差,叙述先是以全称视角开始,山岗的惊恐万状与周围人的"哈哈大笑"形成了剧烈的错位,而那笑声"像雷阵雨一样向他倾泻而来"则完全是山岗的视角了,他写出了山岗对整个场面的主观感觉,他的哇哇大哭则被淹没在四周的笑声中,变得如此微不足道。应该说这种错位感的表现突出了集体暴力的强大力量,个体生存状况的卑微,山岗临刑前的意外在集体欲望的宣泄下成为了一个充满戏谑色彩的活剧,没有人关心他的死,大家关心的是他死的过程,并从这种集体观看中获得心理上的满足。在这个意义上,山岗是集体暴力宣泄的对象,如同过去古罗马斗兽场中互相搏斗杀戮的奴隶,而周围的人则在观看山岗的死亡过程中得以宣泄出自己对暴力的无意识崇拜。

行刑不过是集体暴力对山岗杀戮的开始,而它的高潮则是后面对山岗的肢解。应该说在肢解过程中,医生所扮演的角色是十分复杂的,他们几乎是谈笑风生,毫不在乎自己的对象。在医生看来,他们只是在完成一项任务,取走山岗身上所有有用的地方,从皮肤到内脏,从眼睛到生殖器。此时的山岗已经丧失了作为一个"人"的资格,他只是一个个具体的器官,是皮肤,是内脏,是眼睛,是生殖器。如同那个取走山岗骨骼的医生所说的:"尽管你很结实,但我把你的骨骼放在我们教研室时,你就会显得弱不禁风。"丧失了一切的山岗在最后时刻依然遭到了嘲弄,与此同时那个将他交给社会的女人——他的弟媳——则在享受着肢解山岗所获得的精神快感,那嘴角挂着的微笑已经表明了那场存在于她的想象中的瓜分带给她的精神愉悦。在这个社会上似乎只有一个人对此感到痛苦万分,那就是山岗的妻子,然而这一切已经不重要了,尤其是相对于群体的精神快感而言。

这场屠杀开始于一个不经意的瞬间,来自于一个未经世事的孩子的失误,但这个失误却导致了一场兄弟仇杀,并在最后演变为一场群体参与的杀戮的狂欢。一个家庭因此而被彻底毁灭,毁灭他们的首先是自己,然后是一整套社会机制。在这个家庭已经死去的五个人中,除了那个近于痴呆的老人在安静中死亡外,其他的四个人都死于非命。

与兄弟二人相残而导致的非正常死亡相比较,是兄弟两人母亲的死亡。小说详细地描写了这个死亡的过程。通过塑造老太太自己的感觉——死亡慢慢从脚部开始,逐渐吞噬了老太太身体的各个部分,最后是心脏——老太太十分安详地走完了人生的旅途,这个死亡成为整个故事存在的背景。她似乎是一个符号,人类走向死亡且难于逃避死亡的符号;但是在通向死亡的途中,能够安然于死亡的确是个奇迹。小说从一开始就将这个老太太纳入到叙述的视野中,这个老人整天关心的是自己的身体,身体中各种各样的声音成为她焦虑的唯一理由,此外其他一切事情都是无足思虑的。她的两个孙子、还有一个儿子就死在自己的眼皮底下,而这一切似乎都与她无关。在整个事件发展的过程中,她有时会突然出现在我们的眼中,随后又神秘地消失,直到死去。她的冷漠还有她身体中那些奇怪的声音似乎都在暗示她只是一个象征符号,一个阴影——人类冷漠、残暴的象征符号。

## 三

小说几乎是在刻意渲染一种暴力状态,而且从各个视角展示暴力展开的过程,从而制造出一种极为血腥的场面。还是以皮皮被叔叔山峰残杀的那个场面为例。整个杀戮过程中不断出现的是"血"这个形象,同时叙述人至少从三个角度对这个过程进行了重复。叙述首先从山岗的亲眼所见开始,先是皮皮趴下去舔弟弟的血的形象,随后是皮皮被山峰踢飞了撞在墙上挣扎而死的形象在山岗的眼中被凝固了下来。叙述突然中断,如同电影中的蒙太奇一样,将画面转移到了屋内休息的老太太的身上。老太太只是听到了外面的声音,在对自己身体的不安中,她试图走到屋外,然而看到的却是大儿子山岗抱着皮皮走进了他的卧室。这时留在老太太眼中的是皮皮脑袋上的血迹,这血迹是她这一天看到的第二次血迹,只不过没有第一次亮。第一次是她另一个孙子的血,淌在院子里的一滩。随后画面迅速转移到了刚才一度中断的角度。此时山岗看到的已经是杂草丛生,他的儿子已经从眼中消失了,这实际上是山岗精神进入了一种暂时的休克状态。在山岗眼中的事件刚刚闪过以后,画面突然又转移到了山岗妻子的角度,她因为被弟弟踢到了一边,并没有看到自己儿子被踢死的场景,看到的只是儿子已经死去的样子。随后她陷入惊悚,她无法控制自己的精神而处于高度慌乱中,此时儿子头上的血再一次像红墨水一样流了出来。这是"血"这一形象的第三次出现,而"血"这个形象也由刚才老太太眼中模糊的一块变得清晰了许多,几乎是一个特写镜头。然而这个镜头也很快地转移了。皮皮头上的血最后一次出现是通过山岗的眼睛看到的。走到院子里的山岗,发现儿子头上的血正汩汩流出来,他试图止住这流血,然而儿子的血还是从他的手指上淌过,他毫无办法;儿子也在他的手中慢慢死去。此时对血的描写是完全细节化的。在整个过程中对血的叙述也一次比一次清晰,一次比一次明了,这浓重的血的印象也通过文字一次次呈现在读者眼中。

在这样一段短短的文字中,"血"的形象大密度的出现几乎达到了让人震惊的地步。然而叙述人对所叙述的一切却冷漠而不动声色。"血"在这里不仅是暴力的象征,也是暴力的结果,更是施暴者获得成功的标志。它的反复呈现甚至使我们怀疑叙述人有嗜血的倾向。这也不得不使我们思考余华小说中"血"的形象得以出现的原因,还有作者在文字中对暴力的痴迷。

《现实一种》的诞生首先来自于作者对暴力的记忆。余华曾经在各种场合通过各种方式讲述自己童年经历中的一些富有暴力色彩的事件,这些事件对他产生了深刻的影响。例如,小说中关于枪毙人的描写,素材就来自于作者少年时代自己亲身去看枪毙犯人的场景,"《现实一种》里面写一枪打下去以后,那个人的身体噔、噔、噔跳几下的,就是我亲眼看到的,我吓了一跳,死了没有?"[①]这种记忆在今天看来是十分罕见的,但在当时似乎具有日常性,枪毙这样一种场景在余华的记忆中具有节日的色彩,人们欢天喜地地参与到对犯人的公审大会中,追逐着押解犯人的卡车,直到对枪决犯人的场面的围观。余华在不同的场合对这一相同的场

---

[①] 余华:《我的文学道路》,见《说话》,沈阳:春风文艺出版社,2002年,第98页。

景都进行了回忆,这种回忆的形式与小说中所展示出的情景形成了强烈的互文性,而杀人——哪怕杀的是罪大恶极的犯人——所产生的恐怖和血腥在众人狂欢似的参与下,其意义都已彻底消解了,这一场景中的惩戒色彩也暗淡了许多。这种童年记忆以原始素材的形式直接参与到了余华的小说叙事中。余华自己也承认,童年的这种经历对他日后从事文学写作有着直接的影响。

另一个影响是余华童年时在医院成长的经历。余华自己回忆说,他的父亲是一位医生,儿童时代他时常有机会到医院里去玩,有时就会看到父亲满身是血的从房间里走出来,这场景使余华对血产生了一种特殊的记忆。余华自己曾谈到过:"我对叙述中暴力的迷恋,现在回想起来和我童年的经历有关,我是在医院里长大的,我的父亲是外科医生,小时候我和哥哥两个人没有事做,就整天在手术室外面玩,我父亲每次从手术室里出来时,身上的手术服全是血,而且还经常有个提着一桶血肉模糊东西的护士跟在后面。当时我们家的对面就是医院的太平间,我可以说是在哭声中成长起来的,我差不多听到了这个世界上所有的哭声,几乎每天都有人在医院里死去,我差不多每个晚上都要被哭声吵醒。"[①]这种经历直接刺激了余华对血的感知,同时也导致余华的小说中血的形象大规模出现。这不仅体现在他20世纪80年代的小说创作中,同时还出现在了他以后的小说中。无论是《活着》还是《许三观卖血记》,血的意象一再出现,但含义发生了变化。在后面的小说中,血都与生命及其顽强的生存意志与欲望联系在一起,血依然有暴力的意义,但已经不是主要的方面了。

余华在年轻时曾经从事了几年牙科医生的工作,这也是一个重要的因素。每天面对许多张开的嘴巴,嘴巴里总会有血冒出来,这种工作使余华感到厌烦,而如何不再从事这种另人生厌的工作也成为余华开始进行文学写作的一个动力。多年以后,余华在一次演讲中承认:"我觉得拔牙这个工作对我写小说影响很大,因为我很小就是在医院的环境里长大的。每次我们在手术室的外边玩,经常看见我父亲满脸鲜血地出来,他说做他

---

① 余华:《我能否相信自己》,北京:人民日报出版社,1998年,第240页。

的手术不知怎么搞上的,过了一会儿,我父亲又提着一桶各种各样血肉模糊的东西出来了。所以我前期小说的血腥气比较重,也与那个有点关系。而且当了牙医以后,我还曾经去继续那个血淋淋的事业。"①

余华关于"血"的经验以各种形式参与到他以后的工作中,甚至是他的阅读选择中,从他举过的一些作家如川端康成、卡夫卡、陀斯妥耶夫斯基、福克纳以及三岛由纪夫等人及其作品来看,余华似乎更偏爱其中关于杀戮、罪恶、压抑等状态的描写,而且他也多次举出这样的例子。这可以理解为他的童年经验在阅读上的延伸。而这种阅读又在相当大的程度上影响了他20世纪80年代对写作题材的选择,而《现实一种》无疑是一个十分成功的例子。

## 四

余华在谈到这种在写作中执迷于暴力的原因时曾经解释说:"我在写M(指提问人Mabel Lee)所提到的那些小说时,中国改革开放有七八年了,价值观已经完全改变。那时像我这个年龄的人,有一种愤怒,因为我们发现,我们的童年和少年整个被愚弄了,所以写作时非常愤怒,有大量的杀人事件出现。"②他还在其他地方谈到过自己写作时的精神状态对他生活的影响,甚至达到了夜里做噩梦都是杀人的场景:要么杀别人,要么被别人追杀,等等。从这个意义上讲,余华的描写,依然有"伤痕文学"的印记,但他不是直接去描述那个时代的人与事,相反,余华关于那个时代的很多经验都以无意识的形式进入到作家的记忆中,并不断以各种形式参与到作家的写作中。或者是为作家提供材料,或者是组织作家的精神记忆,或者影响着作家对写作题材的选择。从这个角度看,《现实一种》依然是一种对历史的记录形式,而个体在整个事件中所表现的不是更具有力量,而是更无能为力。《现实一种》中一个有趣的地方就是事件发生的高度抽象性,时间在整个事件中失去了其意义,相反事件本身还有对事

---

① 余华:《小说的世界》,见余华:《说话》,沈阳:春风文艺出版社,2002年,第59页。
② 余华:《在悉尼作家节的演讲》,见余华:《说话》,沈阳:春风文艺出版社,2002年,第125页。

件的描写被突出。对时间的消解似乎是一种无意识的行为,但这恰恰也可以说明历史记忆对现实写作的干预,而并不仅仅是让写作更具有普遍性。

在对暴力细致入微的展示中,暗含着叙述人的一种精神危机,即对他人与社会的高度怀疑。有研究者曾经详细研究了 20 世纪 80 年代中后期余华小说中的死亡:人物的死亡不仅是大量的,而且多数是以非正常的形式出现的[①]——要么是在对他人进行杀戮,要么是被他人杀戮,如同余华自己在梦中感受到的情景。在余华的虚构世界中,暴力不仅是塑造世界的基本因素,同时还是整个世界得以运转的动力。《现实一种》中,暴力成为文本得以展开的基本形式,由无意识无目的的行为激化为一种个体意志和社会意志,由个体扩展到群体直至演变为一场社会行动。参与暴力的个人充满了超乎想象的激情,社会群体几乎是沉醉于这种暴力中,如同叙述人自我对暴力的沉醉。在整个事件的激化过程中,人的非理性、反理性的一面逐渐暴露出来,并成为统治世界的绝对力量,任何人似乎都没有力量逃避这种力量的追逐,甚至是心甘情愿地投入到这种力量的旋涡中。《现实一种》中,山岗残杀自己弟弟的过程充满了精心的算计和情感的冷漠,他似乎很欣赏自己的计划和行为,并在对弟弟的残酷折磨中感受到自己因计划成功而获得的快感。事实上,余华对暴力有一种特有的看法,他曾经说过:"暴力因为其形式充满激情,它的力量源自于人内心的渴望,所以它使我心醉神迷。让奴隶们互相残杀,奴隶主坐在一旁观看的情景已被现代文明驱逐到历史中去了。可是那种形式总让我感到是一出现代主义的悲剧。人类文明的递进,让我们明白了这种野蛮的行为是如何威胁着我们的生存。然而拳击运动取而代之,在这里我们可以看到文明对野蛮的悄悄让步。即便是南方的斗蟋蟀,也可以让我们意识到暴力是如何深入人心。在暴力和混乱面前,文明只是一个口号,秩序成为了装饰。"[②]

如此大规模的描写杀戮,展示杀戮的细节及其过程中人的精神状态,

---

① 洪治纲:《余华评传》,郑州:郑州大学出版社,2005 年,第 66—67 页。
② 余华:《我能否相信自己》,北京:人民日报出版社,1998 年,第 162 页。

在新中国文学中是相当罕见的,它自然使我们想起七十年前鲁迅对于杀戮的描写。在鲁迅的散文、小说中,杀戮出现的频率也是十分惊人的,这些杀戮的场面在鲁迅的文本中编织成为血腥的一面,同时也成为鲁迅灰色情感的极端表达。但是,鲁迅小说中杀戮场面的出现是有着明确的启蒙主义意识的,这种目的鲁迅一直没有放弃,对杀戮的描写成为鲁迅唤醒国民意识的重要手段。当然对鲁迅的这一方式,有研究者持怀疑的态度,①但这种目的导致了叙述人在文本中的基本态度是反讽的。然而余华的小说中杀戮似乎丧失了启蒙主义唤醒民众意志的目的。杀戮作为构建世界的基本形式因素,更具有存在论上的意义,而叙述人写作的目的之一就是要将这种因素表达出来,这使得叙述人似乎在刻意追逐对杀戮的描写,刻意展示杀戮的细节,并使杀戮的表达更加直接刺激人的感官意识。而杀戮行为背后的社会性因素,或其他更复杂一些的因素,则被叙述人忽略掉了。这使得杀戮在获得了普遍性价值意义的同时,丧失了其历史具体性,同时也丧失了历史和现实的深度。杀戮本身就是原因,此外什么都不是。

余华的这一写作方式十分极端,几乎是普遍性地出现在他20世纪80年代的写作中,这里面当然有对西方现代派的模仿,如卡夫卡、陀斯妥耶夫斯基等等,但这并不是最主要的因素。余华似乎对此也有所察觉,并在日后反思了自己当时的写作,这使其写作在风格上发生了很大的变化,也使文本中暴力和死亡的意义发生了转变。当然这是后话,已经不是本文讨论的范围了。

## 第四节　人性的悲凉

刘恒曾经讲过:"我看人看事比较悲观,这是我的毛病。传染到小说里,悲观会加重,难免宣泄,也难免恶嘲。"②刘恒的这种态度可能已经成为他小说的一个标志,尽管这句话出自新世纪开始之时,却也在其20世

---

① 参见王德威《从"头"谈起》,王德威:《想象中国的方法》,北京:三联书店,1998年。
② 刘恒:《拳王·后记》,见《拳王》,北京:解放军文艺出版社,2000年,第246页。

纪80年代的写作中体现得淋漓尽致。刘恒似乎善于在一种极端的状态中考察人的本性,在放大人的某种精神状态的同时,也同时放大了人内心世界中所隐藏的一切秘密。在个体和世界之间的紧张关系中,刘恒努力发掘的不是对个体和世界的拯救,而是展示其中所隐含的种种荒诞性和悲剧感。而作者也似乎在冷静的笔墨中玩味这种荒诞性和悲剧感,并在这种玩味中加上一笔嘲弄的色彩——如同他后来所讲的。我们现在就以刘恒在1987年发表的小说《伏羲伏羲》[①]为例,看一下刘恒笔下人的本性。

一

《伏羲伏羲》这个标题充满了创世纪的味道,这一点倒十分近似于王安忆的《小鲍庄》,叙述人并没有采用《小鲍庄》那种刻意模仿史书写作的模式,小说开始的句子是一种中欧混杂的语言结构,不妨引在下面看一看:

> 话说民国三十三年寒露和霜降之间的某个逢双的阴历白昼,在阴阳先生摇头晃脑的策划之下成了洪水峪小地主杨金山的娶亲吉日。

"话说"两个字是中国民间说书的一种常见语言结构,不过是引出所要讲的故事而已,但是在这个引言后面跟随的却是一个长长的定语、状语,隐藏着一个典型的欧化句式。这种中西混杂的语言模型充满了怪异的色彩,而"话说"这两个字更像是一种招牌,一个丧失了具体语言意义的招牌,后面的欧化语式已经颠覆了前面的一切。这种怪异的语言模型暗示了叙述人内在的精神矛盾,如同小说的标题一样,暗示出叙述人的虚构将是一场历险,一个东方似的招牌后面隐藏的是西方似的思考。小说题目中的所谓"伏羲"者是我国古代传说中的人物。伏羲,亦作"伏戏"、"皇羲"、"宓牺"、"包牺";传说中人类是由他和女娲氏兄妹二人成婚繁衍而成。这个题目在小说中始终是一个背景,"伏羲"二字始终没有在小说中

---

[①] 刘恒:《伏羲伏羲》,发表于《北京文学》1988年第3期。

出现过,甚至是小说结尾时缀在后面的"无关语录三则"中,也没有"伏羲"二字。这使得"伏羲"二字更近于小说开篇时的"话说"二字,它只是打开了故事,但故事的其他部分将背离它的东方式开局。

传说中伏羲和女娲的乱伦关系,从人类学的角度看,不过是昭示了人类在远古蒙昧时代中所特有的复杂的婚姻关系而已,但它成为小说得以展开的基础。"乱伦"是文学中不断反复探讨的主题,而且这个主题自中国文学进入现代阶段以来就曾被触及过。最有名的莫过于曹禺先生的话剧《雷雨》了。兄妹、母子之间的复杂纠葛构成了文化转型过程中个体生存境况的隐喻。个体深陷弑父娶母的无意识欲望,试图摆脱这种欲望的纠缠努力,却又不幸卷入到另一种乱伦的关系中。这似乎在暗示中国文化复兴所希望的新的自由个体在杀死了孕育自己的"旧"的"父亲"的时候却并没有找到拯救自己的未来,而只能陷入这种自我戕杀的精神困境中。而这个新的"个体"究竟应该是什么样的?曹禺带着这种个体生存上的疑问走进了文学的殿堂,遗憾的是,他并没有找到答案。有趣的是,半个世纪后,曹禺的问题再一次被提了出来,不过是另一种形式。而且这次提问的惨烈程度并不下于前者,但回答依然是悲观的。这似乎从一个层面上显示出,被抛入现代性进程中的现代个体并没有找到真正自我救赎的形式,没有找到自己的未来,他依然处于一种精神困惑中。

小说《伏羲伏羲》的主题似乎是十分清晰的,甚至是一种简单地对西方文化中"弑父娶母"这一乱伦主题的重复,但是当我们把这篇小说和50年前的那部戏剧放置在同一个水平面上思考的时候,我们就会发现这篇小说新的意义。或许这在一定程度上印证了那句经典命题:"重要的不是被讲述的话语,而是话语讲述的年代。"它的确促使我们思考这个主题被重复的形式,以及这一主题被重复的原因。进一步思考的话,我们会发现,话剧《雷雨》在结构上是绝对西方化的,曹禺先生并不否认自己的话剧与易卜生之间的内在关系。《雷雨》在"乱伦"的语言背后隐含着一个宗教救赎失败的语法,戏剧开始和尾声那种特殊的宗教式宁静与戏剧中间混乱、激烈的戏剧化场面之间的张力,似乎在暗示着这是一场个体救赎的行动。然而,在丧失了一切以后,个体的原罪真的可以得到赦免吗?个体真的可以宁静地面对已经陷入疯狂的人群吗?由此进一步探问,那个努力接收西方文化的新的个人,在冷静地弑父行为之后,真的能同样冷静地接收由此而带来的一切混乱和无序吗?他真的可以从那种弑父的精神解放中拯救沉沦于生存危机中的民族文化母体吗?《雷雨》的回答是没有回答,它的作者并不知道这一切的结果,他亲手制造出了这种混乱,却无力解决这种混乱。

遗憾的是,《雷雨》的思考因为各种原因被中断了,这种中断一直持续了五十年,直到上个世纪80年代,文学对文化的追问再一次激起人们对这一问题的反思。但是对这一问题的回答却与五十年前一样,并没有明确的答案。

## 二

《伏羲伏羲》向我们提出的第一个尖锐的问题是:性在人的生存中究竟扮演着什么样的角色?叙述人似乎并不掩饰自己在这个问题上的思考,尤其是小说结尾处的那三则关于"性"的引言更明确了叙述人的目的。这也使小说在语言的表层为我们提供的反思空间并不大,而且小说的主题也的确有过于明确的嫌疑。然而,如果进入文本的细微处,我们就可以看到小说所关注的并不仅仅是"性",还有这"性"的观念意识得以生成的语境。同时面对个体精神上的困惑,叙述人精确的语言描写更透露出了一种特殊的思考,并有可能使思考超越"性"的范围。

小说几乎处处都可以见到这种或明或暗的无意识描写,尤其是对杨天青的:

> 山泉从岩石缝儿里渗出来,积成磨盘大的水池,又从四周溢出去,亮闪闪地注入谷底的溪流。天青舀满了水桶,然后把整个脑袋扎进透明的泉眼。水很凉,激得头皮和五官一块儿疼痛起来。他像个马儿一样嗖地昂起下巴,嗷嗷地吼了几声,听凭脸上的水珠沿着脖子往下淌,打湿他的衣襟和衣领。他撩起袖子擦脸,看见了婶子给他打的补丁,平时不在意,而今却以为那旧布就是花朵,密匝匝的针脚便是奇异的花边儿了。

联系上下文就可以看到,这是杨天青刚偷偷摸摸行完个人的好事后到泉边打水,变成了花朵的旧布还有密匝匝的针脚具有了特殊的性意味,尤其是它是"婶子"给缝的,这就使这意味变得更加强烈,而清亮的山泉水也产生一种性暗示的味道了。应该说,清冽的山泉、打水的壮年小伙儿、花朵似的旧布还有匀称细微的针脚,构成了一个十分精微的景致,它暗示出一个青年在青春期朦胧的性意识,还有这意识中对自己暗恋的恋人的美好情感。山泉似乎已经荡涤了人的精神领域中一切的原始污秽,并使这性意识也如山泉般清冽、透亮起来;而青年勃勃的生气更显示出一种生命本能的活力和欲望,它们与山泉相呼应,共同构成了一幅近乎淳朴、恬淡的画卷。美丽的王菊豆如同那旧布般的花朵一样,处于自在的状态,她完全外在于整个事件,甚至此时她根本就未曾想过自己侄子的所作所为中所暗含的原始杀气。她不知道一切已经发生,而且这发生的一切完全超出了她的个人预期,并将给整个世界带来灾难。小说接下来马上就开始叙述杨天青几乎是龌龊的行为,甚至让后来的王菊豆都深感不齿。

因此,这画卷背后隐含着一种无法逃避的危机,杨天青暗恋的是自己叔叔的妻子;并且由于这暗恋使他对叔叔逐渐怀有一种刻骨的仇恨。同时与杨天青健壮的身体相比较,这个人的行为却如此地猥琐不堪,他的心理世界的发展已经超出了他的形象。对性的渴望还有对这渴望的压抑逐渐成为杨天青心理世界中尖锐对立的两极,它们彼此纠缠,并由此塑造了杨天青在道德天平上所具有的劣势地位。他无法直面自己的叔叔,更无法直面自己的"婶子",尽管在心里他曾经"杀"了残暴的叔叔多少次自己也说不清了,但一进入现实世界,杨天青就丧失了自己。表现在性格上,这个青年人沉默寡言,甚至憨厚得有些丧失了基本的智力能力。他完全屈从于叔叔的淫威,哪怕是自己心爱的"婶子"在遭受叔叔的暴虐对待时痛哭号叫,他也只是在心理世界完成了对叔叔的戕杀。杨天青的这种特殊的木讷也成为一把保护伞,使得他在长时间内一直将自己隐蔽得很好,直到他死的那一天。

不错,杨天青几乎是本能地周游在自己的想象世界和现实世界中,想象界为他提供了欲望得以实现的一切可能,在隐秘的个人空间中,他毫无顾忌地发泄着青年身体中过剩的欲望和精力。他过得很好,想象界的一切为整个现实界能够顺利运转提供了基本的保证。但杨天青自己并没有将想象界的一切转化为现实的勇气和力量,面对现实界森严的等级关系和伦理法则,杨天青只是一个恭顺得过了头的窝囊废,此外他什么都不是。而对想象界的破坏将会给这个欲望勃勃的青年带来什么呢?一切似乎都是现成的,但一切又都处于未知的状态中。王菊豆,这个想象界中的欲望客体,当她突破了杨天青的想象成为现实时,个体欲望的巨大破坏力量终于展示了出来。杨天青几乎是被动地接收自己"婶子"爱的欲望,也是在这种行为中,他在现实界中的懦弱和无能,他的被阉割的精神状态与他在想象界中的无法无天,还有他在"性"上的勃勃生机,形成了强烈的反差。

与杨天青的软弱无能相比较,叔叔杨金山几乎无所不能,他是现实秩序的体现者,或者说他就是世界的中心,而且这个中心在相当长的一段时间内陶醉在自我编织的中心地位上。他的暴虐,他的残忍,还有他的贪婪,几乎体现在各个层面。杨金山的家如果说真的有一个"人"的话,这个"人"就是他自己。而他的侄子、他的媳妇与他那匹骡子没有什么区别,甚至还不如那匹骡子。他用二十亩良田为自己换回了第二个老婆,其目的不是为了满足自己的"性"欲望,而是为了满足自己"生"的欲望。"生"这个字是没有"心"的,而"性"去掉了"心"也就变成了简单的"生"。杨金山正是以没有"心"的心态面对自己年轻的媳妇的。这个媳妇首先是生育工具,杨金山的目的就是要在自己有限的岁月中通过那个年轻的富有活力的躯体去"造"出尽可能多的生命来,这既是杨金山努力奋斗的目标,也是杨金山所有生命价值意义的所在,更是杨金山生命中永恒的焦虑所在。

然而充满了荒诞色彩的一点就是,在现实世界中无所不能的杨金山恰恰在"性"上是全面的无能。而王菊豆不过是其性无能的外化形象。这一切杨金山并不了解,只是当他侄子的生殖器几乎是示威似的悬在他眼前时,杨金山才感受到身体和心理上的双重绝望。而在这以前,杨金山一直认为自己是无所不能的,而且他在现实世界中权威的至高无上性更强化了他的这种认识。小说深刻的地方就在于,杨金山不仅仅是一个族群的象征符号,不仅仅是一个等级秩序的象征符号,不仅仅是一种观念意识的象征符号——如果小说真的还在从这个角度思考杨金山,那么这部小说不过是二三十年代那个话剧的重写,并没有什么更现实的意义,而且这种重复甚至可能无法达到前人的高度。杨金山这个人物形象更深刻的意义就体现在,这个权力符号的集大成者却在身体层面上存在着先天性的缺失,并由此暗示出这个符号所面临的彻底绝望的境地。他无法克服这个先天性的缺失所带来的"种"的灭绝的困境,而这也构成了杨金山行为和言语层面上最主要的焦虑。制造出一个后代来,杨金山将这种焦虑转嫁到他的妻子身上,并让他的妻子成为个体焦虑的传达者。但杨金山绝对没有意识到,他越是残暴地对待自己的妻子,就越是表现出他无能的一面;而他越是无能,也就越是体现出一种符号价值规范的不可救药。遗憾地是,这个丧失了"生"和"性"双重能力的符号并没有真正死亡,它是一具僵尸,它虽然是一个"死"的形式,但它依然以一种无形的方式实现了对世界的统治,所有的人依然生存于这具僵尸所体现的价值规范下。这才是杨金山的价值所在。

在杨金山近乎绝望的行为和粗砺的言语背后,隐含着个体面对现实的另一面时的绝望和孤独。从这个意义上看,杨金山是首先"死"在自己的手里的。他自己在不断地戕杀自己的身体,并逐渐过度到意识层面,他在对妻子的绝望的暴虐中戕杀自己。遗憾的是,杨金山对这种自我戕杀的觉悟来得太晚了,而恰恰是他妻子和侄子的行为——超越现实世界规范的行为,给予了他最后拯救自我的契机。

## 三

小说以菊豆和杨天青冲破限制发生了身体接触开始,进入到了第二部分。在这一部分中,以前明确和清晰的等级秩序颠倒了过来,这种在"五四"文学中常常被描写为一场解放的行为,在刘恒的笔下则呈现为一场灾难。这可以说是对"五四"个体自由与解放神话的嘲弄和背叛。对比一下我们在前面提到过的曹禺的《雷雨》的话,就更可以看出来。《雷雨》中的确存在着一种控诉的声音,并由此激起人们反思和批判的社会政治激情,然而《伏羲伏羲》所体现出的更多的是一种荒诞和无奈。乱伦的主题下,叙述人试图思考的是乱伦这种行为由此带给具体的个体在精神上的压力和困惑,以及思考人的精神世界对外在世界压力的承受限度,还有个体如何才能在这种外在的压力下获得存在的合法性。而《雷雨》则不然,乱伦的主题下隐含的是个体对幸福、解放的乌托邦想象,还有这一想象破灭的形式。由此个体的悲剧性命运与自由意志的神圣不可侵犯的启蒙主义要求必然联系在一起,并成为话剧的深层话语形式。然而这一切都不可能在刘恒的小说中找到。我们看到的是彻底卑微的个体,这个卑微的个体所思考的不是"解放"的问题,而是生存的问题;而"自由"这个概念只有在"生存"这个层面上才会产生它的意义。"生存的自由的限度",这或许是刘恒思考的主题,与这一主题相关联的是,个体在生存中的各种欲望,还有欲望的实现形式,这一切在刘恒的笔下,以一种极为原始、粗暴的方式表达了出来。

的确,刘恒的小说没有那种诗性语言的激情,语言在生存压力下变得极为残忍。而且个体似乎就生活在这种残忍中,尤其是当个体的残忍与周边环境的残忍成为个体无意识,并塑造了个体的行为以后,这种残忍就变得更加可怕。《雷雨》则不然,曹禺在努力通过语言的诗意性编织塑造出一种超越现实的力量,这也使《雷雨》的语言在获得一种批判性的同时,还获得了一种悲剧感和神圣感,而诗性语言无疑是塑造这一力量的修辞手段。在刘恒的笔下诗意性语言偶尔会闪现出来,如我们在上面曾经举过的例子,还有对王菊豆和杨天青野合的场景的诗意描绘:

> 仰下来见的是金子铸的天空,万条光束穿透了硬的和软的一切。俯过去见的是漫山青草,水一样载着所有冷的和热的起伏漂游。不相干的因子快速的触击达成牢固的衔接,就像山脉和天空因为相压相就融汇出无边的一体。

这可以说是叙述人难得的礼赞,这也是对生命中蕴涵的原始激情的肯定,还有那挣脱了一切羁绊束缚后的自由。然而叙述人接下来的语言马上变得粗鄙了许多,高高在上的太阳刚才还充满了火热和光芒,让整个世界如同金碧辉煌的天堂，一会儿，它就变成了彻底的黑色，变成了烤焦了的山药蛋，变成了剥下来的母猪的皮毛，"一切都是黑的了"。这似乎是一种暗示，一种礼赞之后的无奈和悲凉，它暗示着这"解放"之后的灾难性后果正在逐渐临近，一切都以超出人们想象的形式进行着，而且成功获得的一切将转化为对个体的惩罚，而那最应受到惩罚的人，则最终成为了胜利者。

杨天白的出生对水深火热中的王菊豆来说，不啻为一种拯救。然而在对这个新生命的命名上，却体现出了人类伦理价值的荒诞色彩，这种荒诞性首先来自于杨金山—杨天青叔侄规定的伦理秩序，来自于这个秩序中的两个不同辈分的人却拥有同一个女人。杨天白是杨天青的儿子还是他的弟弟？是杨金山的儿子还是他的侄孙？杨天白身份的荒诞性究竟来自于何处？是现实是荒谬的还是那规定了现实的伦理秩序是荒谬的？无论这里面隐藏了多少悲凉，多少不公，多少苦痛和无奈，"杨天白"这个名字清楚地宣告了他在这个世界上的身份，他是他亲生父亲的弟弟，是他爷爷辈分上的儿子。语言的命名力量在这里产生了前所未有的强制作用，并迫使现实中的每一个个体屈从于语言的力量，而且不得不按照语言所规定的秩序继续生存下去。不管那次野合充满了多少对个体自由和解放的乌托邦向往，也不管那次野合将积压在个体内心深处的欲望多么尽致淋漓地宣泄了出来，也不管那次野合充满了多少欢乐与苦痛，现实无情地改写了个体行为所具有的一切意义，并宣判了那次行为的非法性。而杨天青和王菊豆在现实面前屈辱地低下了头，不得不低头面对"杨天白"这个名字所具有的强大力量，它意味着不可更改的秩序，不可撼动的个体权威的力量，还有那不可触摸的伦理道德界限。而在欲望的驱使下越界的个体所面临的将是无情的惩罚和放逐，那些脆弱的生命是否真的有力量去承受这种被群体驱逐、冷落、嘲弄、侮辱的生存困境？是否真的敢于为了生命的欲望、为了个体自由而大胆反抗？

人性解放的意义当然是不容置疑的，但解放之后的灾难性后果同样是不容回避的。杨天青太清楚这一切了，他的屈辱，他不得不装出来的憨厚，还有他面对公众时的木讷，都表明了这个个体为了生存所付出的巨大代价,他不得不与自己的婶子/妻子王菊豆生活在阴暗的世界中,生活在没有阳光的世界中,生活在不被承认的世界中。而那个丧失了性能力并因此而丧失了作为一个男人、作为一个丈夫权力的杨金山,在洞彻这里面的一切秘密后,在曾经试图杀死自己的婆娘,在试图杀死那个"儿子"后,在一再被自己的侄子摆弄得像个布娃娃后,突然间发现了自己是真正的胜利者,他依然赢得这个世界,依然掌握着这个世界的秩序,尽管背叛他人满足了自己的欲望,尽管他表面上平静如水的家庭秩序下危机四伏,但他赢了,面对自己的老婆和侄子,他是最后的赢家。其原因就来自于那次无意识的"命名"。而他的"儿子"又是如此忠实地将自己放在一个"儿子"的地位上,如此真实地维护着做"儿子"的天理伦常,这使得行将朽木的老头杨金山在生命的最后时刻感受到无比深刻的快意。他不再反抗,甚至听凭那对奸夫淫妇当着他的面做下去,但他却明白,他们是在真正地实施自杀行为,而且从他们将身体的欲望转化为现实的行动那一刻起,他们就走上了自杀之路。在迈向冥界的那一刻,老头杨金山无比的安详,那安详是洞悉一切本相后的宁静,他似乎看到了大千世界的真如法相。尽管临死前他对自己的侄子依然"杀"字当头,但那"杀"字中充满了嘲弄,充满了胜利者的豪情,因为真正"杀"杨天青的,正是老头临死前说出的"天"。

"天"是真正不可撼动的道德秩序,是僵尸得以继续实现统治的根源。这一思考恰恰是"五四"自由意志和个体解放的空白所在——革命可以不断发生,但"天"却难以更改。

## 四

如果我们真的将杨天青的行为视为一场弑父娶母的激情行为,这行为中充满了个体的悲壮和酣畅淋漓的快感的话,那么杨金山的死则意味着这次行动最终获得了胜利,并应该是一次真实的凯旋。遗憾的是,胜利者并没有表现出其应有的喜悦,倒显得猥琐了许多。"父"终于被杀了,但弑父者并没有因此而获得解放,无名无形的"父"依然存在着,而那个"父"的继承者,一个尚未被扶正而且在身份上有些非法的"儿子"却已经自觉而自愿地投入到捍卫"父"之名的行动中了。胜利者因此而变成真正的失败者,他不仅失去了生存的权力,而且失去了天理伦常的道德支持。对比一下《雷雨》,我们就会看到杨天青的失败所具有的价值意义。在《雷雨》中,"父"的形象周朴园尽管在现实秩序中获得了胜利,但他同时失去了一切,失去了秩序得以体现自己权威的一切现实形象。周朴园不仅妻离子散,而且失去了一切道德支撑,他不得不接受世界的审判,并且以一个被世界否定的形象出现在世界中。而他的儿子周平,尽管失去了生命,却实施了一次真正的弑父行动。他以自己的死完成了对父亲权威的解构,并且撼动了那个伦常秩序,他使那个秩序的颠倒成为可能。而那个秩序也是如此脆弱,它经不起任何考验,任何打击,任何反思,几乎是一夜之间就失去了统摄世界的力量。个体之死换来的是个体真正的自由和幸福的可能性,在一个破碎的世界中,获得自由的个体将拥有拯救世界的力量。这就是《雷雨》的宣言,这宣言摧枯拉朽,是"五四"运动解放和自由的号角在20世纪30年代的回声。它撼人心脾,充满了启蒙主义的政治激情;在个体毁灭的鲜血中诞生的是一只崭新的凤凰。遗憾的是这一切在半个世纪过去后却烟消云散了,《伏羲伏羲》中,弑父行为带来的不是个体的解放,不是个体的自由,更不是"父"的秩序的颠覆,而是个体的毁灭。"父"的秩序岿然不动,似乎在嘲弄所有的弑父者,而那个曾经充满激情的解放者不仅卑贱无能,而且没有任何救赎世界的激情——他连自己还没救出来呢,他的经历只是在说明他的一切行为所具有的悲剧性和荒诞感,还有无法抗拒的价值虚无色彩。

我们不得不承认,五十年后历史被以另一种面目书写,而且这是一场真正的悲剧。《雷雨》的悲剧性产生在戏剧之内,而在戏剧之外演绎的是一场社会历史的喜剧。《伏羲伏羲》的悲剧性不仅体现在小说结构之内,而且也是社会性的。它的叙述者似乎洞察到革命行为的荒诞性,革命似乎只是在改变人们的行为方式,却并没有改变人们的思维模式,这个模式是如此强大,甚至流血也无法改变它的法则和秩序。而个体在整个秩序结构中只是扮演着一个微不足道的小角色,他无力改变世界,那对个体而言是一个遥不可及的梦想,他甚至无力改变自己。杨天青只是在梦想中变得强悍,只是在世界的阴影中才显得更有力量,失去了这个阴影的庇护,杨天青几乎什么都不是。杨天青不是在书写历史,他不过是被历史书写,或者更准确地说,他是历史书写中的一个意外,而且很快就会被历史遗忘。洪水峪中的乡亲很快将杨天青的死遗忘在生存世界之外,当然,按照伦常秩序给他的死一个合理合法的说法。然后就是荒冢,是每年清明那如唱戏般的哭声。杨天青到死也没有得到秩序的承认,他与菊豆的第二个儿子还是"天"字辈,还是他的弟弟!而他在洪水峪历史上的不朽传奇并不得自于他的悲苦经历,而是得自于他死后向世人展示出的那个硕大的外生殖器,他以"本儿本儿"的形式流芳千古,这似乎更具有喜剧色彩,而"本儿本儿"背后的一切都已散落在荒冢野地之中了。小说的结尾收得极其闲散,似乎是一种不经意的行为;也是在这种叙述的"不经意"中,以前曾经被叙述人讲述的一切被流放掉了,人们可以尽情沉浸在对杨天青"本儿本儿"的玩味中,还有那颇富戏谑性的欢乐场景中。

## 第五节　个体的沉沦

池莉的《烦恼人生》开创了小说写作的新天地——关注普通人的生存体验,关注个体的日常经验。但《烦恼人生》毕竟还存着一种对生活的希望,或许是作者自己也感到了这种写作中的忧郁氛围太浓了些,在随后的文字中,池莉开始以另一种姿态书写普通人的世界,而《太阳出世》似乎意味着叙述人对普通人生存的一种改写,也是叙述人新的希望的凝聚。但她对普通人日常生存的悲观情绪却在其他一些小说家的笔下被承继了下来,在刘震云的《单位》和《一地鸡毛》中,这种悲观情绪表露无遗,[①]这两部小说中的悲观情绪更浓烈,它书写的是日常生存的压力是如何重新塑造个体价值并导致个体沉沦的。

一

刘震云似乎十分善于把握个体在面对一个无形无名的权力结构时所

---

[①]　刘震云:《一地鸡毛》,刊载于《小说家》1991 年第 1 期。

表现出来的无奈和苦痛。在其早期反映青春记忆的小说《塔铺》中,参加高考的"我"就处于这样一种痛苦中。"我"的女朋友李爱莲因为家庭的贫困和为了给父亲治病而不得不嫁给了一个富裕户,她放弃了参加高考,也放弃了对"我"的朦胧爱意,这对"我"不啻于是最强烈的打击。贫困还有疾病如同梦魇一样折磨着所有的人,尽管高考给人以改变命运的希望,但在这条通往希望的路上,"我"旁边的同学一个个倒了下去,"磨桌"、"耗子"、王全……他们不得不屈从于现实的残酷和无情。

在另一篇小说《新兵连》中,在新兵训练过程中,我旁边的战友一个一个因为各种原因被淘汰了出去:"老肥"因病被退掉,最后在家乡自杀;而"元首"为了能在新兵分配时得到一个好的位置甚至告密、出卖朋友,但最后他只是去了连队的菜地;班长李上进一直想在退伍前入党,但在组织的一再考验下,感到希望渺茫而向连指导员开枪,最后被抓走;而最让全连羡慕的王滴虽然如愿去了军部,但只是去伺候军长瘫痪了的老娘……最后我不得不满怀着痛苦而失落的心情离开了新兵连。

这些小说中的主人公"我"是整个事件的参与者,同时也是事件的观察者,但不是一个积极的干预者。"我"没有干预事件的能力,在整个事件中也时时处于个体生存和发展的危机中,在面对各种突如其来的事件时只能表现为束手无措,只能任其自然,由其发展。"我"除了会用些不痛不痒的话安慰一下他人外,几乎拿不出什么有效的方法去面对和处理这些危机。在更多的情况下"我"只是在努力拯救自己,同时忍受着丧失亲朋好友的各种苦痛。也因此这个主人公"我"是外在于事件的,这似乎也暗示出叙述人对待世界的一种比较悲观无奈的态度——个体所面对的并不是具体的事实,个体所面对的是一个强大的权力结构;也是在与这个结构的对比中,个体表现出的只是自己的渺小和卑微,而权力结构背后隐藏的一切则如同谜一样控制着整个事件的发展。也是在这个意义上,刘震云的小说有些类似于卡夫卡的小说,但远没有达到后者的高度。卡夫卡的小说考察的是个体在一个抽象的权力结构中的生存状态,这个结构对个体的压制、控制,它的强大无形使得个体的生存在本体上产生一种荒诞感、虚无感;也是在这样一种状态中,个体的救赎失去了一切可能性,同时个体的绝望态度也使个体对世界的批判和否定达到了极致。卡夫卡不是外在于这个世界的,他内在于这个世界之中,甚至可以说他就是那个世界绝望的形象和符号。刘震云的小说中,"我"总是能将自己拯救出来,这使得"我"只是在描述一个似乎与自己无关的事实。卡夫卡的小说始终充斥着一种阴郁的冷色调,与之相伴随的是弥漫于全文的焦虑感和痛苦感。卡夫卡十分善于制造这种感受,它也使阅读成为一件十分痛苦的事情,阅读对个体拯救的希望一次次落空,并由于悲剧性结果的到来使得希望和等待陷入无名的痛苦和绝望中。坦率地讲,刘震云的小说无法给人这种感觉,虽然小说中的色调也是冷酷的,同时也出现了种种焦虑感,但这种焦虑和痛苦总是因为叙述人"我"在现实中的成功而得到了缓解和救治。也因此"我"对世界的认识始终充满了一种主体的分裂性,"我"处于事件之中所体验的焦虑感和"我"处于事件之外的描述的客观性之间的分裂;但这种分裂还不具有生命的本体性,它只是创作层面的分裂——即叙述主体在叙述层面上的分裂。这种分裂性的存在也使得"我"在事件中的焦虑感的生成是值得怀疑的。它似乎更多地来自于一种叙述的技巧,而不是来自于生存体验的本能。

　　刘震云对于这种叙述分裂的解决方式是彻底抹掉主体在叙述中的参与性,而使叙述完全以一种冷静而客观的方式呈现出来,通过事件呈现方式和关注焦点的变化,去表达叙述人的价值态度,其标志就是在小说中"我"的消失。小说中也存在一个关注的焦点,但这个焦点只是为小说的全知叙述提供了展开和追问的可能性,而不具备叙述学中的限制叙述的功能。如果说在以前的小说中,"我"的出现为叙述的展开提供了限度——展开小说中各个人物命运的方式是让小说中的其他人物都以各种方式与一个善良、老实、值得信赖的"我"发生联系,这在一定程度上也使这个"我"的能力十分强大,并使人怀疑"我"的可靠性——怎么什么事都跟你说?那么"我"的取消则为叙述的展开提供了更为广阔的空间,并使叙述主体有可能将自己隐藏在故事的背后。这种隐藏不同于批判现实主义将主体观念隐藏在小说叙述中的方式——后者相信历史背后的本质和价值神圣的目的论支撑。取消了"我"的叙述更"注重写普通人('小人物')的日常琐碎生活,在这种生活中的烦恼、欲望,表现他们生存的艰难,个人的孤独、无助,并采用一种所谓'还原'生活的'客观'的叙述方式"。① 这一叙述态度使得叙述人对于现实的态度也变得复杂起来,以前的叙述主体对现实所采取的批判性价值倾向也隐退了。这一点体现在其后来创作的小说《单位》和《一地鸡毛》中。如果说《单位》是这种叙述方式的开始,那么《一地鸡毛》则将这种态度充分地展示了出来。

## 二

在小说《单位》中,叙述人所关注的是个体在群体中、组织结构中的行为是如何受到各种压力的限制的,个人的情感、理想、欲望是如何被消弭掉的。《一地鸡毛》则将关注的视角转移到了个人生存的内在空间中。应该说《单位》和《一地鸡毛》是互为表里的两篇作品,都是在讲述个体精神的沉沦,个体如何从一个本来拥有雄心壮志且自以为是的人物转变为一个卑微、猥琐的小人物,同时个体不仅对这种转变没有任何批判,反而积极地认同这种转变,并从现实的各个层面、现实所发生的各种琐屑小事中,寻找这种认同的证据。

小说《单位》以分梨始、以分梨终,有学者认为"分梨"正是"分离"的谐音,这恰恰从语言游戏的层面暗示出单位中个体所处的现实境遇。② 通过分梨这样一个小事情,故事中同一科室的几个主要人物纷纷登场:小林、男老何、女小彭、女老乔、副处长老孙,还有即将升任副局长的老张。然而也是在这样一个细微的事情上,表现出了科室中人与人之间的等级关系,同时也为其身份地位的一系列变化做出了准备。去拿那筐梨的是小林和老何,女小彭和女老乔只是在积极地准备分梨,而副处长老孙则是指使小林和老何的人,原处长老张则根本没有出场,只是单位的公务员小于提了兜好梨出现时,老张的名字才出现。同时为了这点梨,人与人之间的矛盾马上以各种形式暴露了出来:女老乔来晚了些,一看大家都为了分梨已经占好了办公室里的一些东西,马上就不高兴了;同时因为分回来的

---

① 洪子诚:《中国当代文学史》,北京:北京大学出版社,1999年,第340—341页。
② 王一川:《中国形象诗学》,上海:上海三联书店,1998年,第404页。

都是些烂梨,小林和老何遭到了大家的埋怨;但一看别的科室里也一样是烂梨时,大家又马上平衡了,而去拉梨的两个司机则成为大家指责的对象。当办事员小于为老张拿来一兜好梨后,几乎没有人愿意为不在场的老张带梨:女小彭是因为被老张训斥过,尽管她家与老张家在同一个楼道里;副处长老孙本来同老张就面和心不和,而女老乔则在一边说风凉话……随后那堆好梨被扔到了屋子的角落里。一个分梨的小事引出了整个单位复杂繁琐的人事关系,几乎每个人都处在这个微妙的环境中,同时每一个人的利害关系都处在这样一张由"人事"关系编织成的网中,它们错综复杂地纠缠在一起,一个人的言行稍有不慎,就可能引发出这种冲突。

"单位"中的小林就处在这样一个复杂的关系网中,每个人都谨小慎微,都在提防他人的同时盘算着自己那点微薄的既得利益。每个人都在利益的面前张大了眼睛——这利益并不是什么重大的事件,并不是什么超乎人们想象的东西,可能就是一个暖瓶、一把椅子,甚至是一句话、一个眼神、一个手势,但这一切琐碎就构成了个体生存的全部价值所在,也构成了个体全部的意义所在。正是在这些由琐碎物什构成的世界中,个体的眼界被压迫到了最低的限度,同时也是在这些琐碎物什构筑的微妙世界中,人与人的关系也变得极为微妙。没有绝对的信任,没有绝对的朋友,同时也没有绝对的利益,所有的一切都处于一种变动不居中,都处于流动中;今天的朋友可能就是明天的敌人,而刚才还是对手的两个人马上就可能成为同一战壕里的战友。"单位"因此构成了一个"墙"的世界,一个壁垒森严的世界,一个隔离的世界,如同萨特所说的"他人就是地狱!"但这是真实的地狱,真实的壁垒。如果说萨特所说的"他人"是相对于绝对的自由而存在的话,那么"单位"中的个体则处于绝对不自由的状态中。

这样,"单位"这个词就具有了象征的意味。一方面,单位如同字典里所说的是指一个机关,一个团体,一个相对于外在世界独立的空间结构,它为每一个个体提供生存和发展的基本条件;同时它是一个整体,如同一架完整的机器。但另一方面,它意味着每一个孤立的个体,孤独的个体,意味着一种散沙一样的生存状态。叙述人将自己叙述的视角伸入"单位"的所有细节中,同时将这些细节放大,这些支离破碎的细节颠覆了"单位"带给我们的整体感。"单位"似乎不是一个给人以希望的地方,相反,它是一个对个体进行压制的结构。这个结构存在于有形和无形两个层面上:一是"单位"中从局长、处长、科长再到科员的纵向结构,与人和人之间复杂的横向网络关系,这是单位的表层结构。另一层面是单位是由语言散播支撑着的无形的关系网络,流言飞语的传播以一种超乎人们想象的速度影响着人们一天的工作情绪;同时这种流言又以各种形式参与到人们的日常生活中来。一个细微的动作甚至是一个无意识的行为都有可能通过这个语言散播的形式变成支配人命运的力量。

这种语言的能力在小说中被称为"议论",而且小说的展开就是以这种"议论"的形式进行的,而关于事件的叙述也是这种议论式的,例如老张的升迁,他与女老乔之间偶然出现的关系。小说中总是出现人们的各种"议论",这种"议论"被单位中的每一个人视为是正常的,甚至在老张被他人"议论"的时候,老张自己都认为是正常的;如果换了别人的事情,他也会参与进来。小说中几次出现对他人"议论"进行纠正的话,"老张心里清楚……","其实,老张出事并没有大家说的那么复杂,事情是这样的。"这似乎是叙述人主动参与到事件发生的进程中来,为读者澄清事情的真相。问题就在这个地方,叙述人似乎以一种公正无私的态度呈现事件"本源"经过时,事件已经被各种语言改写过了,叙述人的参与变成了对前人语言的又一次改写,谁敢保证叙述人的话不是一种"流言"的形式呢?同时叙述人的话不也是一种对事件的"议论"吗?事件到底是怎么发生的在各种语言的传播下已经变得模糊不清,尽管叙述人为我们提供了一个"正式"的、严肃的版本,但这时真正重要的是事件在"单位"这个结构中已经变得面目全非,没有人会关注事件的本来面目是什么,人们关注的是这个事件在语言流传进程中的各种"议论",恰恰是这个"议论"才是最重要的,才是"单位"影响人们行为方式、语言方式的重要依据。而单位似乎就是这样一个独特的语言结构,它是"议论"这种语言形式得以生成并存在的资源,同时也是"议论"传播的途径。每一个人都存在于这种无形的结构中,而且只有存在于这个结构中,他才有可能成为"单位"中的人。

因此,"议论"不仅是一种语言模型,同时还是一种众人窥视他人,对他人进行监视的方式方法,暗示着众人的无意识欲望。而单位中的个体并不是外在于这个由"议论"构成的网络中,而是相反,他们是这个网络的积极参与者和建构者。这个网络中的无形的话语权力关系又使得每一个人都不得不谨小慎微,不得不将自我包裹起来,如同契诃夫笔下的"套中人";同时他们又在努力窥探他人的一切,并使这一切成为议论的资源。每个个体都是"议论"的发出者,同时每个个体又都是被"议论"的对象,这意味着每一个人都处于监视他人和被他人监视,窥视他人和被他人窥视的双重境地中。而当一个个体丧失了被议论或议论他人的权力的时候,也就意味着他已经被大家遗忘。小说中这方面的典型形象就是女老乔。女老乔有一个极为不好的习惯,就是翻办公室中他人的抽屉——这实际是监视、窥探他人欲望的扩大化。但是当女老乔成为他人窥探和欲望的对象后,成为他人报复和泄愤的对象后,随着女老乔主动提前退休,她逐渐淡出人们的视野,人们也渐渐失去了谈论她的兴趣,这同时也意味着女老乔正在被大家遗忘,被大家抛弃。而当女老乔丧失了议论他人或被他人议论的权力后,没有人同情她,没有人怀念她,所有的只是人们的冷漠,还有冷漠后的遗忘。女老乔不是一个孤立的例子,单位中的每一个个体都面临着相似的命运。尤其是当他人落难时,没有帮助,没有同情,只有冷言冷语,甚至是落井下石群起而攻之的凶残。人性丑恶的一面在"议论"的四散传播中被表现得淋漓尽致。小说在结尾时写到女老乔在离开工作了32年的单位前来到单位再看一眼时的情景,一个为单位付出了一生的人最后遭遇的是人们的惊讶和冷落——她居然还好意思回来!小说没有写女老乔看"单位"这最后一眼时的心情到底是怎么样的,只是淡淡的几笔一带而过:

> 小林明白了女老乔的意思,忽然有些辛酸。他想对女老乔再说些什么,但这时班车已经快开了。小林只好一手提着一包梨,一手提着一个草篓,匆匆忙忙说:
> "老乔,再见!"
> 女老乔说:"再见!"

短短几笔写出了一个人在离开"单位"最后时刻的冷落和凄凉,而这种淡淡的笔调更从侧面衬托出了个体生存所面临的痛苦、冷落和无奈的处境。

### 三

啤酒喝下,小林头有些发晕,满身变大。这时小林对老婆说,其实世界上事情也很简单,只要弄明白一个道理,按道理办事,生活就像流水,一天天过下去,也蛮舒服。舒服世界,环球同此凉热。

这是小说《一地鸡毛》的结尾处小林在喝啤酒喝多了以后的所思所想。这个所思所想表达了小林全部的心态,他对个体理想的彻底放弃,对现实的积极认同。在《单位》中小林有一句名言:"现在这时候,崇高的话都别讲了。"一切为了生存,而且只有好好地、舒舒服服地活着才是生存的第一要义。《一地鸡毛》则彻底展示了小林的这种生存之道。

如果说在《单位》中小林只是其中的一个普通角色,只是贯穿于各个事件的一个线索,小说的主角实际是老张、老孙和女老乔那一干人等所组成的群体;那么在《一地鸡毛》中,小林变成了叙述的主要对象,而且叙述由"单位"那个公共空间进入到了小林的个体生存空间中,但这一叙述实际上让我们感受到,个体生存空间实际上是"单位"那个公共空间向私人生存领地的延伸。在《一地鸡毛》中,我们会看到个体是如何面对外在世界的压力,并将这种压力转换为个体自我的心理形式和结构的。

如果说"议论"是个体在"单位"生存的基本语言形式,那么在家庭这种私人空间中,其生存的语言形式则转换为"争吵"——这不过是"议论"这一语言形式在私人空间结构中的转换而已。《一地鸡毛》总共七个部分,几乎每个部分都会涉及到吵架:小林和老婆小李争吵,老婆和小保姆争吵,小林夫妻二人和邻居争吵、和收电费的老头争吵……各种争吵形式弥漫于小说的各个角落,充斥于各种事情中,从一块馊豆腐到老婆的工作,从打碎的花瓶到孩子上幼儿园……似乎失去争吵也就同时失去了生活的一切;而个体也逐渐习惯于这样一种状态,并使这种状态弥漫于个体的心理和行为中。小说结尾小林酒醉后的那个梦似乎已经说明了这一切:

半夜做了一个梦,梦见自己睡觉,上边盖着一堆鸡毛,下边铺着许多人掉下的皮屑,柔软舒服,度日如年。又梦见黑鸦鸦无边无际的人群向前涌动,又变成一队队祈雨的蚂蚁。一觉醒来,已是天亮,小林摇头回忆梦境,梦境已是一片模糊。

鸡毛也好,皮屑也好,既柔软舒服,又度日如年,这恰恰是小林生存境况的折射;而那祈雨的蚂蚁在忙忙碌碌中却不知道自己最后的目的,只是在盲目而麻木地向前奔跑。这个梦"显然不是那种追求深刻性的象征,而是以十分表浅的意义述说揭示出作者所理解的生存本相;生活就是种种无聊小事的任意集合,它以无休止的纠缠使每个现实中的人都挣脱不得,并以巨大的销蚀性磨损掉他们个性中的一切棱角,使他们在昏昏若睡的状态中丧失了精神上的自觉"。① 梦似乎暗示了小林的觉醒,当小林真的醒了以后,梦中的一切已然模糊。这才是最可怕的地方,它意味着小林真的遗忘了自己而沉醉于生活的琐碎中。

但"争吵"的私人空间语法不仅仅是一种表象,它更是现实生活中一切琐碎之事的语言形式。同时这些琐碎之事背后隐藏的是个体生存危机的真实。生活的可怕并不在于生存的艰辛,也不在于生存中会出现各种危机,而恰恰在于个体面对这种艰辛、面对这种危机时的沉沦的态度。当个体将生活中的这一切视为一种当然时,视为一种个体遭遇的无可挽回的现实时,个体才发生真正的危机。如同作者自己所讲的,生活的严峻并不是上刀山,下火海,生活的严峻来自于"那个日复一日、年复一年的日常生活琐事"。②

小林的痛苦并不在个体理想的失落,事实是,面对现实残酷的一面,小林开始嘲弄当初的理想。《一地鸡毛》中小林遇到以前的老同学"小李白",两个人互相嘲讽对方在大学时写诗的热情,一个问另一个:"你还写诗吗?"另一个毫不客气地讽刺道:"狗屁!那是年轻时不懂事!诗是什么,诗是搔首弄姿混扯淡!如果现在还写诗,不得饿死?混呗。"生存的要

---

① 陈思和:《中国当代文学史教程》,上海:复旦大学出版社,1999 年,第 314 页。
② 刘震云:《磨损与丧失》,刊载于《中篇小说选刊》1991 年第 2 期。

义不是出人头地,不是异想天开,生存的要义就是在人堆儿里混,什么都不想,这样是最舒服的;而小林对此则是深有同感。两个人臭味相投,一个要出去一趟,另一个则答应帮助卖鸭子,一天二十块钱。小林对卖鸭子的感觉是开始害臊后来习而惯之:"小林感到就好像当娼妓,头一次接客总是害怕,害臊,时间一长,态度就大方了,接谁都一样。"在小林的这种自我解嘲中,实际暗含着被压抑下去的痛苦,面对现实的生存压力,痛苦是解决不了问题的,解决问题的唯一方法是让生存像娼妓一样。

小说中另外一个情节同样引人深思。小林的老师来北京看病,找到小林想让他帮个忙。小林的老婆小李对此大光其火,老师不得已而离开了小林的家。小林因此十分生老婆的气,因为老师曾经救过他的命,现在因病来找他,也是不得已而为之。后来小林几乎遗忘了自己的老师,直到有一天老师的儿子给他写了封信告诉他老师已经去世,并向他表示感谢,因为在北京老师受到了小林的招待,这才又勾起小林的伤心。但随后小林所想的是死的已经死了,再想也没有用,有用的是家里的大白菜,收拾好大白菜人才能好好地活下去。小林似乎并没有考虑更多的东西,事实是这更多的东西小林也来不及考虑了。而到了上班的时候,该撒谎还是要撒谎的,因为说真话总是要倒霉的,而撒谎的倒可以升官发财。小说并没有将这些情节引入更深的层次中,只是宕开一笔接着写小林希望的舒服生活:让老婆用微波炉给自己烤半只鸡是再好不过的了。这种淡淡的笔法如同全文的叙述风格一样永远处于不温不火的状态中,而这种状态又仿佛像生活本身那样平静无聊。我们很难感受到其中的激情,事实是叙述人极力避免这种激情的存在,甚至面对死亡也是如此。这展示出的不仅是叙述的冷漠,同时也展示出生存于其中的个体对待生活和对待他人痛苦的冷漠。这种冷漠而且拒绝反思自我的态度才是最可怕的地方。

不止一个学者认为,《一地鸡毛》意味着当代中国知识分子关于自我形象的精英性和神圣性认知和构建已经无可挽回地走向崩溃,并转而积极认同市民哲学中庸俗而无聊的一切。[①] 但正是生活中那些平庸无聊的

---

① 王一川:《中国形象诗学》,上海:三联书店,1998年,第408页。

一切演变为一个无形无名的组织结构,制约并消弭着我们每个人的意志。小林和他的老婆小李也是接受过高等教育的,也曾经有过不甘于平庸的想法,两个人甚至还曾经互相激励、督促,挑灯夜读,努力想去干一番事业。但生活本身的残酷性就体现在这个地方,它用平庸和无聊消损掉你身上的理想主义激情,在无名和无形中侵蚀掉你曾经的梦想,并让生活本身的平庸和无聊告诉你生活真正的残忍是什么。大白菜、奶瓶儿、工资、洗衣服……所有的一切,这些日常行为本身浸淫着生活的一切实相,并毫不客气地告诉你生活中无意义和无价值的一面:"正是这无价值本身构成了人生的沉重,而这种沉重看起来则是极为不合理无比荒谬的。"[1]

《单位》和《一地鸡毛》都在展示一个无名无形的组织结构的存在,这个组织结构不仅仅是一个看得见、摸得着的结构,不仅仅是现实生存中个体与他人的关系,这个结构是个人抓不住、看不见的。鲁迅先生早就谈到过这种无聊和平庸的生存状况对个体的腐蚀,具有精英意识的个体在拯救世界的过程中不是被看客们所理解,而是成为看客们欣赏谈论的对象,成为看客们满足自己私欲的谈资。这些看客被鲁迅描绘为一个无名的杀人集团,他们在杀害他人的同时,也在吞噬自我。刘震云的价值在于,他描写了原来具有启蒙意识的精英分子积极投身于看客的群体中,努力让自己转化为看客中的一员,在积极认同看客们的价值观念的同时,自我贬低,自我诋毁,嘲弄自己的理想和价值,并拒绝主体的反思意识。如同有评论指出的,《单位》中一群人在一起吃烂梨是一个象征,它意味着生活和灵魂的双重糜烂,中国的知识分子在这个象征中表现出来的不是担当社会苦难的献身精神,而是对这苦难的逃避和对逃避的积极认同。"也许苦难与担当苦难这本身就有几分高贵感,而我们因为没有担当,所以也就没有了苦难。我们所拥有的只有糜烂,我们就是糜烂本身。"[2]或许可以说对这种无名无形的组织结构的描写和挖掘就是刘震云小说的意义之一,这也可以说是对"五四"精神的一种承继,当然是在新的意义上。

---

[1] 陈思和:《中国当代文学史教程》,上海:复旦大学出版社,1999年,第316页。
[2] 摩罗:《大作家刘震云》,见刘震云:《刘震云》,北京:人民文学出版社,2000年,第8页。

# 结　语

自从韦勒克和沃伦将文学研究划分为外部研究和内部研究这两个基本组织结构以来，文学研究就再也没有出这两个圈子，它也几乎日渐演变为一个二元选择的过程——要么承认自己是外部的，要么承认自己是内部的。关注作品的组织、结构、语言、风格等等均被纳入到内部，而关注文化、历史、思潮和素材等等则被归入到外部。[1] 这个格局影响深远，一直到今天依然左右着我们对文学研究的理解。韦勒克和沃伦功不可没，没有那本有名的《文学理论》的引进，我们对文学研究的思考可能在相当长的一段时间中还局限在现实主义反映论及其话语模式中；同时他们对于文学及其研究的这种区分也给我们带来了一些负面影响。例如，在20世纪80年代出现了一个有趣的概念，这就是"纯文学"——这个概念给了我们一些特殊的想象，就是似乎还有"不纯"的文学，或者是比较"纯"的文学，不怎么"纯"的文学，等等。那么什么是"纯文学"呢？从韦勒克和沃伦的限定上我们不难看出，关注于文学内部的语言、风格、形式、结构等因素，并试图将其予以突出的，被视为"纯文学"，也可以被视为是"诗学"。与这一现象相呼应的是，我们还可以看到当时的一些更奇怪的概念，如"纯诗"——那就是说有些诗也是不"纯"的，或者是不怎么"纯"的。其实，这些概念的出现与当时的文学思潮试图突破现实主义文艺思想的界限有着内在的联系。现实主义关注于文学的社会历史因素，关注于文

---

[1] 〔美〕韦勒克、沃伦：《文学理论》，刘象愚、邢培明、陈圣生、李哲明译，北京：三联书店，1984年，第65—67页，第145—147页。

学的社会政治功用,关注于文学对现实生活的积极干预,等等,这种功能似乎使文学变成了一种既定的社会政治工具,从而丧失了文学之为文学的特性。而对所谓"纯文学""纯诗"之类概念的追捧无疑是为了努力突出文学的自我特征,使文学成为文学,"使石头成为石头"。[①] 这种文学自我确定的焦虑在文学史思潮的演化中具体化为文学由关注"写什么"向关注"怎么写"的转变,前者突出的是文学的社会反映功能,即文学的外部因素对文学的塑造力量;而后者则突出了文学的组织结构、形式特征、语言风格等内部因素。通过这种区分形式,似乎文学的问题就可以解决了;而文学也被划分为两个十分简单的阵营:要么是审美的,要么是社会的。

事实上,文学的"写什么"和"怎么写"之间的界限一直并不清楚,这不是反映在理论思考上,而是反映在具体的文本实践上。如同我在本书"序言"中提出的问题:文学文本的内部构成因素与文化语境之间是以什么样的形式组织到一起的?我们会看到,被视为是现实主义的文学产品其内部构成之间存在着巨大差异,而具有先锋色彩的文学产品也没有远离支持它的现实世界。在理论世界中被区分得一清二楚的问题在文本世界中却是如此复杂地纠缠在了一起,所谓外部和内部之间的水火不容其实始终试图以水乳交融的方式组织在文本结构中。而所谓"写什么"和"怎么写"的区分与其说是一种文学实践,不如说是一种理论想象——我们当然不是在否定这种区分的时代意义,尤其是它对文学认识的推动作用,而是想说明这种区分中所隐含的时代局限。严格限定文学特征的结果只能是将文学置于死地,文学应该而且只能存在于语言和现实的模糊界限上,它的开放性给予它向前发展的动力,并不断丰富其作为文学的特征;而它的内向性又使它得以与政治、宗教等相区别。

例如茹志鹃的小说《剪辑错了的故事》可以被视为是典型的现实主义文本吧,我们在前面的分析中,已经看到了其内在结构的独特性。在叙述人刻意打破时间线性逻辑的努力中,并没有排斥反映历史的真实的追

---

[①] 〔俄〕维克托·什克洛夫斯基:《作为手法的艺术》,见什克洛夫斯基等:《俄国形式主义文论选》,方珊等译,北京:三联书店,1989年,第6页。

求。相反,叙述人努力让自己的主观思考与具体的历史语境相结合,其目的就是为了强化文学的现实批判力量,这也是叙述人采取时空交错的叙述结构的重要目的。《剪辑错了的故事》如果说在形式技巧上还显得雕琢气十足的话,可以被视为其姊妹篇的《草原上的小路》则很好地解决了茹志鹃的语言风格和小说形式之间的矛盾,二者合理地结合在了一起,而且其理性思考的深度也超过了《剪辑错了的故事》。如果说对社会文化批判的要求促使对比性十足的时空交错的结构出现在茹志鹃的小说中的话,那么也是出于最大限度地反映现实的要求促使了王蒙小说中片断式语言结构的诞生,现实被最大限度地压缩成了一个个简短的语言瞬间,出现在小说文本中。我们在文本中看到的不是现实的完整形态,而是现实的闪现,这一语言特点也使王蒙的写作有些背离传统现实主义的写作法则,但我们又很难说王蒙的那些片断式语言不是现实的折射,不过这种折射的形式发生了变化。可以说文本世界的复杂超越了理论对文学的想象,而文学理论新的规范似乎就应该存在于现有理论想象的边界上。

同样是"现实主义"的概括,但这个"现实主义"与对传统文化的复归联系在了一起,这使得汪曾祺的小说在形式和语言风格上与前面两位作家相比发生了变化。语言空白的塑造赋予语言以新的想象空间,但这空间不是像茹志鹃和王蒙那样指向现实和未来,而是指向过去;同时在小说形式上又不是注意小说故事性、人物性格的发展变化或复杂性、典型性的塑造,而是注意小说内在节奏、韵律的控制,这使得汪曾祺的小说在"现实主义"文学阵营中别具一格。高晓声的《陈奂生上城》在形式上也与汪曾祺的《大淖记事》具有相似性,对"节奏"感的追求使得两篇在语言风格上相差很远的小说在总体结构上却形成了一种相似性,并在形式结构上打破了经典现实主义对于小说形式的追求。这在新时期的小说创作中似乎也是一种潮流,我们会看到在贾平凹的小说中,存在着类似的现象。在这样一种潮流中,这些不同类型的小说都被纳入到了"现实主义"的范畴中,而"现实主义"这个概念——或者说是自20世纪50年代起就一直被建构起来的关于"现实主义"的理解,不是得到了强化,而是遇到了挑战,这尤其体现在上述作品关于小说形式的思考和实践中。

如果说以上各个作品所关注的依然是"写什么"的问题,那么1985年从"寻根文学"开始,"怎么写"得到了突出,很多作品都开始注意小说形式对于小说的构成作用,这里面最具有代表性的莫过于马原小说的形式探索了。但我们在前面的分析中可以看到,在马原所谓的"叙述的圈套"中存在着一种新的文化价值观念,马原所采取的新颖的小说叙述形式与这种文化观念存在着内在的统一性,冈底斯作为被看的"对象"所呈现出的纷繁芜杂和它作为自在的世界的美丽之间所形成的张力,通过小说的叙述形式表现了出来,并在小说内部形成了两个处于对比关系的结构。遗憾的是马原对于叙述形式的过分迷恋在一定程度上遮蔽了小说结构中的积极含义,并使自己塑造的那个结构也处于被质疑的位置上。与马原不一样的是,韩少功和王安忆对于世界的思考都不约而同地投向了历史,这与"寻根文学"的总体思路存在着内在的联系。他们都努力在文本世界中思考历史和现实之间的关联所在,而在对历史传统保持一种景仰的同时,却对现实持一种相对悲观的态度。这在小说文本形式上表现为关于现实的叙述总是在支解关于历史的叙述。历史似乎永远处于现实的缝隙中,但它的可靠性又总是受到各种因素的质疑,也因此历史在两位作家的文本世界中总是以"神话"的形式出现,它似乎是可有可无的,而现实强大的力量则将历史中的一切神圣和崇高流放到了不可触摸的世界。小说文本为了强化这种对现实的反思力量又将现实安置在一个相对封闭的环境中,一个无法合理地同外在世界建构起积极的联系的世界中,现实因此产生了对个体强大的压迫性力量,在这样一个世界中,不是个体在改变世界,而是世界在塑造个体。而现实不是对历史荣光的承继,而是历史衰败的影子。可以说,韩少功的《爸爸爸》和王安忆的《小鲍庄》具有这种形式和价值取向上的相似性并非偶然。

我们可以看到莫言的小说《透明的红萝卜》与王安忆和韩少功小说的相似之处表现在小说叙述的主要形象是一个孩子。莫言十分注意将孩子看待世界的视角纳入到小说的整体结构中,并与小说整体上的成人视角叙述形成了反差。孩子的世界总是处于成人世界的间隙中,总是在不经意中被描述出来;同时,孩子世界的透明、丰富、色彩斑斓也与成人世界的晦涩、单调、乏味、枯燥、压抑形成对比。孩子的世界总是受到成人世界的干扰——哪怕是善良的意愿,我们由此可以感受到叙述人对一个失去的世界的缅怀,它不是存在于叙述人的回忆中,而是存在于现实与成人世界对他人的挤压和侵犯中。《透明的红萝卜》因此是一个逝去的世界,但小说的伤感情绪在过于强大的成人世界的冷漠中消失殆尽。王朔的小说《顽主》则表现了另一种对待世界的态度,调侃、戏谑、玩世不恭,与这种态度相呼应的是小说在语言风格上尽可能少用书面语,主要以日常口语为主,口语甚至成为推动小说情节发展的动力。在王朔排斥书面语的写作态度中隐含着他对既定知识分子价值观念的反抗,同时也是在刻意消解文本世界中诗性价值的建构;这与莫言小说通过孩子的眼睛塑造一个不同于现实的诗意世界形成了反差。

"怎么写"的进一步发展是20世纪80年代后期在文坛上出现的所谓"新写实"写作思潮。这一思潮的最大特点是开始关注叙述主体的态度、价值取向、呈现方式等问题。而这也形成了作品在叙述上与同样具有先锋色彩的"寻根文学"的最大不同之处。与前一个阶段的文学写作相比,这些小说中的叙述主体不是无所不能的,而是丧失了对世界言说的权力,这突出地表现在刘震云的作品中。无论是《一地鸡毛》还是《单位》,小说中的叙述人尽管也会跳出来给大家讲一下事件本来的经过,但这种讲述不仅充斥着无奈,还因为小说塑造的特殊语言氛围而使叙述者的讲述遭到了质疑,叙述人试图还原事件本相的努力也在这种质疑中流失了。面对这种状况,叙述人毫无办法,他只能看着事件的发展,看着自己笔下的主人公一天天衰败下去。叙述主体悲观色彩最为鲜明的莫过于刘恒了,《伏羲伏羲》所展现的世界不是一个抗争的努力获得胜利的世界,而是一个抗争的努力不仅遭到了失败,还遭到了人们戏谑和嘲弄的世界。个体在既定的秩序中没有任何反抗的能力,他只能苟活于秩序的阴影中,而时间的更迭并不表明世界的进步,它只在表明世界依然以既有的方式存在。在这样一个秩序中叙述人能做什么呢?事实是,他什么都没做,他甚至连批判的勇气都丧失了,我们感受到的只是他无奈甚至自嘲的声音。

在池莉和方方的写作中,前者小说中叙述主体的无奈和后者小说中叙述主体暧昧的态度都使我们印象深刻。在《烦恼人生》中，我们可以感受到叙述人对印家厚的认同态度，这使得叙述主体也处于一种被压抑的状态中，印家厚对自我欲望和理想的流放和逃避意味着叙述人自我理想和精神的失落。这个叙述人没有新时期初期现实主义文学中那个叙述主体强烈而自觉的批判精神，没有那种积极而蓬勃的社会意识和救赎精神，相反，他意识到对自我的拯救都是困难的，何谈拯救他人和世界？与池莉这种消极态度相呼应的是方方小说中叙述主体对于自己态度的隐瞒。方方塑造了一个只管"看风景"的主体，但这个主体是怎么看的？为什么看的？方方一概不交代。方方小说中叙述主体对待世界的冷漠态度使他与小说中的人物拉开了距离，这与池莉小说中那个叙述主体对主人公价值的认同态度形成了一定的反差。

　　在这一点上，余华小说《现实一种》中的那个叙述主体则与《风景》中的叙述主体具有一定相似性，即他们都不再关注叙述主体自己的价值，而只专注于呈现这个世界的样子。同时余华的叙述主体对于文本世界中那个暴力场景的描述似乎还持一种欣赏的态度，我们只是在余华小说文本之外，通过作者本人的讲述去感受到作者的批判态度和价值倾向。在这一点上，方方与余华具有相似性。这似乎意味着，这些作品中叙述人的价值取向并不存在于文本世界中，而是存在于文本世界和作者本人评论的互文性关系中。这也同时意味着，文本世界的意义呈现越来越复杂，文本似乎是自足的，但关于叙述主体的价值态度，却表明文本的残缺性存在。

　　新写实潮流中叙述主体态度的变化与其说是"寻根文学"等先锋文学思想观念的延伸，还不如说是对它的反叛，它意味着作家更深刻地意识到自己在整个社会结构中的价值和意义，作家不是世界的拯救者，文学不是建构民族现代性的苦口良药。这也是为什么许多作家都不约而同地放弃了新时期初期文学文本内部那个激昂的、富有批判色彩的叙述人的原因。这的确意味着知识分子精神主体的衰落，而文化语境在国家经济改革日渐深入的进程中逐渐显示出多元化的倾向，那个试图书写乾坤的主体存在的语境日渐远去，都无疑促使知识分子开始将对世界的反思转化为对自我的反思，并重新厘定自己在世界中的位置。他不能将自己的价值意志强加给他人,他可以呈现世界,但不能为世界盖棺论定。也因此,在新写实主义"怎么写"的艺术形式中,"写什么"以隐晦的方式进入到文本内部。以前具有救世色彩的英雄逐渐为市井生活中的小人物所取代,诗意世界为琐碎世界多取代,高扬的主体为衰落的主体所取代,但在这些替代中隐含着一种清醒,一种进步。我们由此看到"写什么"并没有退出文本,相反它以更成熟的形式呈现在文本世界中,它与其他各种写作实践纠缠在一起,共同构成了那个时代的文学景观,而这也意味着一个多元化时代到来的前奏。

# 参 考 文 献

茹志鹃:《草原上的小路》,天津:百花文艺出版社,1982年。
茹志鹃:《百合花》,北京:人民文学出版社,1978年。
茹志鹃:《茹志鹃小说选》,成都:四川人民出版社,1983年。
茹志鹃:《漫谈我的创作经历》,长沙:湖南人民出版社,1983年。
王蒙:《王蒙选集》(卷三),天津:百花文艺出版社,1985年。
王蒙:《冬雨》,北京:人民文学出版社,1980年。
王蒙:《你为什么写作》(《王蒙文存》卷二十一),北京:人民文学出版社,2003年。
王蒙:《创作是一种燃烧》,北京:人民文学出版社,1985年。
高晓声:《生活·思考·创作》,上海:上海文艺出版社,1986年。
高晓声:《高晓声小说选》,北京:人民文学出版社,1983年。
高晓声:《陈奂生》,广州:花城出版社,1983年。
高晓声:《高晓声一九八零年小说集》,北京:人民文学出版社,1981年。
高晓声:《高晓声》,北京:人民文学出版社,1994年。
汪曾祺:《汪曾祺全集》八卷,北京:北京师范大学出版社,1998年。
汪曾祺:《汪曾祺短篇小说选》,北京:北京出版社,1982年。
汪曾祺:《晚饭花集》,北京:人民文学出版社,1985年。
汪曾祺:《汪曾祺小说经典》,北京:人民文学出版社,2005年。
韩少功:《飞过蓝天》,长沙:湖南人民出版社,1983年。
韩少功:《诱惑》,长沙:湖南文艺出版社,1986年。
韩少功:《空院残月》,昆明:云南人民出版社,2005年。
韩少功:《夜行者梦语》,上海:东方出版中心,1994年。
莫言:《金发婴儿》,武汉:长江文艺出版社,1993年。
莫言:《红高粱》,北京:作家出版社,1995年。

莫言:《莫言中篇小说选集》,北京:作家出版社,2002年。
莫言:《透明的红萝卜》,北京:作家出版社,1986年。
王安忆:《王安忆自选集》(六卷),北京:作家出版社,1996年。
王安忆:《忧伤的年代》,北京:新世界出版社,2002年。
王安忆:《小鲍庄》,上海:上海文艺出版社,1986年。
王安忆:《雨,沙沙沙》,天津:百花文艺出版社,1981年。
王安忆:《王安忆说》,长沙:湖南文艺出版社,2003年。
马原:《虚构》,武汉:长江文艺出版社,1993年。
马原:《冈底斯的诱惑》,北京:作家出版社,1987年。
马原:《马原文集》(四卷),北京:作家出版社,1997年。
马原:《虚构之刀》,沈阳:春风文艺出版社,2001年。
池莉:《池莉文集》(四卷),南京:江苏文艺出版社,1995年。
池莉:《池莉》,北京:人民文学出版社,2000年。
池莉:《烦恼人生》,北京:作家出版社,1989年。
池莉:《太阳出世》,武汉:长江文艺出版社,1992年。
方方:《"大篷车"上》,武汉:长江文艺出版社,1984年。
方方:《十八岁进行曲》,武汉:长江文艺出版社,1986年。
方方:《方方》,北京:人民文学出版社,1993年。
方方:《风景》,南京:江苏文艺出版社,1995年。
方方:《奔跑的火花》,北京:新世界出版社,2002年。
贾平凹:《小月前本》,广州:花城出版社,1984年。
贾平凹:《腊月·正月》,北京:十月文艺出版社,1985年。
贾平凹:《商州三录》,天津:百花文艺出版社,1986年。
贾平凹:《商州:说不尽的故事》(四卷),北京:华夏出版社,1995年。
刘恒:《白涡》,武汉:长江文艺出版社,1992年。
刘恒:《伏羲伏羲》,北京:作家出版社,1992年。
刘恒:《刘恒作品精选》,北京:中国三峡出版社,1997年。
刘恒:《刘恒》,北京:人民文学出版社,2000年。
刘恒:《拳王》,北京:解放军文艺出版社,2000年。
刘震云:《官人》,武汉:长江文艺出版社,1992年。
刘震云:《刘震云》,北京:人民文学出版社,2000年。
刘震云:《刘震云自选集》,北京:文化艺术出版社,2001年。

刘震云:《一地鸡毛》,武汉:长江文艺出版社,2004年。
余华:《河边的错误》,武汉:长江文艺出版社,1992年。
余华:《朋友》,江苏:江苏文艺出版社,2003年。
余华:《说话》,沈阳:春风文艺出版社,2002年。
余华:《我能否相信自己》,北京:人民日报出版社,1998年。
王朔:《空中小姐》,北京:中国青年出版社,1987年。
王朔:《玩的就是心跳》,北京:作家出版社,1989年。
王朔:《王朔文集》(四卷本),北京:华艺出版社,1992年。
王朔:《我是王朔》,北京:国际文化出版社公司,1992年。
孙露茜、王凤伯编:《茹志鹃研究专集》,杭州:浙江人民出版社,1982年。
李子云:《净化人的心灵》,北京:北京三联书店,1984年。
郜元宝、张冉冉编:《贾平凹研究资料》,天津:天津人民出版社,2005年。
杨扬编:《莫言研究资料》,天津:天津人民出版社,2005年。
李星、孙见喜:《贾平凹评传》,郑州:郑州大学出版社,2005年。
洪治纲:《余华评传》,郑州:郑州大学出版社,2005年。
葛红兵、朱立冬主编:《王朔研究资料》,天津人民出版社,2005年。
刘稚编选:《那盏梨子 那盏樱桃——寻根小说》,北京:北京师范大学出版社,
    1992年。
王晓明编:《二十世纪中国文学史论》(上、下卷),上海:中国出版集团/东方出版社中
    心,2003年。
华东师范大学《中国当代文学》编写组:《中国当代文学史》,上海:上海文艺出版社,
    1989年。
洪子诚:《中国当代文学史》,北京:北京大学出版社,1999年。
洪子诚、孟繁华主编:《当代文学关键词》,桂林:广西师范大学出版社,2002年。
洪子诚:《问题与方法》,北京:三联书店,2002年。
陈思和:《中国当代文学关键词十讲》,上海:复旦大学出版社,2002年。
陈思和:《中国当代文学史教程》,上海:复旦大学出版社,1999年。
郭志刚等:《中国当代文学史初稿》,北京:人民文学出版社,1990年。
李洁非:《中国当代小说文体史论》,西安:陕西人民教育出版社,2002年。
赵毅衡:《当说者被说的时候》,北京:中国人民大学出版社,1998年。
宗白华:《艺境》,北京:北京大学出版社,1987年。
启功:《汉语现象论丛》,北京:中华书局,1997年。

〔古希腊〕亚里士多德:《诗学》,罗念生译,北京:人民文学出版社,1962年。

吴持哲编:《诺思洛普·弗莱论文选集》,北京:中国社会科学出版社,1997年。

顾准:《顾准文集》,贵阳:贵州人民出版社,1994年。

黄子平:《"灰阑"中的叙述》,上海:上海文艺出版社,2001年。

曹文轩:《20世纪末中国文学现象研究》,北京:北京大学出版社,2002年。

吴炫:《新时期文学热点作品讲演录》,桂林:广西师范大学出版社,2004年。

〔德〕海德格尔:《存在与时间》,陈嘉映、王庆节译,熊伟校,北京:三联书店,1987年。

王一川:《中国形象诗学》,上海:上海三联书店,1998年。

王一川:《杂语沟通》,武汉:湖北教育出版社,2000年。

王一川:《文学理论》,成都:四川人民出版社,2003年。

王德威:《想象中国的方法》,北京:三联书店,1998年。

何新:《艺术现象的符号——文化学阐释》,北京:人民文学出版社,1987年。

费孝通:《乡土中国》,北京:三联书店,1985年。

杨周翰:《镜子与七巧板》,北京:中国社会科学出版社,1990年。

刘俐俐:《隐秘的历史河流》,天津:天津人民出版社,2002年。

阎国忠:《走出古典——中国当代美学论证评述》,合肥:安徽教育出版社,1996年。

陶东风主编:《文学理论基本教程》,北京:北京大学出版社,2004年。

罗钢、刘象愚主编:《文化研究读本》,北京:中国社会科学出版社,2000年。

〔德〕马克思、恩格斯:《马克思恩格斯选集》(四卷本),北京:人民出版社,1976年。

〔美〕乔纳森·卡勒:《文学理论》,李平译,沈阳:辽宁大学出版社/牛津大学出版社,1998年。

〔美〕F.杰姆逊:《后现代主义文化理论》,唐小兵译,北京大学出版社,1997年。

〔美〕M.H.艾布拉姆斯:《镜与灯——浪漫主义文论及批评传统》,郦稚牛、张照进、童庆生译,王宁校,北京:北京大学出版社,2004年。

〔美〕道格拉斯·凯尔纳、斯蒂文·贝斯特:《后现代理论》,张志斌译,北京:中央编译出版社,1999年。

〔美〕韦勒克、沃伦:《文学理论》,刘象愚、邢培明、陈圣生、李哲明译,北京:三联书店,1984年。

〔俄〕什克洛夫斯基:《俄国形式主义文论选》,方珊等译,北京:三联书店,1989年。

# 后　记

　　时光匆匆,转眼之间两年已经快过去了,而我在南开的博士后研究工作也快结束了。南开给我留下了美好的回忆,这回忆不仅有马蹄湖密密匝匝的荷叶,不仅有大中路一望无尽的浓荫,还有浓厚的学术氛围、宽厚博学的师长、活泼可爱的同学……的确,南开给我留下了无数美好的记忆,而我也的确对南开心存感谢!

　　感谢文学院的乔以钢老师、李瑞山老师、王立欣老师、陈平老师、田美丽老师……最初见到他们时,很难相信他们就是文学院的领导,他们的热情、宽厚是留给我的最初印象。而与我同做博士后研究的同学相比较,我的行政手续办理时间几乎是最短的,这让所有的人吃惊!也是在这个细节上,我感受到了学院的工作效率,感受到了学院对待研究人员的认真与诚恳。在文学院从事研究工作的两年时间中,没有任何外在的干扰,这平静中既使我感受到一种高度的信任,也使我感受到一种压力——应该做出些什么来,否则的话,心里会有一种愧疚。也是这种信任督促我不断努力。两年的研究工作我的确颇有收获,而这与学院的关心、鼓励和支持是分不开的。

　　感谢文学院的王志耕老师、周志强师兄。还没有到南开大学,我曾就读的北师大的老师就告诉我,南开有王志耕老师在,他是你的学长,有什么事找他就可以。我来南开以后的确没少麻烦王老师,而他几乎不厌其烦地给予我各种指点和帮助。我的师兄周志强老师自来南开工作以后就成为我争论问题的对象,每次在一起最重要的事情就是争论,就是喋喋不休,然后是咱下次再说。这种争论不仅是愉快的,而且督促了我注意研究中的各种问题。

感谢我的师兄胡继华、陆道夫,他们不仅是我学术上的兄长,也是我生活中的兄长。来南开之后,他们的关切就没有中断过。感谢我的师姐王维燕老师,感谢她给予我的帮助和关心,她的真诚和热情给我留下了深刻的印象!

感谢北师大的程正民先生,每次谈起学问,他还是会滔滔不绝。跟程老师在一起总是能让我有新的收获,我感到在他面前仍然可以像当年做研究生时一样自由。

感谢我的博士导师王一川先生,在南开工作的岁月中,王老师对我的督促依然。可以说不仅是在研究上,还有在做人上,王老师给我的影响是难以形容的。

感谢我的博士后指导老师刘俐俐教授。我还记得刚来南开时,她冒着暑热在办公室耐心地等着我的到来;由于道路不熟我耽误了很多时间,她却没有丝毫怨言。她不仅坦诚地把还没有发表的研究成果交到我的手中,还将正在收集的大量研究资料提供给我。此外在研究进行过程中,从研究的整体思路,到研究中的许多细节,都有刘老师的悉心指点。而在我参与到这个研究进程中之前,刘老师已经在这个领域中耕耘多年,并取得了相当丰硕的成果。这无疑为我研究的顺利进行打下了坚实的基础。

最后,感谢我的父母,他们始终惦念着我、支持着我!感谢我的妻子王晓琳,我们在南开的生活并不宽裕,但十分充实!感谢我的女儿石萱仪,她快乐、天真而活泼的声音永远让我感到生活的甜蜜!

2006年4月